Lazos de tinta

LAZOS DE TINTA

Rosa Huertas

Papel certificado por el Forest Stewardship Council®

MIXTO
Papel procedente de fuentes responsables
FSC® C117695

Penguin Random House Grupo Editorial

Primera edición: febrero de 2023

Printed in Spain – Impreso en España

ISBN: 978-84-666-7495-9
Depósito legal: B-21.524-2022

Compuesto en Llibresimes

Impreso en Rotoprint by Domingo, S. L.
Castellar del Vallès (Barcelona)

BS 7 4 9 5 9

A Fernando, siempre

1

¿Quién soy? ¿Quién se esconde tras este disfraz?

Me pesan los años y el tiempo escaso que me resta. La realidad aplasta mis hombros. Han sido demasiadas décadas de fingimiento, un tiempo de luces y sombras del que no renegaré. Hice lo que debía, lo justo, lo mejor, lo único que podía salvarme.

Lo único que podía salvarnos.

He disimulado, he mentido, he inventado y me he reinventado. No soy quien digo ser.

Soy una impostora.

Querida hija, ¿serás capaz de comprender mis motivos en esta hora postrera?

En este momento solo me queda escribir, la escritura me ha salvado la vida y hoy me ayudará a afrontar mi muerte. Debo reconciliarme con el pasado, con quien fui, para saber en realidad quién soy. Así, lo descubrirás tú también y tal vez perdones la mentira que inventé para el mundo y para ti.

¿Podrá alguien comprenderme? ¿Alguien en este amargo siglo XIX será capaz de aceptar mi engaño?

El pasado me persigue, los recuerdos y las decisiones de entonces han marcado mi vida y también la tuya. Todo es humo y sombra. La felicidad es como un copo de nieve que si toca el suelo se convierte en lodo. Siento que mi hora ha llegado, esta tos que me ahoga provoca que me falte el aire y mi respiración es cada vez más fatigosa. No necesito médico que lo certifique, solo a ti a mi lado. Antes de exhalar el último aliento, debo confesarte qué hice y por qué.

¿Quién soy?

Intentaré responder a la pregunta con toda la sinceridad que mereces.

Por mucho que mi nombre ahora suene importante, solo soy la hija de una modesta lavandera que se dejaba la piel en las orillas del Manzanares. Mi madre era una mujer sencilla y protectora, yo era el centro de su humilde mundo, el único aliciente de su miserable vida. Se mostraba risueña a mi lado, aparentaba una felicidad que intentaba contagiarme, aunque no siempre lo consiguiera.

Vivíamos en una corrala minúscula por donde se colaba el agua los días de lluvia, era un horno en verano y un agujero gélido en invierno. Lo único hermoso me lo regalaban las palomas, que mi madre detestaba pero que a mí me alegraban con sus zureos incesantes e intempestivos. Nos despertaban cada mañana y me dormía con el sonido de sus patitas sobre mi cabeza. A veces, a escondidas de mi madre, me subía a una silla, abría el ventanuco y las asustaba. Echaban a volar sobre mi cabeza, en ruidosa bandada, y yo gritaba en medio de sus aleteos.

Habitábamos el barrio del Avapiés, igual que casi todos los descendientes de judíos, como nosotras. La antigua judería se hallaba en esta zona y, aunque ya habían pasado siglos desde la expulsión, mis antepasados permanecieron, pues eran conversos. Decidieron quedarse, pero los obligaron a convertirse a la fe católica y se les impuso una exigencia: que su primer hijo llevara el nombre de Manuel, como mi abuelo y mi madre. A mí me bautizaron como Manuela.

De mi madre recuerdo el amor que me regaló, su poderío ante las dificultades, cada detalle de su porte y de su piel, cada palabra y cada gesto. Ella, desde más allá del tiempo, me ha dado fuerzas en las dificultades de este tortuoso camino que ha sido mi vida.

Recuerdo su trenza brillante, la mantilla sobre los hombros, el pañuelo de crespón atado a la cintura, el delantal, la toquilla cruzada sobre el pecho y la pequeña peineta de metal en el negro cabello. Siempre deseé lucir una trenza como aquella, a pesar de que mi cabello era rizado y mate, y no poseía el inconfundible brillo del suyo. Dejé crecer mi pelo, me peinaba a su modo y manera, y meneaba la cabeza al compás para que nuestras trenzas marcaran un baile divertido al caminar por la calle.

Me gustaba peinarla cada noche, como si fuese una princesa, mientras ella me cantaba para ahuyentar sus penas.

Desde muy niña, la acompañaba al río, no deseaba dejarme sola en casa y no disponía de parientes que cuidasen de mí, excepto Pura, de quien te hablaré más tarde. Al llegar a la orilla, se despojaba del pañuelo de muletón hasta el corpiño de estameña, se remangaba y dejaba que flotase sobre su morena espalda la trenza apretada que me fascinaba. Sentada sobre los tablones, medio de bruces sobre la tabla de jabonar, presentaba el rostro a la luz que el sol le cuarteaba.

No lo tenían fácil las lavanderas como mi madre. Se instalaban a la orilla del río y su oficio era más peligroso de lo que parecía: cuando el Manzanares se enfurecía, se lo llevaba todo, desde las bancas hasta la colada. Además, las acusaban de dejar las orillas cubiertas por una grasienta costra de jabón. Por aquellos tiempos habría más de sesenta lavanderas.

Limpia por dentro, limpia por fuera.
Es un chorrito de oro, la lavandera.

Las oía cantar, espantando así las penalidades de sus tristes vidas, pues ganaban muy poco, eran todas en extremo humildes y la mayoría habitaban en las miserables chozas de la barriada próxima al puente de Segovia. Miseria y trabajo brutal resumían su existencia.

Mi madre compraba los cuarterones de jabón en las fábricas de los Carabacheles y cargaba con el cesto de mimbre atestado de ropa sucia. Durante muchas horas se destrozaba los nudillos de tanto restregar y, al terminar la jornada, sus manos se veían amoratadas por los efectos abrasivos de aquellos jabones y del agua infectada que acabó produciéndole una grave y dolorosa enfermedad en la piel. Procuraba no quejarse delante de mí, aunque se sintiera cansada, dolorida y triste.

Preferiría no tener que hablarte de mi padre.

2

En el piso de abajo vivía Pura, una mujer generosa que ejerció de abuela conmigo. En ciertas ocasiones, cuando el clima era intempestivo o me mostraba algo débil o enferma, mi madre no me llevaba al río y me dejaba con ella, en su casa. La mujer había ejercido los más diversos oficios a lo largo de su tortuosa vida. En aquellos años de mi niñez, Pura cosía para una modista. Era un buen trabajo, no pasaba frío en la calle, no se dejaba las manos en el agua helada, a pesar de que su vista ya no era la de una jovencita y el esfuerzo mermaba su visión por días.

Antes había sido aguadora, esas mujeres que portaban agua de las fuentes públicas a las casas o que ofrecían la bebida a los transeúntes de la ciudad. No era un oficio fácil, según me contaba con su voz cascada: había que tener carácter, pues la competencia era feroz entre las que ofrecían el agua en las calles y las que gozaban de un puesto fijo para el negocio.

Ellas debían cargar con el botijo por las verbenas y las romerías, las ferias, los toros, los mercados y los paseos; especialmente por el Salón del Prado y el Retiro. Pura los llenaba en las fuentes más cercanas y voceaba sus excelencias. Me contaba que siempre endulzaba el agua con un azucarillo y le daba sabor con unas gotas de aguardiente.

También había trabajado como castañera. Las yemas de sus dedos aún conservaban el aspecto de un laberinto, donde se confundían las huellas dactilares con los repetidos cortes de tanto usar la navaja para poder rajar las castañas.

Contaba su vida como si de una novela se tratara, como si ella misma fuera un personaje de ficción. Yo escuchaba su relato muda de asombro, imaginando cada situación, reviviendo aquellas circunstancias como propias. Me contaba cuentos que inventaba o que había escuchado a su padre siendo niña. Y yo sentía que flotaba en aquella buhardilla. Desde entonces, siempre he amado a quienes saben narrar y me convertí en una apasionada oyente: el camino hacia la escritura estaba trazado.

Pura guardaba un tesoro aún mayor que su capacidad narrativa, más valioso que sus historias reales o inventadas: sabía leer. Su padre, que provenía de una familia acomodada venida a menos, le enseñó cuando era niña. Ella, que descubrió el talento que se ocultaba dentro de mí, me mostró los secretos de las letras y aprendí con sorprendente velocidad. A veces, leía en alto algunas noticias del periódico y aquello suscitaba mi curiosidad y mi admiración: ¿qué capacidad mágica era esa que permitía descifrar los signos del papel para convertirlos en historias? Deseaba, más que nada, aprender aquel prodigio. En pocas semanas lo logré y, desde ese instante, era yo quien le leía el periódico a Pura.

—No le digas nada a tu madre aún —me pidió la mujer—. Le daremos la sorpresa juntas un día de fiesta. Así tendremos algo que celebrar.

No fui capaz de guardar el secreto y, un día que me acerqué con mi madre al río, tomé unas hojas de periódico que hallé en el suelo medio mojadas. No esperé a la sorpresa planeada por Pura y, orgullosa, comencé a leerlas en voz alta. Mi madre, sorprendida, me miró y se echó a llorar.

—Triste destino el tuyo —me dijo muy seria, como nunca antes la había visto—. Si hubieras sido un muchacho, podrías tener un buen futuro. Pero eres mujer y de poco te servirá saber leer. Eres lista, podrías ser algo más que yo, podrías vivir feliz, sin dejarte la vida en el río. ¡Cómo lo deseo! —Suspiró—. Pero eres mujer.

La frase, que repitió varias veces, permaneció grabada a fuego en mi mente, primero como una condena, luego como un acicate. Soy mujer, no lo he olvidado nunca, a pesar de todo. Estas palabras han sido el motor de mi vida, para bien o para mal, para comprender las desgracias, para rebelarme ante ellas, para luchar, para creer y para desesperarme.

Crecí más deprisa de lo que hubiera deseado, se acabaron los días junto al río y las mañanas de paz leyendo con Pura. Crecí y convenía buscarme un trabajo con el que ganarme el sustento. Mi madre me apremiaba, mas yo no entendía su afán por conseguirme un empleo. No me percataba de que los dolores que la aquejaban y que ella intentaba disimular eran cada vez más fuertes. Empezó a faltar a su cita con el río y, aunque ella alegaba que era un malestar pasajero, comenzaba a sufrir una grave dolencia. Mi ingenuidad infantil me impedía ver la cruda realidad que mi madre intentaba ocultar para evitarme sufrimiento. La infección en las manos por el jabón abrasivo y el agua contaminada se cebaba con todo su cuerpo. La fiebre la hacía sudar y delirar muchas noches, y el dolor debía de ser insoportable.

Ascensión, una amiga suya de la infancia, trabajaba como cigarrera en la fábrica de Embajadores. Era una mujer de fuerte carácter que solía llevar un pañuelo de percal cubriendo parte de la cabeza con un nudo al cuello. Se enorgullecía de haber participado en el amotinamiento que se produjo en la fábrica en 1830. Las cigarreras se rebelaron al verse forzadas a trabajar con tabacos podridos. Las malas condiciones de las hojas las obligaban a emplear más tiempo en su elaboración, con pérdida de remuneración, pues el trabajo era a destajo. Fue el primer gran acto de reivindicación colectiva de nuestra historia y lo realizaron mujeres, no lo olvides. Las cigarreras consideraban que pertenecían a la aristocracia obrera y como tales aristócratas se comportaban. No era un mal destino trabajar en la tabacalera, mejor que dejarse la vida en el río. Por eso mi madre rogó a Ascensión para que me encontrase un trabajo, aunque fuera mínimo, en la fábrica.

Y lo consiguió: a los doce años comencé como desvenadora. Era la tarea más ingrata: había que desprender suavemente la vena central de la hoja de tabaco y, con cuidado, agrupar en montones diferentes las mitades correspondientes al lado derecho y al izquierdo. Pensaban que mis manos, aún finas, me servirían para realizar mejor tan minuciosa labor.

No me gustaba aquel oficio. Pasaba horas de pie, sin levantar la vista de las hojas de tabaco, me escocían los ojos, me daban calambres en los dedos. Para evadirme, pensaba en otras hojas, las de los libros que ansiaba tener entre mis manos. Había aprendido a leer, pero las únicas páginas que mis ojos habían contemplado eran las de los periódicos viejos que Pura rescataba de los bancos del Salón del Prado o de la silla de algún café, donde los dejaban abandonados u olvidados los lectores.

En la calle Tudescos había una librería de lance, con gran surtido de obras antiguas y modernas. Yo contemplaba aquellos volúmenes con la avidez de un hambriento ante un banquete de manjares desconocidos. ¿Qué historias fascinantes esconderían aquellas páginas que me estaban prohibidas? ¿Hasta dónde se podría volar con la imaginación? Ahora pienso en mi capacidad de intuición: ignoraba cómo pero, en el fondo de mi alma, reconocía una luz, una verdad oculta, enredada en los libros.

Mientras desvenaba, imaginaba un destino diferente. Mis compañeras soñaban que un joven apuesto y de buena familia las rescataba de aquella miseria. Pensaban que era la manera de salir de la pobreza y del ingrato trabajo, la única posibilidad para una mujer. Me costaba imaginar un futuro semejante, no era mi deseo, aunque ignoraba qué otros caminos podría trazar en mi vida. Mi mundo era el de mujeres como Pura, mi madre y las cigarreras de la fábrica. De los hombres sabía poco, solo había cruzado escasas palabras con mi padre, a quien aborrecía, y con los muchachos que vivían en la corrala, que eran tan pobres como yo y aún más ignorantes. De niños jugábamos en ocasiones a los mismos juegos y en las fiestas que se organizaban en el patio de vecinos, cantábamos y bailábamos todos juntos. No me fijé en ninguno en particular, para los juegos y las diversiones inocentes éramos iguales.

Cuando sonaba la sirena que indicaba el final de la jornada en la fábrica de tabaco, las demás chicas salían en tropel en busca de sus novios, sus maridos o sus pretendientes. En la puerta nunca faltaba un numeroso grupo de muchachos. Había soldados, chulapos, mozos pendencieros y jóvenes en busca de una cigarrera bonita. Comprobé que alguno me miraba con insistencia, sobre todo un vecino del Avapiés de aspecto escuálido a quien jamás devolví el saludo y que acabó fijándose en otra muchacha más complaciente que yo.

Al llegar a casa regresaba a mi otra realidad, a la fatiga, a la buhardilla, a mi madre cada vez más pálida y dolorida. Le hablaba de mi trabajo, le reproducía las conversaciones de las compañeras más descaradas y procuraba sacar una sonrisa de su rostro. Ella escuchaba, a veces con los ojos entrecerrados, como si intentara imaginar la escena y me pedía que siguiera hablando, hasta que el sueño nos vencía a las dos. En ocasiones inventaba situaciones para divertirla y narraba peripecias disparatadas que no habían ocurrido.

Incluso en medio del dolor y la pobreza, yo cuidaba mi cabello, al igual que lo hacía con el de mi madre. Lo cepillaba cada noche, imitaba la trenza de ella: la mía llegó a ser casi tan larga como la suya. Era lo único de lo que me sentía orgullosa, mi única propiedad: solo mi cabello poseía algo de valor.

Preferiría no tener que hablarte de mi padre, pero no debo demorarlo más.

Si lo ignoro, nunca comprenderás lo más oscuro de mi verdad, aquello que se esconde en lo más profundo de mis miedos y que me persigue a pesar de los años transcurridos.

3

Hubiera deseado que mi padre desapareciese pronto de nuestras vidas; aun así, no habría sido suficiente para olvidar el daño irreparable que nos causó. Cada día lo escuchaba gritar, como un león enjaulado que quisiera derribar los barrotes de su prisión, dando golpes a los escasos muebles de la minúscula vivienda o contra mi madre, cuyos ojos morados y magulladuras violáceas en los brazos evidenciaban las palizas. Le oía blasfemar, renegar de su suerte, culpar a mi madre de su destino miserable. Más terrible era el sino de ella, obligada a aguantar lo que ningún ser humano debería soportar.

Mi madre lloraba y callaba, el pánico le impedía gritar al mismo volumen que él. El miedo oprimía su deseo de rebelarse, de huir, y se limitaba a mirarme con ojos tristes, a acariciarme y a asegurarme que no pasaba nada.

Hasta que un día, mi padre reparó en mí, aunque yo apenas tendría siete años.

No le escuché colarse en mi cama, se acercó con sigilo para que ninguna de las dos nos percatásemos. La minúscula buhardilla albergaba una única habitación donde dormíamos los tres, en un par de jergones sobre el suelo, muy próximo el uno al otro. De pronto, una mano enorme y rugosa tapó mi boca con fuerza para que no pudiera gritar. Intenté revolverme, pero era mucho más fuerte que yo y su cuerpo me aferraba, me aplastaba, casi me impedía respirar. Noté cómo, con la otra mano, tocaba mi vientre y sus dedos descendían intentando atravesar mi piel. Aterrorizada, quería escapar de sus garras repulsivas, intentaba gritar pero mis fuerzas eran minúsculas, ridículas, comparadas con el ímpetu brutal de aquel hombre. No me es posible escribir que tal monstruo era mi padre. El miedo me atenazaba del mismo modo que sus brazos y por momentos me sentía más débil, a punto de desvanecerme.

De golpe, se apartó de mí con brusquedad y le oí proferir un alarido de dolor.

—¿Qué estás haciendo, animal? —le gritaba mi madre con un cuchillo en la mano.

Ella se había percatado de lo que ocurría, se había levantado de un salto, había agarrado el cuchillo y le había propinado una fuerte patada en el costado. Nunca había visto ese gesto de odio y de rabia en el rostro de mi madre.

—¿Vas a atacarme? —oí que decía él.

—¡Si vuelves a tocarla, te mato! —exclamó ella con determinación.

Yo observaba la escena, aterrada, pues él podría arrancarle el arma de un manotazo y acabar con la vida de las dos. Permanecí inmóvil, congelada en el tiempo, como la escena, que parecía no tener fin. Los dos se miraban, retándose, esperando un segundo de debilidad del otro. Mi madre no se rendía y continuaba blandiendo el cuchillo, como si se dispusiera a cortar el gaznate del hombre que tenía delante.

—Juro que te mataré —repitió ella, cada vez más segura.

No alcanzo a comprender de dónde sacó el coraje para amenazarlo así, lo sorprendente fue que él dio media vuelta, agarró su raído gabán y salió de la buhardilla sin decir nada.

Cuando comprobamos que se había marchado, corrimos a atrancar la puerta para impedir su regreso y nos abrazamos entre lágrimas. Mi llanto era silencioso, contenido, mas el suyo se convirtió en un lamento angustioso, mezcla de rabia y miedo.

—¿Por qué no lo mataste? —pregunté, todavía aterrada.

Me moría de miedo al pensar que regresaría, que de nuevo sufriría su agresión, su fuerza bruta, que seguiría siendo su presa.

—No podía hacerlo, Manuela —me respondió aún entre lágrimas—. Me habrían acusado de asesinato y te habría dejado desamparada. O peor todavía, si solo hubiera logrado herirlo, él se habría quedado contigo y tú a su merced. Tiemblo al pensar en las consecuencias. La ley no nos protege a las mujeres, somos prisioneras de nuestros maridos, sufrimos a su capricho, sin poder defendernos, ni huir, sin nadie que nos ampare. Quizá vuelva, o tal vez no, debemos vivir sin miedo, en el fondo es un cobarde despreciable.

Desde aquella noche, mi madre y yo decidimos dormir abrazadas, por si regresaba, y empujábamos el baúl hasta la puerta, para impedir su entrada. Pasaron semanas, meses, años. Pensamos que jamás volvería e, incluso, acabamos por no atrancar la puerta cada noche, convencidas de que se había olvidado de nosotras, como yo había borrado de la memoria su rostro, mas no su olor ni la sensación de repugnancia que me produjo el contacto con su cuerpo.

Habían pasado muchos años, pero por el olor supe que él había vuelto.

4

Aquel aciago día regresaba con celeridad de mi trabajo de cigarrera. Mi madre se encontraba cada vez más enferma. Hacía semanas que no se acercaba al río, apenas podía mover sus manos hinchadas, y la infección amenazaba su frágil cuerpo. No teníamos dinero para que la asistiera un médico e intentábamos curarla con remedios caseros: emplastos y friegas que solo lograban calmar por unos instantes su dolor. Pura, que era muy beata, le llevaba agua bendita de la iglesia de San Cayetano, y Ascensión, que creía en el mal de ojo, le ató una cinta roja en la muñeca. Nada servía, la infección avanzaba a pasos de gigante y yo prefería no ver la amarga verdad.

Por el olor supe que había vuelto.

Mi madre deliraba a causa de la fiebre. En cuanto me vio, intentó incorporarse del lecho sin lograrlo, extendía las manos hacia mí como implorando mi presencia.

—Hija, hija —solo acertaba a decir.

Yo intentaba calmarla, su cuerpo ardía y yo la abrazaba. Sentí sus pobres huesos, que temblaban como los de un pajarillo asustado. A pesar de la inflamación, se había consumido como una pavesa y su peso no sobrepasaría el de un niño de corta edad.

—Tu padre ha vuelto —susurró en mi oído cuando recuperó el habla—. Te busca, te reclama. Cuando yo muera...

—No diga eso, madre —la interrumpí. Era yo quien no deseaba enfrentarme a tal realidad. ¿Qué iba a hacer sola? Mi madre siempre me había protegido, sin ella quedaría desvalida, indefensa, como un cachorro abandonado.

—Te exigirá que vayas con él —continuó con voz entrecortada—. No tendrás escapatoria, reclamará sus derechos sobre ti, eres su hija.

—Yo no quiero ir con ese monstruo —musité con lágrimas en los ojos.

—Ha venido a por ti, eres suya, y cuando yo muera lo serás para siempre. Quiere que trabajes para él.

—Ya tengo un trabajo...

—Eres una buena mercancía, Manuela. Hasta ahora nos había dejado en paz porque no nos había necesitado. Tiene un trabajo bien pagado en un prostíbulo de la calle de la Comadre, en nuestro mismo barrio.

La palabra «prostíbulo» me generó un escalofrío incontrolable. Inocente aún, no sabía bien qué ocurría en aquellos lugares, aunque podía intuirlo. Todas las mujeres que conocía hablaban de ello entre susurros, con miedo, con aprensión, y mi madre aceleraba el paso y me agarraba fuerte de la mano cuando pasábamos por delante.

—Se encarga de engañar a jovencitas pobres, hambrientas, para llevarlas a su negocio y vender sus cuerpos a los clientes. A ti no necesitará convencerte, eres su hija, tiene derechos sobre ti, te llevará con él, te prostituirá.

Recordé la noche que mi padre se coló entre las sábanas de mi cama y sentí repugnancia y miedo. Aquellos eran los actos terribles contra las mujeres que tenían lugar en el prostíbulo.

Mi madre hacía un esfuerzo sobrehumano por hablar, por contarme el drama que me esperaba, el destino cruel que me aguardaba en cuanto ella desapareciera de este mundo. Yo la escuchaba paralizada de terror, el recuerdo de mi padre me revolvía las entrañas, me producía una repulsión, una náusea y un miedo infinitos.

—Eres joven y virgen, pagarán un precio alto por tus servicios. Tienes que huir, lejos, esconderte, disfrazarte...

De pronto se desmayó, agotada por el esfuerzo y la tensión, que se unían a la enfermedad, dueña ya por completo de su menudo cuerpo. Permanecí inmóvil, pegada a ella, sintiendo el calor que desprendía su piel amoratada y escuchándola respirar con dificultad.

Solo me separé para atrancar la puerta de la buhardilla, como hacíamos los primeros meses después de que perdiéramos de vista a mi padre. Mi cabeza era un torbellino de pensamientos oscuros, buscaba una solución imposible, no hallaba escapatoria.

A media noche, mi madre se despertó. Yo, que no había logrado dormir ni un segundo, me apresuré a ponerle un paño de agua fresca sobre la frente y le ofrecí una tisana para aliviar el dolor. Ella rechazó mis cuidados y me habló con urgencia, convencida quizá de que aquellas serían sus últimas palabras:

—Trae las tijeras ahora mismo.

Me inquietó aquella orden. Había oído contar que ciertos enfermos, desesperados ante su dolor, intentaban acabar con su vida seccionándose las venas o apuñalándose con cualquier objeto punzante que tuvieran a mano. Me horrorizó la idea de que mi madre fuera capaz de realizar un acto semejante y me quedé paralizada, incapaz de dar un paso. Ella insistió.

—Vamos, Manuela. Es la única solución. ¡Por favor!

Al comprobar que yo me negaba a cumplir su orden, intentó incorporarse para ir ella misma en busca de las tijeras, pero las fuerzas la habían abandonado y apenas pudo alzar la cabeza del lecho.

—Las tijeras, las tijeras... —repetía sin cesar en medio del delirio.

Mi angustia aumentaba, no había manera de calmarla. Encendí el candil y sustituí el paño, deseando que la fiebre remitiera.

—Las tijeras... Tendrás que hacerlo tú.

Yo jamás le habría hecho daño a mi madre, ni aunque me lo hubiera pedido y, en lo más hondo de mi corazón, sabía que ella nunca me exigiría algo así. Fue entonces cuando me convencí de que no reclamaba las tijeras para suicidarse, era otro el motivo. Me levanté y las tomé del cajón de la mesa donde se encontraban. Cuando las vio en mis manos, sonrió levemente, su última sonrisa.

—Manuela, tienes que dejar de ser una mujer. Debes convertirte en un muchacho.

—¿Un muchacho?

—Sí, hija. Solo así podrás huir de tu padre y del destino fatal que él pretende para ti. En el fondo del baúl encontrarás ropa masculina, la robé del río. Póntela.

Rebusqué con ansiedad entre el amasijo de trapos y, en efecto, hallé unos calzones casi de mi tamaño. Me vestí con celeridad, añadiendo una camisola que en algún tiempo fue blanca pero cuyo color se acercaba más al gris. Me até los calzones con un cordel a la cintura, aunque temía que aquella indumentaria no engañaría a nadie: a la legua se apreciaba que yo era una mujer.

—Ven —dijo tendiendo las tijeras hacia mí—. Ahora debes cortarte el pelo.

—¿Mi trenza? —salté espantada.

Era lo único hermoso que poseía, mi bien más preciado, el cabello que había tardado años en crecer.

—¡Mi trenza, no! —protesté, como la niña que era.

—No hay otra solución —sollozó—. Solo esto podrá salvarte.

A la angustia y al miedo se unió entonces la rabia y la pena. No comprendía el deseo apremiante de mi madre, pero no le negaría nada en su lecho de muerte.

—No puedo, hágalo usted, madre —le pedí.

—No tengo fuerzas ni para eso. Por favor, hija mía.

Era un ruego urgente, vital, como si con ello fuera a salvar la vida de las dos, aunque solo intentara proteger la mía.

Tomé las tijeras y, de un tajo firme, corté la trenza a ras de piel. Ella, que me observaba con los ojos entrecerrados, alzó la mano y acarició mi cabello. Me pidió las tijeras y, como pudo, fue seccionando mechones hasta que mi cabeza parecía la de un mozalbete atacado por la tiña. Por fortuna, no poseíamos ningún espejo, de haberme mirado habría gritado de espanto.

—Gracias, hija —dijo cuando hubimos acabado aquel destrozo—. Ahora debes huir, escapar de esta casa antes de que tu padre llegue. Escóndete por la ciudad, hazte pasar por un mozo. Tu vida será mucho más fácil si dices llamarte Manuel. Ser mujer siempre es una condena que no deseo para ti.

—No voy a abandonarla, madre.

5

Mi madre volvió a perder el conocimiento y yo no hacía más que llorar de desesperación abrazada a su piel enfebrecida. Mi llanto duró horas que me parecieron días, meses eternos sin descanso ni esperanza. Anochecía de nuevo cuando noté que su cuerpo se enfriaba, se tornaba rígido.

—Madre —la llamé, despacio.

No reaccionaba, no despertaba, no se movía. Su boca permanecía abierta, en un gesto de abandono. Los ojos cerrados jamás volvieron a abrirse.

—¡Madre! —grité, desesperada.

Agité su cuerpo inerte, en un vano intento de despertarla.

—¡Madre! —lloré, gemí, aullé como un cachorro abandonado.

Deseaba morir con ella, descansar al fin de una vida de fatigas y no enfrentarme al miedo y a la soledad. ¿Qué sería de mí sin ella?

Sin ella.

Las palabras retumbaban dentro de mi cabeza, la traspasaban y sonaban como un eco en la buhardilla que, de pronto, se convirtió en una tumba para las dos.

Incapaz de reaccionar, deseé pasar el resto de mi vida allí, pegada al cuerpo de mi madre muerta, hasta que las fuerzas me fallaran a mí también. ¿Sería verdad aquello que contaban en las iglesias? ¿Existiría un paraíso donde las almas de los misericordiosos gozarían de la felicidad eterna? Me preguntaba. Mi madre era la persona más bondadosa que jamás conocí; su alma habría llegado ya a ese cielo de los justos, sin duda. ¿Y yo? Aún no había tenido tiempo de pecar. La idea de utilizar las tijeras contra mí misma empezó a tomar forma, pero aseguraban que los suicidas jamás entrarían en el reino de los cielos, ni siquiera los enterraban en los camposantos cristianos consagrados. ¿Bastaba con esperar a la muerte, con desearla, para que ella apareciera?

A la mañana siguiente, unos golpes en la puerta me devolvieron a la realidad.

Escuché la voz de mi padre, como un trueno, que me ordenaba que abriera. El baúl que atrancaba la puerta comenzó a moverse, la fuerza bruta de sus brazos amenazaba con echarla abajo. No tardé en reaccionar, el recuerdo de su olor y de su piel me provocaba tal repugnancia que tiró de mí hacia la única escapatoria posible. Me asomé al ventanuco: mi cuerpo sí entraba pero el suyo, no. Salí al tejado, unas cuantas palomas volaron espantadas ante mi presencia y temí resbalar por las tejas inclinadas. Trepé con esfuerzo hasta lo más alto, desde allí divisé unas terrazas en el edificio contiguo. Un grito grave me sobresaltó:

—Manuela, ven aquí ahora mismo. ¿Adónde crees que vas? Te atraparé en cuanto bajes.

Era él, asomado al ventanuco, rojo de ira, y me amenazaba alzando un puño cerrado.

A punto estuve de caer al vacío, una teja se movió bajo mis pies y hube de agarrarme a un canalón oxidado. El miedo, en lugar de bloquearme, me daba fuerzas. Huir de él era mi único objetivo, no me importaba el destino, siempre y cuando no fuese a su lado.

Salté hasta un terrado donde volaba la ropa puesta a secar. ¿Sería aquel un lugar seguro? Comprobé que, en un extremo, había una puerta abierta por donde mi perseguidor podría acceder. Debería seguir huyendo. Fui recorriendo tejados, buscando un refugio. Si bajaba a la calle, corría el riesgo de ser atrapada; pero si me quedaba quieta en un lugar, acabaría dando conmigo. Jadeante por el esfuerzo, sentí que perdía el aliento y me paré a recuperar el resuello; me arrodillé y, tras de mí, un par de edificios atrás, vi su figura erguida, como una montaña. Temblé, no tenía escapatoria, aunque noté que no me había visto. Alrededor, solo calles, ni un tejado más. Prefería saltar al vacío que caer en sus siniestras garras, pero un instinto de supervivencia más fuerte que yo me acuciaba a buscar una salida. Medí, tanteé, observé las callejuelas que rodeaban el edificio y elegí la más estrecha. ¿Sería capaz de saltar al otro lado?

—Podrás, hija. No lo dudes.

La voz de mi madre sonó en mi interior para regalarme la

fuerza que necesitaba. Tomé impulso, cerré los ojos y grité. Caí de bruces sobre las tejas rotas del edificio, que se me clavaron en las rodillas y las palmas de las manos, pero solo sentí la euforia de quien escapa de la muerte y del horror. Trepé hasta arriba y, al otro lado, divisé un pequeño terrado de fácil acceso. Me deslicé hasta allí, resbalé por las últimas tejas y me dejé caer sin fuerzas. Sentada en el suelo me percaté de las heridas, entonces empezaron a doler. Encontré unas sábanas tendidas, arranqué una tira y me limpié intentando contener la sangre. Por suerte solo eran rasguños superficiales; la tensión y el agotamiento eran más profundos.

Arropada con una sábana intenté tranquilizarme. «No puede atraparme», me repetía. Había logrado escapar, ¿cuándo me libraría de él para siempre? La niña que era se hacía preguntas, la mujer que soy mira al pasado y se compadece de ella; aunque ahora sé que los caminos de la vida, retorcidos y sinuosos, me han llevado a un lugar que jamás soñé que alcanzaría.

Junto al tenderete de ropa, hallé un cuartucho destartalado que me sirvió de refugio. Me acomodé en una esquina y tan agotada me encontraba por el esfuerzo y por no haber pegado ojo la noche anterior, que me dormí al instante. Fue un sueño agitado, pues continuaba huyendo de mi perseguidor cuya mano siempre estaba a punto de alcanzarme. Desperté varias veces, el sol había vuelto a ponerse y la oscuridad me rodeaba. Un débil rayo de luz se colaba por la puerta, me asomé y comprobé que una luna redonda y luminosa, ajena a mi desgracia, sonreía desde lo alto. Creí ver el rostro protector de mi madre y volví a llorar, presa de una tristeza infinita.

Era como si ella me vigilase desde el cielo y recordé las palabras de mi abuela sobre el paraíso de los justos. La luz de la luna era el regazo de mi madre y, protegida por su claridad, me volví a dormir.

6

Ya amanecía cuando desperté, por un segundo pensé que había vivido una pesadilla, que los acontecimientos de la víspera habían sido fruto de mi mente febril. Pero allí estaba yo, escondida en un tejado, muerta de frío y de hambre, recordando el aciago amanecer del día anterior en el que perdí a mi madre y, tal vez, mi vida y mi libertad. No pensaba rendirme, me quedaría allí escondida el tiempo que fuera preciso, él jamás me hallaría en aquel refugio.

En el suelo encontré unas hojas de periódico. Me parecieron un regalo de Dios, o de mi madre, que me miraba con los ojos de la luna. Aunque las letras se veían borrosas por el polvo y el tiempo, leí con avidez aquellas dos páginas del *Semanario Pintoresco* donde se publicaba un capítulo del folletín *Manuel el Rayo*, una novela de costumbres firmada por un tal F. Merás. La lectura me entretuvo durante un rato y me transportó fuera de la realidad, como si los contornos del tiempo y el espacio se borrasen con cada palabra.

El hambre pudo más que mi empeño y llegó, sin remedio y sin piedad, para sacarme de la ficción. Cuando ya había leído un par de veces aquellas hojas desgastadas, mi estómago empezó a protestar con severidad. Llevaba más de un día sin comer ni beber y mi cuerpo se rendía. Intenté incorporarme, pero me mareaba. La sed era una auténtica tortura. Si no salía en busca de alimentos, moriría de inanición. En ese momento, poco me importaba la vida; el instinto de supervivencia venció a la abulia y me obligó a ponerme en pie, a pesar de la debilidad.

Por fortuna, la puerta que comunicaba el terrado con la escalera estaba abierta: con mis escasas fuerzas habría sido incapaz de trepar por más tejados en busca de una salida y habría acabado cayendo al vacío. Me tizné la cara con un trozo de carbón que hallé en el terrado, debía de parecer un pilluelo, un zagal abandonado a su suerte. La necesidad me obligaba a esconder lo más posible mi condición femenina: era consciente de que una niña, sola y abandonada en la ciudad, corría un peligro enorme aunque mi padre no fuese capaz de localizarme.

Hice un hatillo con la sábana y fui recogiendo pequeños tesoros, que no eran más que objetos sin valor pero que me alegraban un ápice la vida. En él metí las hojas del periódico enrolladas, aunque luego me di cuenta de que hacían mejor función entre mis ropas para protegerme del frío de las madrugadas. Descendí con urgencia por las escaleras y, afortunadamente, no me crucé con nadie. Cuando pisé la calle, una sensación de orfandad me invadió sin remedio. Hube de contener las lágrimas para no llamar la atención y para no delatarme. Los hombres no lloran, siempre había oído decir. Mejor le habría ido a la humanidad entera si los hombres hubieran sido capaces de desahogar su pena recurriendo al llanto.

La urgencia por saciar el hambre me llevó hasta la plaza Mayor, donde se celebraba el mercado semanal. Bebí agua con avidez en la primera fuente que encontré y, gateando entre los tenderetes, di con varias piezas de fruta algo pasadas que devoré y un par de tomates espachurrados que me supieron a gloria.

—¡Eh! ¡Mozo! ¿Qué andas rebuscando en el suelo? —escuché una voz sobre mi cabeza.

Alcé la vista y me topé con una enorme cara picada de viruela. Me observaba desde su puesto repleto de panes jugosos, que me hicieron salivar.

—Tengo que acarrear unos sacos desde el carromato que me espera frente a la casa de la carnicería. Si vas a por ellos, te regalo uno —me ofreció—. Se ve que estás hambriento.

Acepté la oferta sin rechistar y al instante. El hombre me dio las oportunas indicaciones y no me costó localizar el carromato ni al joven que me esperaba con un pesado saco de harina. Hube de repetir el trabajo un par de veces más, pues cuatro eran los sacos. Cargué con ellos con enorme esfuerzo, mi cuerpo no estaba acostumbrado a levantar tanto peso, mis músculos eran los de una mujer que solo desvenaba hojas de tabaco.

—¡Qué escuálido estás! —reía el hombre cada vez que me

veía aparecer, derrengada por el peso de la carga—. Se nota que comes poco.

Al fin, me dio un mendrugo de pan algo duro, ni siquiera una hogaza entera, mas hube de conformarme con ello y agradecer la generosidad del tendero. Lo comí con fruición y luego corrí de nuevo hasta una fuente para saciar la sed que me había producido. En el suelo, junto a ella, descubrí un lápiz de grafito que alguien habría perdido; con urgencia lo escondí en el hatillo, como si temiera que me descubrieran robando. Aún no sabía escribir, pero soñaba con hacerlo algún día. La lectura y la escritura van unidas y, gracias a aquel lapicero, comencé a practicar, escribiendo letras desiguales en los márgenes de las hojas de los periódicos.

Repetí la estratagema en varias ocasiones, casi siempre había algún tendero que necesitaba un porteador, unos brazos fuertes que cargasen con peso. A cambio, recibía algo de comida que me permitía no morir de hambre. La ciudad se convirtió en un paraje inhóspito, lleno de gentes despiadadas que ignoraban mi sufrimiento. No podía permanecer demasiado tiempo en el mismo lugar por miedo a que mi padre me localizara, mi existencia se convirtió en una lucha por la vida y por huir del horror. Por fortuna, ya no era invierno, y al hambre no hube de añadir el frío mortal. Las madrugadas eran frescas, mas yo sabía guarecerme, un tiempo gélido habría acabado con mi corta vida.

7

Un día de lluvia primaveral, no hallé tendero a quien ayudar, ni siquiera una mano amiga que me ofreciera una moneda mientras mendigaba. El hambre me torturaba y solo me quedaba robar. Nunca lo había hecho, no sabía cómo. El aroma de una tienda me atrajo sin remedio: de la puerta salía un olor intenso a pan recién horneado. Mis pies, empujados por las ganas de comer, entraron en el establecimiento. Dentro abundaban los comestibles suculentos: quesos, fiambres, dulces..., que yo contemplaba como el más valioso de los tesoros. Mi pensamiento entero era para la comida, mi estómago se retorcía con un dolor intenso. Sin pensar en las consecuencias, me abalancé sobre un queso redondo como la luna y cargué con él dispuesto a zampármelo entero en cuanto llegase a la calle.

—¡Suelta eso, bribón! —gritó una voz a mi espalda.

Sin girarme, corrí con todas mis fuerzas, que, por desgracia, eran pocas. El ímpetu me provocó un mareo que me obligó a detenerme, momento que mi perseguidor aprovechó para atraparme. Una mano enorme me agarró por el hombro, al tiempo que yo sentía cómo todo se volvía borroso. Me desmayé y mi cuerpo se golpeó contra el duro suelo.

Cuando desperté me hallaba dentro de la tienda y el dueño me lanzaba una mirada inquisitiva.

—¡Ay, ladrón! Voy a llamar a los guardias para que te lleven donde no puedas seguir robando.

Le imploré, le dije que era un pobre huérfano, que llevaba días sin probar bocado, que estaba al borde de la desesperación y que aceptase mi trabajo a cambio de comida. El buen hombre se apiadó:

—Ni puedo ni quiero darte trabajo porque no confío en ti. Si te meto en mi tienda, puedes acabar robándome, como has hecho hoy. Pero veo que estás muerto de hambre. Te daré una hogaza y algo de queso. No vuelvas a intentar robar. Si te ves muy desesperado, ven por aquí; siempre habrá un mendrugo de pan para un hambriento. Mejor desaparece pronto, no me vaya a arrepentir. Y no vuelvas al mal camino, bastantes ladronzuelos hay ya en esta ciudad como para que tengamos uno más.

Tomé la hogaza y el trozo de queso y salí con premura, dando las gracias a mi inesperado benefactor.

Una vez saciada el hambre, recuperé la capacidad de pensar y repasé lo ocurrido en los últimos días. ¿Qué habría sido del cadáver de mi madre? Su recuerdo permanecía vivo en mi mente y aún es así. Por muchos años que hayan pasado, todavía me duele su ausencia. Su amor y su protección me han guiado por la vida. Necesitaba saber dónde se encontraba y también regresar a mi casa, aunque solo fuera por un tiempo breve, pues sabía que mi padre no cejaría en su empeño por atraparme.

Decidí acercarme al barrio, escudriñando cada esquina antes de dar un paso para no tropezarme con el monstruo. Evité la calle donde se encontraba el prostíbulo y caminé con la cabeza baja para no ser reconocida. Al llegar al portal, corrí escaleras arriba hasta la buhardilla; la puerta se encontraba entreabierta y un olor dulzón impregnaba el aire. Un rayo de luz se colaba por el ventanuco iluminando el lecho donde mi madre había muerto en mis brazos. Entré despacio, como quien viola un lugar sagrado. Acaricié la superficie de los escasos muebles, que pertenecían ya a un tiempo pasado que debía borrar de la memoria. Abrí los cajones, sabía que no hallaría nada de valor; si acaso lo hubiera habido, el monstruo habría arramblado con ello. Me llevé a la cara la ropa de mi madre y aspiré el olor que aún guardaba: ese aroma a río, a jabón y moho, a felicidad y a regazo. Me eché a llorar sin consuelo, enjugando mis lágrimas con uno de sus corpiños, que acabé guardando en mi hatillo. Encontré la peineta de metal que usaba para sujetar su cabello y el peine con el que cada noche nos peinábamos, que también pasaron a acrecentar mi tesoro. Miré al suelo, allí yacía mi trenza, como un animal muerto. Mi padre había entrado y la habría visto; sabía, pues, que mi aspecto no era el de una muchacha. Temblé, y más aún cuando escuché unos pasos y el chirrido penetrante de la puerta al abrirse. Me había metido en la boca del lobo.

8

—¡Manuela, por Dios! ¿Qué haces aquí?

Era la voz de Pura, que me había descubierto en la buhardilla. Me abracé a ella y lloré en su regazo, sin que la mujer lograse calmarme.

—Tu padre te busca —me contaba mientras acariciaba mi cabello despeinado—. Viene por aquí todos los días y me acucia a preguntas. Cree que te encubro y entra en mi casa revolviéndolo todo. Es un hombre peligroso.

Yo solo podía asentir con la cabeza, ni siquiera los brazos de Pura eran un lugar seguro, aunque me habría quedado allí, recogiendo su afecto y sus caricias, que tanto necesitaba.

—¿Dónde está ella? —balbucí.

—Se la llevaron al cementerio extramuros, al de la Puerta de Toledo. No sé más.

Recogí en el hatillo la escasa ropa que guardábamos y me despedí entre sollozos de la buena mujer.

—Quisiera ayudarte, pero no tengo medios. Solo soy una pobre vieja —se lamentó, al tiempo que me tendía una hogaza de pan y algo de cecina—. Haces bien en aparentar ser un muchacho. La vida de las mujeres es solo sufrimiento. —Suspiró—. No sé cuánto tiempo podrás mantener el engaño, quizá debas huir de esta ciudad.

Me apartó de su lado como pidiéndome que me marchara enseguida y yo le di un último beso en la mejilla. Sospechaba que, tal vez, jamás nos reencontraríamos y ella había sido crucial en mi vida.

—Gracias —fueron mis últimas palabras antes de descender por las escaleras.

Con los ojos aún húmedos, partí de la casa de mi madre con la decisión de no regresar nunca. La buhardilla se hallaba repleta de recuerdos, unos hermosos, cargados de aroma de mi madre; y otros terribles, manchados por la podredumbre de mi padre. Deslizándome, sigilosa como una serpiente, me encaminé al cementerio donde mi madre había sido enterrada.

Atravesé la Puerta de Toledo, por donde entraban carromatos repletos de mercancías procedentes de los campos cercanos. De uno de ellos cayeron un par de naranjas, que me apresuré a recoger antes de que los mendigos que pululaban por toda la ciudad me arrebatasen el tesoro.

—Hoy no he comido.

Un niño que no levantaba tres palmos del suelo me observaba con los ojos desorbitados: era la imagen del hambre, la misma que dibujaba mi rostro cada día. El pequeño, de una delgadez extrema, parecía a punto de desvanecerse en el aire, o de salir volando con la primera ráfaga.

Apreté las dos naranjas contra mi pecho, para certificar que yo era su dueño y que no pensaba compartirlas con nadie. El me lanzó la mirada más triste que jamás había visto y dio media vuelta.

—¡Eh, espera! —No podía dejarlo machar así—. Toma —dije tendiéndole una de las naranjas—. Hoy por ti y mañana por mí.

El niño sonrió y se llevó la naranja a la boca como si temiera que me fuese a arrepentir.

—Hoy por ti y mañana por mí —repitió con la boca llena. Y se perdió entre el gentío de la calle Toledo.

Enseguida alcancé la tapia del cementerio, recién encalada, que relucía como si de la entrada de un palacio se tratase. El camposanto se había inaugurado hacía pocos años, las epidemias y las enfermedades obligaron a trasladar a los muertos fuera del recinto de la ciudad. Antes, la gente era enterrada en el cementerio de su parroquia; había, pues, decenas de necrópolis por todo Madrid. La última epidemia grave de cólera había sido unos años antes, en 1834, y nadie dudaba de la necesidad de apartar a los vivos de los muertos.

Ese día, necesitaba sentirme cerca del cadáver de mi madre, despedirme o quedarme con ella para siempre. El cementerio se encontraba casi desierto. Al fondo, divisé un entierro y me acerqué con sigilo. Un ataúd blanco y diminuto estaba siendo enterrado en una fosa mientras una mujer joven se descomponía en sollozos inconsolables. El espectáculo era tan sobrecogedor que me alejé para no acabar llorando como ella. Los niños se morían demasiado pronto y quienes más sufrían eran las madres, eso lo sabía bien a pesar de mi corta edad.

Deambulé entre las tumbas, buscando en vano un nombre que sabía a ciencia cierta que no encontraría jamás. Mi madre no tendría una cruz sobre su cuerpo ni una lápida con su nombre. Nadie le había pagado el entierro. Por eso me acerqué a la zona más recóndita, al lugar donde acaban los desheredados, los pobres, lo que no tienen donde caerse muertos.

—¿Dónde está la fosa común? —pregunté al primer sepulturero que vi.

El hombre no se molestó en levantar la cabeza, alzó un brazo y señaló con el dedo hacia la derecha. Encaminé mis pasos con aprensión: encontraba tierra removida, tumbas abiertas, cruces y flores secas. Divisé a un tipo llenando un agujero con paladas de piedras, un leve olor a putrefacción llenó mis pulmones y me llevé las manos a la nariz.

—Da igual que te tapes —dijo este al verme—. Al rato ya no lo notas. Yo no huelo a nada. Los muertos de ayer ya no son peligrosos.

—¿Dónde están los de hace días? —quise saber.

—Ahí debajo. —Señaló un montón de tierra—. Llené la fosa ayer y la tapé, ya no cabían más. Tendré que cavar más hondo, parece que esta primavera huele a muerto más que el invierno. Y es raro.

El sepulturero hablaba de los cadáveres como si se tratara de desperdicios o de objetos de los que hay que deshacerse. De pronto, la muerte se me apareció con toda su crudeza: solo somos desechos de la vida, seremos despojos sin remedio. Ahora, ya no la temo: casi todos a quienes amé se hallan del otro lado, y mi vida ha sido plena a pesar de los peligros, las dificultades y esta falsa identidad que he arrastrado con más convicción que dudas.

Me tumbé sobre el montón de tierra donde yacía mi madre con otras decenas de cadáveres y volví a llorar, esta vez por la fragilidad de la vida, por lo absurdo de mi lucha: ¿para qué huir, si al final solo queda la muerte?

—Chico, sal de ahí —me increpó el hombre—. Lárgate del cementerio, no es lugar para ningún vivo, ni siquiera para mí. Si pudiera no haría este trabajo, pero el hambre tiene más fuerza que el miedo. Aunque ya lo debes de saber tú también, ¿verdad?

Me alejé sin intención de salir del cementerio. El mundo entero se encerraba en aquel camposanto; la única realidad humana, la de nuestro aciago fin, me obsesionaba hasta impedirme pensar más allá. No tenía sentido seguir huyendo para acabar en el mismo lugar, decidí abandonarme a mi suerte lo más cerca posible de mi madre. Me escondí en un panteón que encontré abierto y allí, rodeada de tumbas de desconocidos, me dormí como si con ello conjurase a la mismísima muerte.

9

Noche aciaga fue aquella de mi infancia, cuando desperté en el cementerio adonde había acudido a velar a mi madre. Una tenue luz lunar se filtraba por la puerta del panteón. La boca me ardía de sed y decidí salir en busca de agua con que saciarla. Lo que vi fuera me aterró: unas luces pálidas y fosforescentes surgían de la tierra y brillaban con un resplandor fantasmagórico. Era como si las almas de los muertos surgieran de sus tumbas para elevarse hacia el cielo. Sobre la fosa común donde yacían los restos de mi madre, una llama azulada iluminaba levemente las oscuras piedras.

—¡Madre! —grité como si la tuviese delante, como si el resplandor fuese su alma, como si pudiera escucharme.

Intenté atrapar aquella luz, pero al acercarme, el fulgor desapareció para siempre. Rendida, me tumbé sobre el montón de piedras con el deseo de dejarme morir allí mismo. No me quedaban fuerzas ni para llorar... escuchaba sonidos extraños alrededor, un viento frío me helaba la espalda a ráfagas intermitentes y, de pronto, como si una mano hubiera salido del fondo de la fosa, noté que alguien tocaba mi espalda invitándome a levantarme. Alcé la vista, asustada, y vi a mis pies una cántara de agua. Sin preguntarme de dónde provenía, bebí con avidez: jamás el agua me había parecido tan exquisita. Sacié la sed y la vida regresó a mi cuerpo.

Dormí como si estuviera dentro de una pesadilla. No cesaron los ruidos, las voces de ultratumba, los chasquidos como de huesos que se rompían, el aire gélido y el olor a putrefacción.

—Vete de aquí.

La voz de mi madre me sobresaltó. Desde dentro del sueño, ella me advertía. Lo interpreté como un mensaje suyo, claro y evidente: mi madre deseaba que yo viviera por las dos, que luchara, que no me dejase morir.

Es lo que he hecho siempre, he sabido que debía vivir y gozar por las dos. Durante los momentos felices, siempre he pensado que ella también los disfrutaba, como una sombra, a mi lado.

Por la mañana, cuando el sol se asomaba tímido entre las nubes, apareció el sepulturero y abrió la reja del cementerio. Salí de allí sin necesidad de despedirme de mi madre, porque sabía que la llevaba conmigo, que no se había quedado en la fosa común, sino que vivía en mi recuerdo y en mi vida con más fuerza que la realidad que me rodeaba.

Seguí deambulando por la ciudad, escondiéndome de mi perseguidor, mendigando y hurtando para sobrevivir. A veces, daba con algún pequeño tesoro que engrosaba la carga del hatillo: la cuenta de un collar, un cabo de vela o cualquier cosa comestible.

Guardaba bajo mis ropas las hojas de periódico que encontraba en mi vagabundeo por la ciudad. Me permitían sobrellevar las horas de tedio y de miedo y, por las noches, descubrí que me abrigaban más que mis pobres harapos, como una manta de letras. Mi preferido era el *Semanario Pintoresco*. Leyendo, descubrí lugares remotos que me parecían sacados de un sueño, relatos inquietantes que me evadían de la cruda realidad y otros asuntos que no comprendía bien pero que llenaban mis horas de imágenes prodigiosas. Viajaba con la imaginación, convencida de que jamás lo haría en la realidad, y me transportaba a aquellos lugares. Los contemplaba con los ojos del alma, me veía paseando por otras calles y me deleitaba observando monumentos que nunca verían mis ojos. En la sección «España Pintoresca» de varios ejemplares leí que hablaban de Toledo, sabía que era una ciudad cercana y que se llegaba a ella siguiendo la madrileña calle del mismo nombre a lo largo de muchas leguas. Se tardaba un día en llegar y aquello me parecía el fin del mundo. Leí que en esa ciudad había una cueva encantada llamada de Hércules y que su catedral guardaba mil tesoros, a cuál más valioso y sorprendente. Yo deseaba, alguna vez, viajar a esa ciudad de maravillas, que me figuraba como un mundo mágico donde los secretos existen y los sueños se hacen realidad. Leyendo descubrí el temblor de lo extraño, ese hormigueo que producen los relatos de misterio que, desde entonces, siempre me han apasionado.

10

En la calle del Clavel había algunas casas elegantes de donde salían damas enjoyadas. Me refugié entre las gentes que iban y venían, y me acercaba a pedir limosna a las mujeres que me parecían más generosas, a las más sonrientes, a las más felices. Me conformaba con una moneda que mitigara mi hambre atroz y me permitiera sobrevivir un día más. La miseria, el hambre y la soledad atrofian la mente, casi no era un ser humano, solo un puñado de miedo desafiando a la desgracia. Al caer la noche, el pánico aumentaba. Las sombras me acechaban, los ruidos amenazadores me hacían saltar y no lograba conciliar el sueño ni media hora seguida. Me refugiaba en soportales, en callejones desiertos, en las bancas vacías de las lavanderas, siempre huyendo de los otros mendigos, de los hombres que se emborrachaban en la calle. Si tenía suerte, subía hasta algún tejado sin que los vecinos se percataran y allí encontraba una guarida más segura al amparo de la luna y las estrellas.

Una mañana, hallé unas hojas de periódico que volaban sin rumbo y sin dueño, y las cacé como quien atrapa a un pájaro esquivo. Me senté al sol, pegada la espalda a la fachada del número 3 de la calle del Clavel, y me dispuse a leer. Cuando lo hacía, mi mente recuperaba su esencia humana, viajaba: me olvidaba del hambre, de la soledad, del miedo y hasta de ese padre cruel que me perseguía. Se trataba de un fragmento del *Semanario Pintoresco*, donde pude leer el capítulo de un folletín. Extasiada estaba con las aventuras del protagonista, cuando escuché una voz que se dirigía a mí:

—¿Sabes leer, muchacho?

Levanté la vista del periódico y descubrí a una joven de unos veinticinco años, morena, de ojos grandes y oscuros. Su mirada desprendía fuerza, me transmitió cordialidad y respondí con resolución:

—Me gusta leer, pero nunca he leído un libro, solo periódicos que encuentro por la calle.

—¿No tienes casa ni familia? ¿Vives en la calle?

Su gesto y sus palabras me infundieron más confianza. Solté la verdad sin pensar en las consecuencias, solo buscando consuelo. Alguien, al fin, se interesaba por mi situación y aquello me parecía un milagro.

—Mi madre murió. Huyo de un padre que me persigue para prostituirme —me atreví a confesar.

Abrió los ojos, sorprendida, se acercó más a mí, acarició mi rostro y, de pronto, comprendió:

—¡Pobre criatura! ¡Eres una niña!

—Por Dios, no me delate —supliqué asustada—. Lo hago

para que mi padre no me encuentre; si lo hace, mi vida será horrible.

—¿Es cierto esto que cuentas? ¿No me engañas?

—Se lo juro por Dios —sollocé—. Llevo semanas escondiéndome por la ciudad: en el cementerio, por los rincones de las callejuelas oscuras, pidiendo limosna para no morir de hambre. Trabajaba en la fábrica de tabaco, pero no puedo regresar allí o mi padre me atrapará.

—¡Es terrible! No quiero ni pensar en las penalidades que habrás pasado. Me gustaría ofrecerte un refugio en mi casa, pero no dispongo de demasiado dinero y nos sobra servicio. ¿Quién te enseñó a leer? ¿Has ido a la escuela?

—¡Ya me habría gustado! Me enseñó Pura, una vecina de la corrala donde vivía con mi madre.

—¿Sabes también escribir?

—Sí —mentí.

Intuí que aquella habilidad, que aún no poseía, sería un valor interesante para la mujer con quien hablaba y que, incluso, podía cambiar mi vida.

—Sé leer y escribir —insistí como si aquello fuese una prueba de mi honradez.

—Eso es bueno. —Sonrió—. La lectura siempre te ayudará a ser más feliz.

Me tendió una moneda que yo agradecí con exagerados ademanes y se despidió con un movimiento de su mano enguantada.

Desde ese día, la buscaba cada mañana y me acercaba a ella para saludarla, sin acuciarla como una pedigüeña. Hasta las noches se me hicieron más llevaderas pensando en qué le contaría al día siguiente. Recurrí a la estrategia de hablarle de los artículos de prensa que había leído en periódicos viejos y hasta le recité algún poema de los que en ellos venían escritos. Ella reía mis ocurrencias y siempre me daba algo: una moneda, un trozo de pan o un periódico del día anterior, que era lo que más agradecía. La lectura me ayudaba a sobrellevar el hambre.

Hasta que me atreví a preguntarle su nombre:

—Tula —respondió—. Es Gertrudis, pero todos me llaman así: Tula.

Tula era una mujer que impresionaba, era hermosa y de gran estatura. La mirada firme de sus serenos ojos transmitía seguridad. Su voz era dulce y suave.

—Quizá puedas trabajar con la criada y ayudarme con mis escritos.

Me quedé muda de asombro, no podía imaginar que aquellas palabras fuesen dirigidas a mí, una pobre huérfana. Mi rostro se transformó y rompí a llorar de incredulidad.

—¿Sus escritos? —balbucí entre lágrimas, cuando recuperé el habla. No comprendía qué relación podía tener una joven elegante como ella con la escritura.

—No tendrías apenas sueldo —prosiguió—. De momento gozarás de un refugio seguro y, si logro vender mis poemas y mis novelas, te haré partícipe de ello en lo posible. Las mujeres debemos ayudarnos. Te esconderemos.

11

La seguí, como una sonámbula, y entramos en el edificio de cuatro plantas. Me impresionaron los altos techos y la balaustrada de piedra que rodeaba la escalera. Agarrada al pasamanos, con los ojos muy abiertos, subí al tercer piso donde vivían la joven Gertrudis Gómez de Avellaneda y su hermano Manuel. Tula me llevó a la cocina; la criada hizo un gesto torcido al verme y se quedó inmóvil, clavada en el suelo. Mi llegada significaba otra boca más que alimentar.

—Trabajaré en lo que haga falta —dije, cohibida.

—Al menos es un mozo, aunque no parece muy fuerte —soltó la cocinera.

—Es una muchacha, Emilia —le reveló Tula—. Cuídala bien.

Me acomodaron en un jergón junto a la despensa de manera provisional, me dijeron; aunque aquello me pareció un palacio y dormí bien por primera vez desde que mi madre murió, sin temores ni sobresaltos. Me lavé y me ofrecieron unas ropas femeninas que me venían algo grandes.

—De momento te mantendremos oculta, pero confío en que enseguida puedas recuperar tu nombre y tu identidad.

Los primeros días, Emilia me miraba mal y yo me sentía desconcertada. Me esforzaba por resultar útil y temía que me devolvieran a la calle y al miedo. Cada vez que se cruzaba conmigo rezongaba y protestaba entre dientes por los caprichos de la niña, como llamaba a Tula. Me consideraba inservible en aquella casa, a pesar de que yo me esforzaba por colaborar en cualquier tarea doméstica. Comencé a hacer algunos recados vestida de mujer, pero me movía con recelo por la ciudad, aún asustada.

Pronto me instalaron en la buhardilla donde dormían las criadas del edificio. El lugar me recordaba a mi casa en el barrio del Avapiés y a mi madre, por eso me resultaba familiar el zureo de las palomas que nos despertaban cada mañana. Por fin empezaba a rozar la felicidad con las yemas de los dedos, bebía el aire, sentía la vida y aquellos desvaríos del cementerio se me olvidaron como si jamás hubiesen ocurrido. Tenía casa, comida y un trabajo para el que no estaba preparada.

Durante muchas noches, robé horas al sueño para practicar la escritura. Tula deseaba una caligrafía pulcra por mi parte y yo apenas había agarrado un lápiz y mucho menos una pluma, objeto raro y lujoso al que jamás había tenido acceso. Pasé horas a la luz de un candil intentando trazar una letra legible con el lápiz de grafito que guardaba entre los «tesoros» de mi hatillo y con el que ya había practicado en bastantes ocasiones, emborronando de letras los márgenes de las hojas de muchos periódicos. Pero no era tarea fácil. Lloré de impotencia: en cuanto la señorita Tula se diese cuenta del engaño, me echaría de su casa.

Una mañana, tras una noche intensa de práctica ortográfica, aún soñolienta y con los ojos hinchados, acudí a la llamada de la joven. De inmediato se percató de mi mal aspecto.

—¿No has dormido bien? ¿No estás cómoda en la buhardilla?

—No es eso —aseguré—. Para mí es como un palacio.

—¿Entonces?

Dudé, debía contar la verdad, era mejor que ser descubierta y sentir la vergüenza del impostor.

—Yo... estuve practicando caligrafía —confesé—. Sé leer a la perfección, pero no he tenido la oportunidad de escribir demasiado y jamás he tocado una pluma.

Me miró muy seria y temí lo peor.

—Debiste decírmelo desde el principio. Entre nosotras no debe haber engaño. Al menos, has sido sincera y veo que tienes empeño y ganas de aprender. Es la mejor cualidad que puede tener una mujer. Te dejaré una pluma de ave para que practiques en tus ratos libres, será una manera de empezar; deseo que tengas una caligrafía clara y elegante y eso solo se logra dedicando tiempo a la escritura. Sé que podrás hacerlo: eres mujer, tienes coraje y te gusta leer. Ello te llevará a la reflexión y a la cultura, que son el camino de la sabiduría. Solo el que lee llega a ser persona completa. Quizá, algún día, aprender a leer sea un derecho y una obligación.

—Le prometo que enseguida tendré una caligrafía digna del oficio que me ha asignado.

—No lo dudo. —Sonrió, para mi alivio—. Eres fuerte y valiente, los dos rasgos que más admiro en una mujer. Sé que no me defraudarás. Ven, quiero que veas algo.

Seguí el vuelo de su falda por el largo pasillo de la vivienda, hasta llegar a una puerta de cristales esmerilados. Tras ella se escondía el lugar de las maravillas: la biblioteca. Varias paredes se hallaban cubiertas de estanterías repletas de libros, cuyos lomos me llamaban como sirenas venturosas.

—No pude traérmelos todos de Cuba, donde nací, pero sí de Sevilla. Hizo falta un carromato lleno. Mi madre se enfadó mucho. «¿Adónde vas con todos esos libros que no sirven para nada? ¡Si ya los has leído!», me decía.

—¡Qué maravilla! —solté extasiada.

—Desde niña, la lectura de novelas, poesías y comedias ha sido mi pasión dominante. Mamá me reñía porque, siendo ya grandecita, huía de la sociedad como una salvaje. —Rio al recordar—. Mi mayor placer era estar encerrada en el cuarto de los libros, leyendo mis novelas favoritas y llorando las desgracias de aquellos héroes imaginarios a quienes tanto quería.

—Yo he tenido que conformarme con hojas sueltas de periódicos extraviados. Ellos han sido mis juegos predilectos —confesé.

—Te comprendo —asintió—. Yo mostré desde mis primeros años afición al estudio y una tendencia a la melancolía. No hallaba simpatías en las niñas de mi edad; tres solamente, vecinas mías, merecieron mi amistad. Nuestros juegos eran representar comedias, escribir cuentos, rivalizando a ver quién los hacía más bonitos, adivinar charadas y dibujar flores y pajaritos. Nunca nos mezclábamos en los bulliciosos juegos de las otras chicas con quienes nos reuníamos. A los doce años yo ya había escrito una monstruosa novela de fantasmas. —Rio de nuevo—. El protagonista era un gigante de cien cabezas.

Se acercó a la estantería y acarició los lomos de los libros, como si se tratase de personas queridas.

—Aquí están Byron, Victor Hugo, Lamartine, Chateaubriand, Madame de Staël, George Sand...

Fue desgranando una serie de nombres que yo desconocía: mi ignorancia era inmensa y me avergonzaba de ello. ¿Qué hacía yo en aquella casa, en la biblioteca de una mujer rica y culta? Ni en toda mi vida alcanzaría a leer los volúmenes que allí se alineaban, pero estaba deseando comenzar. Me parecía prodigioso que una mujer acumulase tanto talento, tanta sabiduría en su juventud y desde su niñez. Había una magia indecible en la elegancia natural con que se expresaba.

—Su familia debe de estar muy orgullosa de usted.

—No lo creas, Manuela. Soy soltera y huérfana, pues perdí a mi padre siendo muy niña y mi madre pertenece a un segundo marido que nunca nos quiso ni a mi hermano Manuel ni a mí. Aunque no ofendo a nadie, tengo enemigos, y aunque nada ambiciono, me acusan de pretensiones desmedidas. Mi familia pertenece a la clase que llaman noble, pero yo no pertenezco a ninguna clase. Trato lo mismo al duque que al cómico, a la niña abandonada, como tú, que al ilustre escritor. No reconozco otra aristocracia que la del talento y sé que tú lo tienes.

Como quien saca a un pajarillo de su jaula, Tula extrajo un libro de la estantería y me lo tendió.

—Si te gustan los folletines del *Semanario Pintoresco*, disfrutarás con este libro de aventuras.

Miré la cubierta. *Ivanhoe* era el título de la novela y Walter Scott su autor.

—Será una buena manera de empezar. Después podrás leer a Victor Hugo, a Sand, a Staël... y luego, poesía.

—Gracias —salté entusiasmada.

—No sé si te hago un favor o te perjudico. —Suspiró—. Para mí no es fácil ser escritora en un mundo sometido al poder masculino. En Madrid he sido tan bienvenida como rechazada por los hombres que ejercen el dominio cultural. Es complicada la posición de una mujer letrada, se nos desprecia sin más. Incluso el nombre de «poetisa» es utilizado en ocasiones con un tinte despectivo.

—Sin la lectura, mi vida sería más desgraciada —aseguré.

—Y la mía, Manuela, y la mía. —Sonrió.

12

En la casa de la calle del Clavel también vivía Manuel, el hermano de Tula, aunque pasaba más tiempo fuera que dentro, viajaba mucho y en ocasiones se trasladaba a Sevilla con su madre, para alivio de Tula, que prefería disfrutar de toda la casa para ella, sin ruido y sin ninguna intromisión.

Manuel era un hombre de aspecto distinguido. Al principio me mostraba cohibida en su presencia. Era alto y fuerte, de ojos vibrantes y profundos. Pero enseguida me mostró su lado amable: siempre me saludaba con cortesía sin preguntar por mi presencia en la casa. Tula le tendría al tanto de mi situación.

—Aquí ya no tienes nada que temer —me dijo en la primera ocasión en que nos cruzamos por el pasillo.

Manuel viajaba mucho y, cuando se encontraba en casa, su carácter alegre nos contagiaba a todos. Gozaba de una hermosa voz y disfrutaba cantando alegres romanzas por el pasillo. Emilia era quien más celebraba la presencia del joven.

—No viene mal contar con un hombre que nos alegre la vida —decía entre risas, mientras Manuel la hacía bailar al son de sus tonadas.

Sin embargo, a Tula le desquiciaba tanto alboroto y, aunque adoraba a su hermano, lo prefería lejos.

—¡Con este escándalo no hay quien escriba! —se quejaba—. Ni siquiera respeta el descanso. Por las noches me desvelan sus ronquidos.

No era Manuel el responsable de su insomnio: ni el silencio sepulcral de algunas noches de calma lograba que Tula durmiera varias horas seguidas.

Ellos fueron cómplices desde niños: huérfanos de padre y con un padrastro que los ignoraba, forjaron entre ambos un cariño indestructible a pesar de lo opuesto de sus caracteres.

—Este Manuel, tan tranquilo, a veces me saca de quicio —confesaba ella—. Ni de pequeño era travieso, yo era mucho más inquieta. Mi hermano ni siquiera se atrevía a subirse a los árboles. Se entretenía con cualquier cosa: ya le gustaba cantar a todas horas, dibujar a la sombra de los árboles y observar a los insectos que pululaban por nuestra finca en Cuba. Se distraía con una mosca que volase a su lado. Yo siempre necesitaba emociones fuertes.

Manuel era una excelente persona, un hombre bondadoso y afable. Me habría gustado tener un hermano como él.

Quería ser digna del regalo que me hacían al admitirme en su casa. Por eso, en cada rato libre, me subía a la buhardilla y, con la luz que entraba por el ventanuco, leía y leía. Sabía que, cuanto más leyera, más cerca estaría de ellos dos y más lejos de la miseria del exterior. Sentía que escapaba por la ventana volando sobre las páginas de los libros y de los periódicos que me transportaban a otros lugares desconocidos. Las emocionantes aventuras de Ivanhoe me descubrieron países con un pasado desconocido, lloré y reí, me emocioné y temí por los personajes que se convertían en reales página a página. Por las noches, leía a la luz de un candil o una vela, ante las protestas de mis compañeras de cuarto que decían que atraía a las polillas. Siempre escondía el volumen entre la ropa y las demás se burlaban de mí por tan absurda afición.

Emilia, la cocinera, desde que descubrió que yo leía, me miraba con más desconfianza, pues despreciaba el oficio de la señorita y no desaprovechaba la ocasión para recriminarla, sobre todo si yo me encontraba delante.

—La niña es escritora, o al menos a eso aspira —soltaba con desdén—. No me parece muy decente que una mujer se dedique a escribir y a rechazar pretendientes. Dice que aborrece el matrimonio, ¡será posible!

—Ya no es ninguna niña —objetaba yo—. Tendrá más de veinticinco años.

—Ya lo creo, pero sigue teniendo caprichos de niña consentida. Los vecinos del edificio la critican, son gente de bien, matrimonios decentes. Lo que debería hacer es casarse de una vez y dejarse de locuras.

¡Una joven que no se quería casar! Jamás había escuchado nada semejante. Tula era hermosa, inteligente y de una familia acomodada, no le faltarían pretendientes, pero ella deseaba ser libre.

—Dicen que su familia trató casamiento allá en Cuba, en Puerto Príncipe, donde vivían, con un caballero distinguido, un pariente lejano —contaba Emilia—. Era un hombre de buen aspecto y el mejor partido del país. Estaban ya en vísperas del matrimonio; casa, ajuar, dispensa... todo preparado, cuando ella se escapó de casa y se refugió con su abuelo, que estaba en una quinta próxima a la ciudad. Estaba tan decidida que dijo que se daría muerte antes de casarse con el hombre que le destinaban. ¡Habrase visto locura! Esta muchacha nunca ha estado bien de la cabeza.

—¿Cómo sabe usted tanto, Emilia? —Me parecían chismorreos sin fundamento.

—No se habla de otra cosa en Madrid. Y ella no tiene pudor en relatarlo, hasta los vecinos lo saben. Como si se sintiese orgullosa del escándalo. Aquel rompimiento fue ruidoso: toda la familia se mostró indignada de su resolución. ¡Despreciar a un buen partido! ¡Tener el atrevimiento de romper un compromiso tan serio, tan adelantado, tan antiguo! Es una mala cabeza, su supuesto talento la pierde. Su madre se tiene que arrepentir de la educación novelesca que le ha dado. Así que tú, ándate con cuidado, no te vaya a meter sus novelerías en la cabeza y acabes tan perturbada como ella.

Tula era diferente, desde niña, y su decisión de no contraer matrimonio no me pareció disparatada: más felices habríamos sido mi madre y yo sin un marido de por medio. Pero ¿qué otro destino teníamos las mujeres? Tula solo podría escapar de la maledicencia del brazo de un hombre que la mantuviera. Intuía una trampa escondida y simpaticé al instante con la señorita y esas ideas suyas tan modernas y escandalosas. No solo me había salvado de la miseria de la calle, además me abría los ojos a un modo nuevo de ver el mundo.

Solo unos meses después de llegar a la casa, ya era capaz de escribir al dictado. Me apliqué con ardor al trabajo. Había logrado, no sin esfuerzo, tener una caligrafía clara y dotada de cierta belleza. Alargaba el rabillo de la a, escribía con rasgos inclinados y las mayúsculas parecían dibujadas con esmero.

—Es prodigioso lo que has conseguido en poco tiempo —me decía Tula, orgullosa—. No hay duda de que posees talento. ¿Serías capaz de esmerarte igualmente con los números? No me vendría mal tener un contable. Manuel tampoco es experto en esto.

Fue el siguiente paso. A través de los libros y de algunas explicaciones de la señorita, aprendí la base de la aritmética. No era fácil, pero me puse a ello con celo, dedicando mucho tiempo y esfuerzo. A veces me desesperaba pero, al final, siempre acababa consiguiéndolo. Sabiendo sumar, restar, multiplicar y dividir, ayudé a Tula a organizar su economía doméstica. No hay nada que no se pueda aprender con tesón, la niña que era lo intuyó enseguida, y la vida me ha demostrado que así es. El inmenso deseo de saber que poseía me regaló un destino diferente.

Mi pasión, nuestra pasión compartida, era la lectura. Yo devoraba los libros que ella me prestaba y luego hablábamos con emoción de sus personajes y de sus autores como si de viejos conocidos se tratara. Yo notaba que Tula solo era feliz con la literatura. Cuando escribía, cuando hablaba de libros, su rostro se transformaba, sus ojos adquirían un brillo especial y hasta su voz parecía otra, la de una ser etéreo que vive y se alimenta solo de palabras. Su memoria era un prodigio y su capacidad de lectura, fabulosa. Vivía en la ficción, el mejor remedio para la desgracia.

Tula era imprudente y decidida. Yo, que admiraba cada uno de sus gestos, que deseaba parecerme a ella desde mi humilde posición, imité ese arrojo en cuanto me fue posible. Siempre fue sincera conmigo, debió de hallar, en la niña que yo era, la verdad y la inocencia que buscaba en los demás. Se mostró desinteresada hasta ser tachada de manirrota. Se definía como peregrina, uno de los seudónimos que usaba en sus artículos, rara, insólita, caminante y viajera hacia otro mundo desconocido.

13

Llegué a convertirme en su confidente, a Tula le gustaba recordar acontecimientos del pasado. Me hablaba de Cuba, su isla natal, de su infancia, de su primer novio, con quien estuvo a punto de casarse y cuyo compromiso rompió a última hora, tal como me había contado Emilia, la criada.

—Casarme con el soltero más rico de Puerto Príncipe, que muchas deseaban, tener una casa suntuosa, magníficos carruajes y ricos aderezos era una idea que me lisonjeaba. Por otra parte, yo no conocía el amor sino en las novelas que leía, y me persuadí de que amaba locamente a mi futuro esposo. Como apenas le trataba y no le conocía casi nada, me convencí de que su carácter era noble, grande, generoso y sublime. Pero el amor de verdad no es como imaginamos, Manuela. Desnudo del brillante ropaje de mis ilusiones, me pareció un hombre odioso y despreciable. Yo aborrecía a mi novio tanto como antes creí amarlo. Mis ilusiones nacieron y acabaron en el secreto de mi corazón; porque, tan tímida como apasionada, no concebía yo entonces que se pudiera, sin morir de vergüenza, decir a un hombre: «Yo te amo».

—¿Ha encontrado ya el amor, señorita? —le pregunté, recordando las cartas que casi a diario enviaba al correo y que iban destinadas a un joven de apellido Cepeda.

—¡Ay, Manuela! ¿Dónde existe el hombre que pueda llenar esta sensibilidad mía, tan fogosa como delicada? ¡En vano lo he buscado estos años! ¡En vano! He encontrado hombres, todos parecidos entre sí, ninguno ante el cual pudiera postrarme con respeto y decirle con entusiasmo: tú serás el dueño de esta alma apasionada. Mis romances han sido débiles y pasajeros. Busco a alguien que no encuentro y que acaso no existe sobre la faz de la Tierra. Ahora ya no lo espero, no lo deseo: por eso estoy más tranquila.

No creí sus últimas palabras, pues Tula seguía ansiando con desesperación ese amor soñado, yo lo sabía y ella también, y la tranquilidad no la definía. La pasión, el nerviosismo, la desazón y la insatisfacción formaban parte de su personalidad.

—Romper mi compromiso me trajo graves consecuencias —continuó—. Mi tío y mis primas me acusaron de loquilla novelera y caprichosa: dijeron que mamá me perdía con su excesiva indulgencia y libertad, que me dejaba seguir mis extravagantes y peligrosas inclinaciones. En fin, no desperdiciaron ningún medio para ponerme en contra de mi madre y de mi pobre abuelo, que sin vigor físico ni moral, creyó todas las patrañas. ¡Consiguieron su objetivo! Él murió tres meses después de mi rompimiento y apareció un testamento que anulaba el que había hecho a favor de mamá y de mí. Perdí mi legítima herencia, me dejaron en la ruina, mis sueños de independencia se esfumaron. Me hundí y tardé meses en recuperarme. Entonces soñé con venir a España, un cambio de vida, un viaje, podía ser el remedio a tanto disgusto. Quería huir de todo aquel ambiente isleño que me oprimía, que me acusaba.

—Y aquí, ¿se acabaron sus preocupaciones? ¿Encontró en España el ambiente propicio que buscaba?

—No creas, Manuela —se lamentó—. En La Coruña, adonde llegamos desde Cuba, tampoco me miraban bien. Decían que yo era atea, y las pruebas que daban eran que leía las obras de Rousseau y que me habían visto comer con manteca un viernes. Comentaban que yo era la causa de todos los disgustos de mamá con su marido. Las parientas de mi padrastro aseguraban que no era buena para nada porque no sabía planchar, ni cocinar, ni calcetar; porque no limpiaba los cristales, ni hacía las camas, ni barría mi cuarto. ¡Como si eso definiera a una mujer! Según ellas, yo necesitaba veinte criadas y tenía los aires de una princesa. Ridiculizaban también mi afición al estudio y me llamaban la Doctora.

Me costaba calificar su actitud y sus palabras, jamás había imaginado una mujer con semejantes creencias. Todo lo que decía me cautivaba, me resultaba magnífico y sorprendente.

A veces, la veía escribir cartas y alguna lágrima escapaba de sus ojos. Mi curiosidad era enorme, ¿a quién dirigiría aquellas misivas que la emocionaban hasta el llanto? Luego me las entregaba para que las llevase al correo. En casi todas, un nombre masculino se leía en el sobre: don Ignacio Cepeda. Y el domicilio era una calle de Sevilla, la ciudad donde Tula había vivido antes de llegar a Madrid.

Una de aquellas mañanas en las que la señorita me mandó a enviar una carta, ocurrió el fatal encuentro. Ya había recorrido la calle Alcalá hasta la Puerta del Sol y me encontraba ante el edificio de Correos cuando divisé la figura de mi padre, plantado ante mí. Me quedé inmóvil, clavada en el suelo, la siniestra imagen se ha quedado grabada en mi pupila para siempre. Un escalofrío me recorrió el cuerpo. Sonaban las doce en el reloj y las campanadas parecían puñaladas en mi pecho. El horror que me infundió tan nefasta aparición aún me conmueve.

—Aquí estás, maldita —tronó con una voz que me heló la sangre.

Me propinó un bofetón en la mejilla derecha que me partió el labio, el sabor de la sangre inundó mi boca. Me agarró por el brazo y me zarandeó.

—¡Esta hija rebelde se ha escapado de casa! ¡Merece un escarmiento! —gritó para que todos los transeúntes lo oyeran—. Hay que atar corto a estas niñas desvergonzadas.

La gente nos miraba, algunos hombres asentían a las palabras del monstruo y parecían darle la razón. Quise chillar, defenderme, alegar que su criminal codicia me arrastraba a un destino desgraciado, pero el dolor y el pánico me lo impedían. Sentía sus dedos clavados en mi brazo. En volandas me condujo por las zonas más solitarias, en dirección a la calle de la Comadre, donde se encontraba el prostíbulo. De un empujón me introdujo en aquel tugurio y caí al suelo de bruces. La angustia casi me impedía respirar y permanecí agachada, temerosa de ponerme en pie. Una mano delgada me ayudó a levantarme. Un hilo de sangre salía por mi boca y las lágrimas me nublaban la vista. Alguien me tendió un pañuelo:

—Toma, límpiate.

Era una chiquilla desarrapada, flaca en extremo, con unos ojos que parecían salirse de las órbitas. ¡Qué horrores no habrían visto! Pronto descubrí que no estábamos solas: en aquel cuartucho sucio se encontraban otras cinco mujeres más, la mayoría eran jóvenes, todas con el mismo aspecto de abandono, comidas por el hambre y la tristeza. Había tres camastros donde se sentaban, silenciosas, rendidas a su destino. Una de ellas, la que parecía algo mayor, aún conservaba un cierto desparpajo. Se acercó a mí y me preguntó con curiosidad:

—¿Eres la hija del Cepo?

—¿El Cepo? —Nunca había escuchado ese nombre.

—Creo que se llama Roque, pero aquí todos le llaman «el Cepo». Él dice que es porque atrapa a las chicas y no pueden escaparse.

Asentí levemente, me horrorizaba lo que acababa de escuchar. Pensé que jamás saldría de allí con vida.

14

—Lleva meses buscándote, eso lo tiene de muy mal humor —aseguró al tiempo que me miraba de arriba abajo y me tocaba—. Dice que te has escapado y que eres una mercancía valiosa. ¡Ya lo creo que lo eres! Mira esa piel blanca, se ve que no has estado trabajando al sol. Y esas manos no son de lavandera ni de criada. Y las carnes lustrosas son de comer todos los días.

Las demás me miraban con lástima, con la misma conmiseración que yo a ellas: éramos un grupo de desgraciadas. Me negaba a admitir tal destino y me sentía capaz de cualquier locura con tal de huir de allí, viva o muerta.

Me senté en un rincón, cohibida, aterrorizada y temblando como una hoja. Ninguna se acercaba a mí, permanecían silenciosas, ajenas al mundo. Me parecían muertas en vida, como si las experiencias atroces que habían vivido las hubieran vaciado. Yo también lloraba en silencio y mi corazón se sobresaltaba cada vez que oía abrirse la puerta. Temía que fuese el Cepo, dispuesto a venderme a cualquier viejo sin escrúpulos. Siempre era un hombre de brazos poderosos quien entraba y agarraba con desdén a una de aquellas infelices. Ellas no rechistaban y salían como ovejas conducidas al matadero. Cuando ya solo quedábamos cuatro en el cuartucho, una de las chicas sacó un peine y unas tijeritas de un cajón y comenzó a peinar y a cortar las puntas del cabello a otra. Ambas poseían un pelo lustroso y brillante, era lo único que aún guardaba un ápice de hermosura en aquellas muchachas, su pequeño tesoro, su reducto de dignidad en una vida indigna. Una bocanada de nostalgia me subió hasta la garganta, recordé a mi madre y las noches en la buhardilla cuando nos cuidábamos la una a la otra.

La puerta se abrió de golpe y el Cepo entró, como un huracán, dispuesto a acabar con todo. Se acercó a mí con gesto altanero y me habló con desprecio:

—¿Pensabas que ibas a escapar de mí? El Cepo siempre os atrapa. ¿Quién te habías creído que eras? No eres nadie, no eres nada, Manuela.

La rabia sustituyó al miedo, sus desprecios me despertaron. Yo sí era alguien: era una mujer que sabía leer y escribir, que conocía lugares en los que jamás había estado y colaboraba con la escritora más importante de la ciudad y quizá de toda España. Me revolví contra él e intenté desasirme de su manaza sin éxito, pero me agaché hacia donde estaban las dos muchachas y le arrebaté a una de ellas las tijeritas que tenía en la mano. Con celeridad, sin darle tiempo a reaccionar, llevé las tijeras al rostro del monstruo y le rajé la mejilla hasta el ojo derecho. Él me soltó, entre espantado y sorprendido, y aulló de dolor. Se llevó las manos a la cara, momento que yo aproveché para abrir la puerta y salir de aquel cuartucho infame. En la sala contigua nadie me detuvo y logré alcanzar la calle, donde eché a correr con todas mis fuerzas. No me atrevía a mirar hacia atrás, por si el Cepo o alguno de sus secuaces me perseguían, solo deseaba alejarme de allí lo más rápido posible y llegar al número 3 de la calle del Clavel, donde Tula me acogería y me salvaría del monstruo. No escuchaba voces ni carreras tras de mí y, en una esquina, me escondí y miré hacia la calle que acababa de recorrer. Para mi sorpresa, solo dos figuras escuálidas corrían a la par que yo: eran dos de las chicas del prostíbulo que apenas lograban caminar deprisa. Me alegré por ellas, al menos conservaban la voluntad de huir, de aspirar a un destino mejor fuera de aquel lugar siniestro. Rogué para que el Cepo no las atrapase jamás.

El trayecto se me hizo eterno, a pesar de que nunca había corrido tanto por las calles de la ciudad. Los transeúntes me miraban como si fuese una ladrona huyendo con el botín, pues las mujeres no debían dar un paso más rápido que otro, y yo resultaba sospechosa a los ojos de la gente de bien. Si aparecía un guardia, me detendría, era seguro, y si mi padre llegaba después, quizá le convencería de que yo era una niña rebelde que merecía una paliza por su parte.

Por fortuna llegué a casa sin que ningún guardia ni el Cepo lograsen atraparme. Aporreé la puerta y Emilia me abrió, espantada.

—¿A qué viene tanto jaleo? ¿Dónde estabas? La señorita ha preguntado por ti.

Entonces estallé en un llanto incontenible, el miedo se había pegado a mi piel y temí no desprenderme de él nunca. El Cepo me buscaría en cada rincón de la ciudad y no pararía hasta encontrarme y vengarse. ¿Qué iba a ser de mí? ¿Quién me protegería? En ese instante prefería morir antes que volver a sentir la garra de su mano en mi brazo.

Emilia me llevó a la cocina, me sentó en una silla y me ofreció un vaso de agua. Me trató con afecto maternal, empezaba a darse cuenta de mi indefensión, de cuánto necesitaba aquel refugio para sobrevivir. Como no lograba calmarme, me preparó una tisana.

—Es como las que le hago a la niña cuando la veo nerviosa, que es casi siempre. —Suspiró.

Por fin llegó Tula y me abracé a sus piernas llorando. No lograba hablar, atenazada aún por el pánico.

—Por Dios, Manuela, ¿qué te ha ocurrido?

Conté como pude el episodio, sin omitir detalle, narrando sobre todo mi angustia y el espantoso temor a ser de nuevo atrapada por el monstruo de mi padre.

—Aquí tienes un amparo seguro —dijo acariciándome el cabello—. No temas, Manuela. Nadie te sacará de mi casa contra tu voluntad. Ese hombre nunca entrará aquí. Jamás dejaría a una joven como tú desprotegida ante un salvaje semejante. Las mujeres estamos para defendernos, para apoyarnos. Aunque no podrás salir de casa, por precaución. Ese hombre despreciable te andará buscando. Tendrás que vivir prisionera en este encierro. Procuraré darte trabajo para que estés entretenida con la contabilidad, la escritura y la lectura. ¡Ay, Manuela, a veces me gustaría hacerlo a mí! No salir de mi cuarto y escribir a todas horas, lejos de las críticas y de las miradas obtusas. ¡Qué placer sería! —Suspiró—. ¡Vamos, mujer! No llores más, somos dos y estamos juntas.

«Somos dos y estamos juntas».

La frase se convirtió en el lema de mi vida, muchas veces la pronuncié, la sentí, la viví. Nunca había pensado que las mujeres podían protegerse, defenderse unidas de los arrebatos de los hombres. Siempre había creído que la protección la otorgaban los hombres: ellos eran los defensores. Pero no es así, hija. Nosotras también podemos hacerlo, podemos salvaguardarnos unas a otras, la fuerza de muchas vale más que la fuerza bruta de ellos.

15

Comenzó entonces mi época de encierro. Recluida en la casa, apenas me asomaba al balcón por temor a que el monstruo me atrapase en su cepo. Cuando lo hacía, miraba hacia arriba y clavaba los ojos en un trocito de cielo; me sentía desvalida, pero en ese recuadro azul se resumía la libertad, el deseo de vencer al miedo y a mi perseguidor.

Emilia rezongaba porque no podía hacerle los recados y ella se tenía que encargar hasta de llevar las cartas de la señorita al correo, aunque entendía que se trataba de una causa de fuerza mayor. Al levantarme, hacía todas las tareas de la casa que me encomendaban con celeridad, para después aplicarme en la caligrafía y atender a los requerimientos de Tula. En los ratos libres, que eran muchos, estudiaba aritmética y leía con avidez todos los libros que la escritora me iba ofreciendo y alguno más que tomé prestado de su biblioteca sin consultarle.

Uno de aquellos libros fue *Corinne*, de Madame Staël, que leí a instancias de la señorita. Me permitió viajar con la imaginación, fuera de las paredes de la cárcel en que se había convertido la casa, al más hermoso y poético país del mundo: Italia. Las descripciones eran tan realistas que me sentía transportada. Pero, con todo, lo más sorprendente de aquel libro, era la semejanza asombrosa que hallé entre la protagonista, Corinne, y la propia Gertrudis. Parecían la misma persona. Ambas eran mujeres solas, poetisas homenajeadas en sus países, reinas de las mejores tertulias y con una tendencia natural al entusiasmo. Corinne, al igual que Tula, pasaba de la melancolía al contento. La aversión que siente el personaje por el matrimonio es igual a la que sintió Tula durante toda su juventud. Y no dejaba de repetírmelo.

—Yo no me he casado, ni me casaré nunca —me decía—, pero no es por un fanatismo de libertad, como algunos suponen. Creo que no temblaría por ligarme para toda la vida, si hallase un hombre capaz de inspirarme una estimación tal, que garantizase la duración de mi afecto. Mas tengo la convicción de que no hay dicha en lo que es pasajero. El matrimonio es un mal necesario del cual pueden sacarse algunos bienes. He jurado no casarme nunca, no amar nunca.

No cumplía su palabra, y era tan consciente de ello como de su irremediable deseo de mantenerse lejos de las pasiones que la atacaban como una enfermedad. Más de una vez, el amor desesperado por un hombre inconveniente la sacaba de quicio, la hacía enormemente desgraciada. ¿Dónde encontraría Gertrudis un caballero a su altura que no se sintiera amedrentado ni cohibido por su personalidad arrebatada?

A veces, el deseo de salir al aire libre, de caminar por la ciudad, era tan fuerte que miraba a través de la ventana, con ansia infinita, el espacio azul del cielo y el espacio gris de los adoquines de la calle. Los meses pasaban y la prudencia exigía mi encierro. Me sentía como un pajarillo enjaulado y no siempre me bastaban las lecturas. Solo las palabras de la señorita ejercían un efecto calmante.

Me aficioné a caminar por el pasillo de la casa, como si pasease hacia el río. Con los ojos cerrados, hacía el gesto de abrir la puerta, de bajar las escaleras y llegaba a la calle donde imaginaba los ruidos de la gente, de los coches de caballos, los retazos de conversaciones de quienes me cruzaba. Me llegaba el olor a pan de la tahona, la vaharada de los cigarros que fumaban los hombres y el aroma del perfume de las señoras. Mis pies descendían hacia el Manzanares y, a lo lejos, ya escuchaba las canciones de las lavanderas. La humedad del río me acariciaba el rostro y, al llegar a la orilla, me agachaba para tocar el agua. Podía percibir hasta su frialdad y allí, en cuclillas y rozando el río con los dedos, llegaba a oír levemente la voz de mi madre pronunciando mi nombre. Como me sentía fuerte, no lloraba, sino que sonreía ante su recuerdo, era lo que ella hubiera deseado.

16

Entretanto, Gertrudis Gómez de Avellaneda triunfaba en Madrid. Yo la veía salir de casa a todas horas y regresar feliz, casi siempre. La esperaba ansiosa para que me contase sus éxitos, que yo recibía como si fueran propios. Por fin lograba brillar como la estrella fulgurante que era.

—Me parece ahora que este largo viaje de peregrinación desde Cuba, pasando por tantas ciudades, hubiera tenido el objetivo de llegar a Madrid, el centro de la poesía y del arte, el único sitio donde se podía entender mi obra. Es como si una estrella me hubiese guiado hacia el lugar donde triunfan los artistas, donde viven los poetas.

Ese Madrid que describía, de escritores, poetas y éxitos, se parecía muy poco al que yo había conocido: lleno de miseria, mujeres pobres que se ganaban la vida como podían, de violencia y de miedo. ¿Viviría Tula en otra ciudad desconocida para mí? ¿Tanto había cambiado la capital en mis meses de encierro?

—Por fin me siento poeta, la misión más excelsa que puede tener un ser humano. En el Liceo me han aceptado como la primera poetisa de España —me contó una tarde—. No creas que es vanidad, es solo deseo ferviente de ser alguien, de que me oigan. ¿Sabes lo que supone para una mujer? Soy la primera que recibe este honor.

Me dio un poema para transcribir; en él se mostraba toda la fogosidad de una juventud pletórica. ¿Habría llegado por fin Tula adonde deseaba?

Hierve la vida en mi agitado pecho
exuberante por mis venas corre
sangre pura y ardiente.
Y el ansia generosa me devora
de admirar y de amar.

Durante la noche, Tula dedicaba horas y horas a la poesía. Cuando todos reposaban, ella velaba. Con la lámpara encendida, en el silencio de la madrugada, traducía poemas, ejercitaba la rima, escribía novelas y cartas larguísimas. Era entonces cuando vivía feliz.

Se consagró con fervor y en exclusiva a la literatura. Solía firmar sus composiciones como La Peregrina, dando a entender su condición de mujer fuera de su tierra, condenada a un viaje sin final. Yo transcribía sus poemas, escribía al dictado y admiraba cada línea que ella creaba, pues era un prodigio de talento y de belleza. Con el tiempo, su hermosura iba en aumento. Tenía ojos negros como de raso, el cutis suave y dorado. El cabello, muy largo y abundante, con raya en medio, caía en tirabuzones. Parecía la cabeza de un ángel. Solía llevar amplios escotes y poseía una cintura finísima. Era innata en ella la facilidad de palabra y fascinaba a quienes la escuchaban. Resultaba tan seductora, tan atractiva, que era difícil permanecer tranquilo a su lado, ella incitaba al amor, a la pasión.

Por eso se relacionaba con los talentos más notables del momento y con varias familias que la introdujeron en la sociedad madrileña de alto nivel. No faltaba a una fiesta ni a una tertulia, y yo intentaba vivir fuera de mi encierro a través de su relato. Ella, que era consciente de mi situación, siempre me narraba con detalle cada reunión, cada encuentro, cada tertulia. Y yo sentía que también estaba allí. Muchas tardes salía y no regresaba hasta bien entrada la noche, cuando acaban los eventos que llenaban su tiempo.

En el dormitorio de Tula había un enorme armario con espejo. Cuando entraba allí, miraba mi reflejo a hurtadillas. Después de los libros de la biblioteca, era lo que más me impresionaba de la casa. Los cuadros, las finas lozas, las figurillas, los abanicos, las joyas no ejercieron sobre mí tan poderosa fascinación. En la mísera casa de mi infancia nunca hubo uno. Solo veía mi rostro reflejado en las turbias aguas del Manzanares. La primera vez que observé con tal nitidez mi cara en el espejo, me asombré. El poder de la propia imagen en el azogue me devolvía el retrato de una desconocida.

—Tienes la belleza de la juventud —me dijo Tula al descubrir mi sorpresa—. No permitas que el espejo te diga que vales poco por ser menos hermosa. Quédate solo con lo que te guste de lo que ves.

Una de aquellas tardes entré a escondidas en su alcoba con una clara intención. Abrí con sigilo la puerta de la habitación. La casa, solitaria y silenciosa, invitaba a la osadía en la penumbra. Me planté delante del espejo y escruté cada rasgo de mi cara: los ojos grandes y oscuros, los labios finos, enmarcados por un cabello encrespado. Sonreí y el azogue me devolvió la sonrisa: me gustó. Por el balcón la luz se filtraba entre los visillos, atardecía y una tonalidad anaranjada me envolvió. La fascinación que me producían los misterios del cuerpo me empujó a desvestirme. Quise conocerme más, desabroché los botones de mi camisola, despacio, y descubrí los hombros y los pechos. Sentí una excitación desconocida, contemplé mis pechos pequeños y los pezones se irguieron sonrosados. Con la yema de los dedos los acaricié y sentí un temblor nuevo. Dejé resbalar la ropa hasta la cintura y toqué mi vientre, el vello se erizó e hice descender mi mano hasta la falda que desaté con premura; lo mismo hice con la enagua y me quedé solo con el calzón. Tiré de él hacia abajo y descubrí mi cuerpo desnudo al completo. Palpé el vello oscuro de mi pubis y me contemplé, nunca antes me había visto sin nada de ropa. «Quédate con lo que te guste», recordé las palabras de Tula. Me gustaban mis hombros torneados, mi vientre liso y mis piernas fuertes. Sobre todo, me agradaba mi sonrisa.

—No dejes de sonreír —me dije en voz alta, para que no se me olvidara.

Allí me quedé, absorta, contemplándome, hasta que la oscuridad de la noche me devolvió solo una sombra en el espejo.

17

Fue un tiempo admirable para Tula y para la poesía. En 1841 se publicaron obras memorables que me entregó para que yo también disfrutase. Así, leí los *Romances históricos* del Duque de Rivas, *El diablo mundo* de Espronceda, los *Cantos del trovador* de Zorrilla... Y se imprimió un tomo con las poesías que Tula había compuesto en su breve vida y que yo le había ayudado a ordenar y caligrafiar con esmero. Estaba dedicado a su madre y contenía cuarenta y cinco composiciones que eran como una autobiografía poética. Fue una ilusión enorme tener aquel libro en mis manos; ella estaba eufórica: era su obra y, en parte, yo también la sentí como mía. Se mostró espléndida conmigo y me pagó un salario generoso, dinero que fui ahorrando con esmero, pues dentro de aquella casa poco podía gastar.

Había alcanzado la gloria, pero ella también quería el amor. Lo deseaba fervorosamente y aún no lo había encontrado. No tenía mesura, su vida y sus sentimientos eran un torbellino, una pura tempestad, como aquellas que vivió en su viaje de un continente a otro y casi hicieron naufragar su barco. Tan pronto se veía hundida en abismos infernales y sentía deseos de venganza contra el mundo, como se hallaba en las alturas del amor inefable. Era colérica, iracunda y furiosa, aunque conmigo siempre se mostró dulce y amigable. Estuvo en la cima del triunfo y del entusiasmo para luego descender a la desesperación y al fracaso. Y siempre fue muy impaciente: era su peor defecto. Por el ansia de hacer algo pronto, escribía frenéticamente sus obras y por el deseo ferviente de lograr el amor, lo perdía.

No dejó de escribir cartas a ese joven de Sevilla, Ignacio Cepeda. Yo nunca lo vi aparecer por el domicilio de la señorita, pero ella me habló con fervor de su amigo. Aunque no era capaz de reconocerlo abiertamente, Tula estaba enamorada de él. Contaba que era noble, sincero, inteligente y de una buena familia.

—Es un hombre que no confunde vida y literatura —me confesó.

Por desgracia para Tula, ella sí las confundía. Amaba apasionadamente a Cepeda y en sus fogosas cartas se hallaba toda esa pasión. Lo comprobé una mañana que ella dejó el secreter abierto. Se había marchado con precipitación y entré en la estancia dispuesta a ventilar y poner orden. Además, antes de irse, me había encargado pasarle a limpio unos poemas. Allí se encontraban algunas de esas cartas que leí, no sin pudor. Lo que se expresaba en ellas no era propio del recato de una joven de bien, habrían pensado las mentes retrógradas.

> ¡Cepeda!, tú serás siempre para mí el más amable de los hombres y el más querido de los amigos: esto eres todavía y esto tienes que ser mientras yo viva. ¿Por qué, pues, nos separamos de este modo? ¿Te lo aconseja así tu corazón? En cuanto a mí, no puedo, ni quiero: es preciso que te diga que te quiero aún más que a ningún hombre he querido, y que si el destino ha ordenado que no te vuelva a ver, conservaré de ti una tierna e imborrable memoria.

La señorita había guardado copia de las cartas que había enviado al sevillano a lo largo de los años, encontré varias fechas. Era un amor antiguo para una joven, reflejado en palabras fogosas que el enamorado no parecía corresponder. Tula le increpaba y le reclamaba, pero aquel hombre estaba lejos, tan lejos que jamás pisó su casa de Madrid mientras yo viví con ella, ni respondió con la misma ardiente pasión.

> ¡Cepeda! ¡Cepeda! Debes gozarte y estar orgulloso, porque este poder absoluto que ejerces en mi voluntad debe envanecerte. ¿Quién eres? ¿Qué poder es ese? ¿Quién te lo ha dado? Eres el Ángel de mi destino. Te lo juro por ese Dios que te adoro y, por tu honor y el mío; te juro que mortal ninguno ha tenido la influencia que tienes tú sobre mi corazón.

Me estremecí leyendo las cartas. ¿Debía una mujer expresar de aquella manera su pasión hacia un hombre? Siempre había escuchado que debían ser ellos, los hombres, quienes nos declarasen su amor. Nuestro papel tenía que ser pasivo: esperar sus requerimientos y sus proposiciones, no dejar traslucir en exceso nuestros sentimientos. Todo lo contrario de lo que hacía Tula. Me entristecí por ella, ese Cepeda no estaba a su altura, no respondía con el mismo ímpetu. Preferiría una mujer que lo esperase en silencio, predecible y muda, como casi todas las demás. Pero ella era distinta y, por desgracia, se había enamorado del hombre equivocado. ¡Pobre Tula! ¡Cuántas veces sufrió el mismo castigo! Demasiada mujer para los tipos mezquinos y arrogantes de este tiempo nuestro.

> ¿Sabes que a veces me pregunto a mí misma por qué he de querer a un hombre tan poco complaciente, tan poco asiduo, tan poco apasionado como tú? Me lo pregunto y no alcanzo respuesta de mi pícaro corazón, tan caprichoso. ¡Vida mía! ¡Qué mala noche he pasado, qué mala estoy, qué triste...! No tengo vida sino para amarte; para todo lo que no es tu amor estoy insensible.

Cuando regresaba de sus reuniones en el Liceo o de las tertulias con escritores o amigos, siempre me hablaba de algún joven que se había mostrado adulador con ella. Recelaba, yo lo sabía; sin embargo, a pesar de su inteligencia, más de una vez se dejó arrastrar por palabras huecas. Yo pensaba que no había nacido el hombre que la mereciera, el joven capaz de amar de verdad a una mujer tan hermosa y brillante.

—No me fío de los hombres, ¿cómo creer de verdad sus sentimientos? —me decía—. ¿Con qué intención se acercan a mí? Uno me obsequia porque soy una forastera que no conoce, cuya conquista no le parecerá dudosa, y me obsequia creyendo que puedo ser su capricho, su juguete, su pasatiempo, su placer de algunos días. Soy americana, y por ser americana suponen que soy rica, lo cual basta para que formen sus cálculos de matrimonio. En fin, otro me hace el amor solo por vanidad: porque se lisonjearía de ser mi novio, no porque yo le guste, sino porque cree darse importancia en la sociedad con la preferencia de una mujer que es celebrada, que dicen que tiene algún talento.

Al menos era consciente de los intereses espurios que albergaban muchos de sus pretendientes, aunque nunca supo librarse del todo de ellos.

Yo apenas conocía a los hombres, pues el único que se me había acercado era el monstruo de mi padre. En la casa solo vivía un varón, el señorito Manuel, el hermano de Tula, que un día desapareció para irse a vivir a otro domicilio y que cuando nos visitaba siempre se mostraba risueño y distante con las criadas. Durante mi infancia y antes de llegar a casa de Tula, apenas había hablado con los jóvenes vecinos de la corrala y tampoco me llamaron la atención los hombres que nos esperaban a la salida de la tabacalera.

Mi opinión sobre ellos se basaba en las palabras de la señorita; por eso los temía, los deseaba y desconfiaba de ellos al mismo tiempo. Me quedó una clara prevención, sobre todo con el tiempo, cuando comprobé los efectos de la pasión en mi querida Tula. ¡Cuánto sufrió por amor! Ella, que era la mujer perfecta: hermosa, inteligente, entregada y única, recibió rechazos y reproches, desplantes y actitudes crueles por parte de hombres que dijeron amarla.

En la soledad de mi encierro, las cartas fogosas de Tula me hablaban de unos sentimientos que me estaban vedados y me producían una clara excitación. Sentía un fuego por dentro... yo también deseaba amar, ¿llegaría a ocurrirme tal milagro? Ningún muchacho me había hecho sentir deseo, mi cuerpo aún no había vibrado ante la presencia de un hombre. Y yo me hacía preguntas.

Los poemas amorosos que ella componía estaban embebidos de la misma fogosidad. Copié con caligrafía esmerada el último que había escrito, «Amor y orgullo», y comprendí la lucha entre su indomable dignidad y su deseo de paz, el desengaño de una mujer solitaria que llama la atención.

En muchas ocasiones me contaba que se sentía juzgada por una sociedad que no la comprendía, extranjera en el mundo y con necesidad de morir, aunque pareciera dichosa a los ojos de la multitud.

Ella era mi mundo y yo crecía a su lado, imitando cada gesto, mirándome en su reflejo, soñando con sus mismos sueños. Por eso sobrevivía encarcelada, Tula era la luz del día.

—¿No te desespera seguir aquí encerrada, Manuela? —me preguntó una noche que regresaba del teatro.

Yo siempre la esperaba, ansiosa por escuchar sus palabras, por oír el relato de sus peripecias por la ciudad.

—Me gusta que me cuente dónde va, lo que hace... Me gustaría acudir con usted a una tertulia, pero como eso es imposible, me conformo con imaginarlo.

—No te apures, mujer. Haremos alguna tertulia en casa, traeré invitados para que los escuches tú también. Te lo prometo.

Aquella promesa me alegró, sería como salir al mundo sin pisar la calle, y llenó de luz los días oscuros.

—Y vas a tener trabajo —me dijo con una sonrisa pícara—. He acabado una novela que guardaba en un cajón y que empecé hace tres años, he corregido errores. Es el momento de publicarla. Quizá sea un escándalo, nunca se ha escrito algo así en España.

—¿Un escándalo? ¿Por qué? —me asusté.

—Porque he escrito en contra de la esclavitud. Transcurre en mi Cuba natal.

Me entregó unas hojas que yo recibí con desconcierto. En la primera se leía el título de la obra: *Sab*.

Aún recuerdo con emoción los días que dediqué a pasarla a limpio para entregarla al editor. Conforme leía, me iba convenciendo cada vez más del talento inigualable de Gertrudis. Era una novela preciosa, con todo el exotismo tropical del Nuevo Mundo. Describía sus tierras, sus costumbres, su naturaleza feraz... que me sorprendieron y me hicieron amar Cuba sin haberla pisado. También se mostraba su propio temperamento, su extremada sensibilidad. Encontré una clara similitud entre Carlota, la protagonista femenina, y la propia Tula. Estaba hablando de ella misma, de su vida en Cuba. Ambas eran mujeres sensibles, desengañadas por un hombre que solo ansiaba su riqueza. Sab, el esclavo, enamorado de Carlota, sufría una pasión intensa que casi bordeaba la locura. Era la noble figura del esclavo inteligente y bueno. Tula hablaba sin pudor contra la esclavitud, era un alegato a favor de la libertad: todos podemos ser iguales por la pasión. Sin embargo, al acabar de leer la novela, me pareció que Tula pintaba igual de esclavos a Sab y a la joven Carlota. Tan falto de libertad vivía el negro como la mujer. ¿Los lectores hombres extraerían la misma conclusión que yo? Quizá no.

Semanas después de la publicación del libro, Tula me enseñó emocionada una carta que le enviaba el escritor Alberto Lista alabando la novela. Ninguna alusión al asunto de la libertad.

18

El día que ella apareció, cambió mi vida para siempre, aunque apenas fui capaz de percibirlo. Una novedad, en una casa que era una especie de cárcel para mí, siempre era motivo de alegría.

—Manuela, ella es Remedios —anunció Emilia señalando a una joven cabizbaja.

La chica, que sería de mi edad, no alzó el rostro, empecinada en clavar los ojos en las baldosas del suelo de la cocina.

—Trabaja para los señores del segundo, los Gabaldón y Velasco. Vivirá con nosotras en la buhardilla. De momento, como no hay ninguna cama libre, tendrá que dormir contigo. Te guste o no.

No rechisté, sabía que la buena de Emilia disfrutaba incomodándome, sentía celos de mi creciente cercanía con la señora; aunque he de reconocer que en el fondo me apreciaba y admiraba mis progresos, que ella siempre se atribuía.

—¡Qué bien te estoy enseñando! Cuando llegaste aquí eras una inútil —aseguraba cada vez que yo demostraba mis habilidades.

Antes de retirarse sin decir una palabra, Remedios levantó la vista, me miró y sonrió levemente. Sus ojos verdes y profundos y aquella sonrisa pícara me impresionaron desde el primer momento. Deseé que llegase pronto la noche para compartir cercanía con ella. Quería escuchar su voz, aún desconocida, que me contase su vida y yo, la mía. ¿Estaría dispuesta a hablar, a abrirme su corazón? Necesitaba una compañera de verdad, una igual, y en ese instante decidí que Reme sería la amiga que esperaba. Mi relación con Tula no podía pasar de ser la de una empleada, nunca seríamos iguales a pesar de la confianza con que me hablaba, y necesitaba alguien como yo en aquel encierro.

Fue una jornada ajetreada: llegaron víveres del mercado que hube de colocar en la despensa, sacar la vajilla y limpiar el polvo de los altillos. Me dejaban siempre las tareas que requerían un mayor esfuerzo físico, era la más joven y, en mi faceta de jovenzuelo, había ejercitado sobremanera mi musculatura. Como la señorita se encontraba de viaje, no requirió mi presencia. Trabajar junto a ella siempre era un alivio: la pluma pesaba menos que los sacos.

Cuando llegó la hora de la cena frugal, me encontraba tan agotada que solo malcomí un mendrugo de pan con queso y me retiré a la buhardilla. Reme ya había llegado y se había puesto la camisola de dormir. Yo me tumbé de golpe en la cama, con el mismo atuendo. No podía con mi alma.

—Al menos quítate los zapatos —me dijo con voz áspera.

Fueron las primeras palabras que escuché de su boca: «¡Quítate los zapatos!». ¡Qué años aquellos! ¡La de bromas que hicimos después con aquella frase!

Reme tenía un acento curioso que ya había escuchado antes: una de las cigarreras de la fábrica hablaba con ese mismo deje. No pronunciaba las eses finales y usaba un tono cantarín.

—Tienes razón, es que estoy agotada —me disculpé.

Me descalcé y desvestí de manera apresurada.

—Menos mal que la dos somos delgadas o no cabríamos en este jergón tan estrecho —observó.

Hacía frío. En cuanto nos arrebujamos bajo las mantas, sentí el contacto de sus pies helados y protesté. Acabamos riendo a carcajadas.

—¡Eh, vosotras! —protestó Emilia, que dormía en la cama contigua—. ¡A callar y a dormir!

—Yo también estoy cansada, pero ¡ha sido tan emocionante el día de hoy! Por fin he conseguido un trabajo en una buena casa. Ya no pasaré más hambre y siempre llevaré zapatos. —Suspiró.

—¿Estás de sirvienta en la cocina? —supuse; era un buen lugar para una persona hambrienta y desheredada, como nosotras.

—No, voy al río a lavar.

Me sobresalté. El recuerdo de mi madre acudió como una obsesión: sus manos infectadas, su cuerpo hinchado y dolorido. Aquella pobre infeliz valoraba el más ínfimo y miserable de los oficios que podía desempeñarse en aquella despiadada ciudad.

—Esta mañana me miraban las otras lavanderas con envidia. No tengo que restregar ropa tiznada ni arrancar miasmas ni buscar clientes por las sucias calles del centro. Ahora lavo ropa delicada, sin apenas manchas, ropa que enseguida queda reluciente al sol y con jabón de olor. Y tengo un techo como este, que me parece el palacio real.

—Aunque tengas que compartir jergón con otra sirvienta pobre como tú.

Yo también sentía aquel cobijo como un palacio, aunque reconocía que nuestra situación era triste e injusta. ¿Por qué algunos vivían en la abundancia y otros se dejaban la vida por un techo y un mendrugo de pan? En la buhardilla de la corrala que compartí con mi madre no me asaltaban aquellos pensamientos rebeldes, revolucionarios, que sin duda relacionaba con mi entrada en la casa y, sobre todo, con las lecturas de la biblioteca de Tula. Ella y los libros me habían abierto los ojos a la verdad.

En el sentir popular, la mayoría de las mujeres éramos unas pobres ignorantes: brutas, maleducadas, indignas; mas solo se trataba de un problema de educación. Si yo había sido capaz de aprender a leer con una maestra que no era tal, de practicar la escritura a la luz de las velas y de dominar la aritmética estudiando con un libro, cualquier mujer lo sería. Y la lectura me traía de la mano la cultura, la reflexión, la verdad. Yo ya no era como Reme porque había leído y mi mente se había abierto por los libros y con los libros.

—¿De dónde vienes? —se me ocurrió preguntarle—. Aunque, si tienes mucho sueño, mejor nos callamos y dormimos.

—¡Eso, a callar y a dormir! —nos chilló Emilia.

Las dos reímos como niñas traviesas y nos refugiamos bajo las mantas. Con voz queda, en susurros y con su escaso vocabulario, comenzó a narrar. No podría reproducir sus palabras exactas, costaba comprender aquel lenguaje a veces vulgar, a veces salpicado de localismos ininteligibles, de exclamaciones un tanto bastas, que me resultó a un tiempo grotesco y fascinante. Escribiré con mi estilo la historia personal, atroz y tierna, que Reme me reveló aquella primera e inolvidable noche.

19

—Nací en la Extremadura baja, en medio del campo, aunque había un pueblo cerca.

—¡Ah! Ese acento que tienes es extremeño.

—¿Acento? —Ella no comprendía.

—Sí, las eses que no pronuncias, esas palabras raras que sueltas...

—¿Raras? De donde vengo todos hablamos así, quienes habláis raro sois vosotros aquí, en la capital.

Reí a carcajadas y Reme me tapó la boca para que no me oyeran.

—Y allí, en medio del campo, ¿qué tal te iba? —quise saber.

—Hambre.

Con una palabra lo resumió todo: la miseria, las privaciones, el desamparo, las penurias, la desgracia.

—Mi abuela me contaba cuentos para que me durmiera,

era lo más bonito del día. Muchas veces me acostaba sin cenar, sin haber comido apenas en todo el día. Sobre todo en las épocas en las que no había cosecha y teníamos que mendigar. Con los cuentos olvidaba el hambre y lograba dormirme.

—¿Te acuerdas de esos cuentos?

Se apreciaba que era una buena narradora, una cualidad que yo valoraba sobremanera. Las personas que sabían contar poseían una magia especial: era como si me transportaran a otros mundos con su voz, como libros que sonaban en el oído y, a veces, en el corazón.

—¡Claro! Algunos me los contó cien veces, los que más me gustaban. Yo se los pedía una y otra vez: «Abuelita, cuéntame...». Y ella me los decía al oído.

—Ya me contarás esos cuentos para que me duerma. Hoy prefiero que sigas hablándome de ti.

—Hay poco que contar. —Suspiró—. Mis padres trabajaban en el cortijo del marqués de Perales, removiendo la tierra con sus manos para no ganar nada. Durante el tiempo de cosecha, al menos nos daba para comer algo; pero en invierno, éramos más pobres que las ratas que vivían con nosotros. Mi madre murió de tifus cuando yo era muy pequeña. Me salvé de milagro porque mi abuela rezó a la Virgen de Guadalupe, que es muy milagrosa, e hizo la promesa de ir hasta la ermita de rodillas. Vivíamos en una casa muy pequeña, que ni siquiera era nuestra. Tenía el tejado roto, por donde entraba el agua cada vez que llovía, y estaba llena de pulgas y chinches. Los animales ocupaban también la casa: gallinas, cerdos, perros y gatos. La abuela se pasaba el día quitándome piojos de la cabeza, ¡cómo picaban! Desde muy chica me tocó ir al campo a pasar frío en invierno y calor sofocante en verano. Cuando murió mi abuela, creí que moría con ella. Allí no había médico para los pobres.

—Aquí tampoco —me lamenté, recordando la muerte de mi madre.

—Me quedé muy sola y, además de ir al campo, debía encargarme de todas la tareas de la casa que ella realizaba antes. Eran trabajos duros que nunca había hecho. Lloraba todas las noches, no quería vivir así siempre: un día y otro día, miseria y más miseria. Mi padre, que es un buen hombre, vio que aquello no era vida. Crio un par de cerdos y un día cargamos con ellos y un hatillo, donde llevábamos todo lo que teníamos, que no era nada. Fuimos a Villafranca a venderlos. Era un pueblo grande y muy bonito. Yo, que nunca había salido del cortijo, estaba asombrada. Me quedaba embobada contemplando los edificios señoriales, las torres de las iglesias y, sobre todo, a la gente, que no vestía con harapos como nosotros. Fuimos a la feria a vender los dos cerdos que habíamos criado con mucho esfuerzo. ¿Sabes el trabajo que dan los cerdos? ¡Y lo mal que huelen! Yo también apestaba como ellos. La gente de Villafranca nos miraba y hacía gestos de asco, se tapaban la nariz o desviaban la vista para otro lado, intentando ignorarnos. Aquello me abrió los ojos: se podía vivir de otra manera. Me fijé en una chica de mi edad, llevaba un vestido precioso, iba bien peinada, limpia y ¡olía tan bien...! Yo no sabía que se podía oler así, ignoraba que existieran los perfumes ni nada que no fuera el campo, el hambre y los cerdos. Le pedí a mi padre que nos quedásemos allí. Ese era su plan, no deseaba regresar a las tierras del marqués, a trabajar para él, al hambre. Pasamos varios días durmiendo al raso, encima de una estera, en cualquier descampado a las afueras de pueblo porque los guardias no dejaban que nos refugiásemos en los portales de las casas. Al final, encontramos trabajo en una dehesa cercana, propiedad de otro marqués de no sé qué, cuidando cerdos. Nos daban comida y un refugio junto al corral donde encerrábamos a los animales cada noche. Trabajábamos de sol a sol. Creo que a mi padre le dieron también algunas monedas porque más de una noche lo escuché regresar borracho de la taberna. Lo que más odiaba era ese olor repugnante que impregnaba mi cuerpo. Ese olor me persigue, ¿no huelo aún a cerdo?

Acerqué mi nariz a su cuello y lo olí. Un escalofrío que no supe interpretar recorrió mi cuerpo al rozar su piel. No olía a cerdo, su aroma era a jabón, parecido al que exhalaba mi madre, pero con un toque dulce a sudor de piel joven.

—¡Hueles muy bien! —le dije—. A jabón, a río y a juventud.

—¿A juventud? —Rio, y entonces fui yo quien le tapó la boca. El roce de sus labios en mis dedos me pareció un beso callado.

—¿Cómo escapaste de allí? —quise saber más, saberlo todo de ella.

—Recé, como hacía mi abuela. En Villafranca había varias iglesias, muy bonitas, sobre todo la de Nuestra Señora del Valle, pero a mí me gustaba más el santuario de Nuestra Señora de la Coronada. Decían que, hace mucho tiempo, ocurrió allí un milagro: ¡las campanas empezaron a sonar solas! La imagen de la Virgen la encontró un campesino, pensaba que era una muñeca y se la dio a su hija. Al día siguiente vieron que se trataba una imagen de Nuestra Señora. ¡Era un sitio muy milagroso! El santuario estaba a las afueras del pueblo; parecía pensado para que rezásemos los pobres, lejos de la gente elegante que nos miraba con desprecio. Muchas tardes me escapaba un rato a la iglesia, después de lavarme como podía en el abrevadero de los cerdos. Le pedí a mi padre que me comprase un trozo de jabón y, aunque rezongó un poco, acabó comprándomelo. Supongo que ese día se quedó sin beber en la taberna. Me sentaba en un banco escondido de la iglesia para que no me oliera nadie y le pedía a la Virgen que me alejara de los cerdos, que me buscase un trabajo digno. Un día escuché el sonido del órgano... me pareció una música celestial, jamás había oído nada igual. Mis sueños volaban ante la imagen de Nuestra Señora: un joven me rescataría de aquella vida miserable y me convertiría en una dama bien vestida, perfumada y con una hermosa casa donde criar a mis hijos. Soñaba con América. En Villafranca había varios edificios imponentes que pertenecían a indianos que regresaron ricos de América. Aquella debía de ser una tierra de abundancia.

Yo, que me había vuelto escéptica, no quería decirle que rezar servía de muy poco, ya lo había comprobado y, aunque en aquella casa se obligaba a santificar las fiestas acudiendo a misa y todas las criadas eran creyentes o incluso beatas, yo nunca creí que mis problemas se solucionaran rezando. Mi madre no necesitó mis ruegos, sino un médico al que no tenía acceso. Además, la mayoría de los libros que había leído no hablaban del poder divino, sino de la sabiduría humana.

—Veía a las jovencitas entrar acompañadas de sus sirvientas, tan bien peinadas, tan limpias, con el rosario de nácar en la mano. Se arrodillaban ante el altar y sus sueños se cumplían. ¿Quién escucharía mis plegarias? ¿Había de verdad un Dios de los pobres? Mi abuela decía que sí, que a los pobres Dios nos amaba más. Algunas tardes, mi mirada se cruzaba con la de una mujer muy hermosa, siempre vestida de negro, que acudía puntualmente, acompañada de una anciana de porte elegante. Una tarde entramos juntas a la iglesia y me sonrió. Yo le devolví el saludo, azorada, con una leve inclinación de cabeza. Desde ese día nos saludábamos al entrar en el templo. Yo procuraba acudir antes, corriendo, y esperaba a que las dos mujeres llegasen. Era tan hermosa y olía tan bien, daba tanto gusto verla que era como una virgen de carne y hueso.

—Eres una exagerada —me burlé.

—¿Que no? ¡Ya verás cómo sí lo era! —prosiguió, ajena a mi broma—. Una tarde se me acabó el jabón. Le supliqué a mi padre que me comprase otro trozo, pero él se burló diciendo que ni con el mejor jabón del mundo sacaría la peste a cerdo de mi cuerpo. Y, además, por mucho que me lavara, al día siguiente volvería a impregnarme del olor. Se rio de mí y sus carcajadas me hirieron. Corrí lejos y me refugié en el único lugar donde sentía paz, en un rincón oculto de la iglesia. No me atrevía ni a sentarme en un banco y me quedé de rodillas, llorando, arrebujada, junto a una pilastra del templo. Odiaba el olor a cerdo más que nada en el mundo, odiaba mi vida miserable. De pronto noté una mano en mi espalda. «¿Qué te ocurre?», preguntó una voz de terciopelo. Levanté la vista y ante mí se encontraba la mujer de negro con quien me cruzaba cada tarde. «Huelo mal —acerté a pronunciar, avergonzada—. Y mi padre no quiere comprarme jabón». La mujer sonrió. «Veo que eres tan devota de la Virgen, como yo. Mañana mismo tendrás tu jabón. No llores más, muchacha». Cumplió su promesa, pues al día siguiente la criada apareció en la iglesia con un trozo de jabón envuelto en un papel de estraza. Me temblaban las manos al cogerlo, desprendía un leve olor a limón y de la emoción se me saltaron las lágrimas. La criada se llamaba Juliana, era una mujer mayor y agradable. Me contó que su ama, doña Coronación, a quien todos en Villafranca conocían como doña Coro, era una viuda venida a menos. Su marido fue un hombre de negocios que comerciaba con la capital, adonde viajaban a menudo. Tras su muerte, la viuda pasaba por serios apuros económicos, pues las rentas que le había dejado su esposo solo le daban para vivir con estrecheces. «A mí no me paga —confesó—. Pero ni tengo adónde ir a estas alturas de mi vida ni deseo abandonarla. Doña Coro es como mi hija, la he criado desde niña y moriré a su lado».

—Me asombra tanta fidelidad —comenté—. Los señores se deshacen de sus criados cuando no les sirven sin ningún remordimiento.

—¿Tú no aprecias a la señorita Gertrudis? —saltó sorprendida—. Me han dicho que eres su protegida, ¡eres una ingrata!

—Sí, me trata muy bien —respondí avergonzada—. No me refería a ella...

—Esas ideas tuyas no son buenas —objetó—. Yo disfruté

mucho aquella tarde hablando con Juliana, mientas hundía mi nariz en el jabón. Aquel aroma significaba la felicidad. Desde entonces, cada tarde, me enjabonaba para acudir presentable a la iglesia y saludaba con respeto y agradecimiento a doña Coro, quien siguió regalándome jabones, que yo recibía como un tesoro. Algunos olían a romero, otros a limón... Mis preferidos eran los que desprendían una leve fragancia a rosas. Debían de ser objetos caros, difíciles de conseguir, y más para alguien a quien no le sobraba el dinero, pero ella me los entregaba con generosidad. Sin palabras comprendió que oler bien era lo más importante para mí.

—Era tu dignidad —comenté.

—Mi ¿qué? —Reme no entendía el significado de la palabra.

—Tu manera de sentirte respetada, de salvarte del desprecio de los otros, de valorarte a ti misma. No eras solo una chica que cuidaba cerdos, eras una mujer que merecía respeto.

—¡Eso mismo! ¡Qué bien hablas, Manuela! Estoy segura de que si doña Coro hubiese tenido dinero me habría llevado a trabajar a su casa, pero Juliana aseguraba que tarde o temprano acabarían en la miseria y que los jabones los obtenía gracias a unos conocidos de su esposo que regentaban una fábrica de jabón en un pueblo de Cuenca, Valverde de Júcar, y que enviaban el producto con frecuencia. «Otra cosa no habrá en la casa, pero jabón... Sin embargo, la comida casi no la vemos». Se quejaba. Poco a poco fui intercambiando alguna palabra con doña Coro. Al principio solo un breve saludo, más tarde comenzó a preguntarme por mi salud, si comía o no, si vivía en un lugar digno. Yo contestaba a todo que sí, bastante se preocupaba ya por mí, y prefería que me regalase trozos de jabón que alimentos de los que ella también carecía, aunque no me habrían venido mal, pues apenas comíamos.

—¿Prefieres oler bien a estar alimentada? —Reí. Aquella chica era sorprendente.

—Tampoco deseo morir de hambre, pero apestar a cerdo es lo peor del mundo. Una vez, doña Coro me preguntó qué era lo que rogaba a Nuestra Señora con tanta devoción, yo le respondí que, más que nada, deseaba dejar de cuidar cerdos. Cualquier trabajo menos ese. «Haré lo que pueda», me dijo con una sonrisa. En los días siguientes, recé con más fuerza, con toda mi fe, rogando a la Virgen que me sacara de aquella vida miserable. Y la Virgen me escuchó. Doña Coro me encontró una casa donde servir en la capital. Aquí, con los señores Gabaldón y Velasco.

—No fue la Virgen, Reme. Fue doña Coro quien te consiguió el trabajo.

Frunció el ceño y me miró con desconfianza.

—Si no hubiese rezado, si no hubiese ido al santuario, ahora no estaría aquí. Está claro como el agua.

—¿Cómo el agua donde te lavabas después de cuidar a los cerdos? —bromeé.

—¡Tonta! —Me empujó y casi caigo de la cama.

—¡Ya está bien! —nos increpó Emilia tirando de pronto de nuestra manta—. Si no os calláis me llevo el cobertor y os helaréis de frío esta noche.

Claudicamos, aunque yo habría seguido escuchándola toda la noche. Nos dimos la espalda y enseguida escuché su respiración pausada. Sin embargo, a mí me costó conciliar el sueño: su historia seguía dando vueltas en mi cabeza, me estremecía su pureza, su inocencia casi infantil y, al tiempo, su determinación y su dignidad.

Y el contacto de mi espalda con la suya me provocaba un estremecimiento nuevo, extraño, que aún no era capaz de reconocer.

20

Reme trajo la alegría a la buhardilla. Quizá su origen, aún más humilde que el mío, la llevaba a agradecer y valorar cualquier pequeño milagro de la vida. Todo era nuevo y hermoso para ella, que miraba el mundo con ojos limpios, desde las calles de la ciudad, que a mí siempre me parecieron infectas, hasta el agua turbia del Manzanares, que le regalaba un trabajo más digno que el de cuidar cerdos. Era capaz de percibir los aromas con extraordinaria precisión, distinguía el orégano de la albahaca, que usaba Emilia como condimento. Se emocionaba con el olor de los guisos, se extasiaba con el perfume que exhalaban las señoras del edificio y hasta le parecían agradables las calles que hedían a caballo y desperdicios.

—Cualquier cosa mejor que los cerdos —declaraba.

Poseía un olfato felino y, aunque aún era pronto para percatarse, esa rara habilidad le reportaría, con el tiempo, gozos inesperados.

Con ella llegó un soplo de aire fresco a mi vida de encierro. Me di cuenta de que Reme pertenecía a mi mundo, al de las lavanderas y las criadas, los pobres y los buscavidas. Tula había sido el centro de mi vida durante mucho tiempo, Reme lo cambió todo. Por eso, cada vez que regresaba del río, yo la abordaba en la escalera y le preguntaba. Deseaba saber qué ocurría en los barrios miserables, recordar mi origen, reconocer esa vida en ebullición que corre por las venas de las calles sin nombre. Y ella contaba, con esa gracia extremeña, mil y un avatares cotidianos, para que yo me sintiera de nuevo en las orillas del Manzanares, como cuando era niña y acompañaba a mi madre.

—¿Por qué no vas tú? —me preguntó en cuanto comprobó mi ansia por saber.

Nos encontrábamos acurrucadas bajo las mantas, aquel se había convertido en el mejor momento del día: el de las confidencias, el calor, las palabras y la piel. Mejor aún que escuchar los éxitos de Tula en el Liceo o que escribir a pluma su último poema.

Yo le narré mi historia personal, que ella escuchó sin interrumpir. Noté que sus ojos se iluminaban de tristeza cuando hablé de mi madre y de su amargo final, y se llevó las manos a la boca, espantada, cuando le revelé los motivos por los que no salía de casa.

—¡Qué horror! ¡Un padre que te persigue para encerrarte en el peor de los lugares!

—He tenido suerte de llegar aquí. La señorita Tula me aprecia, me protege y me da trabajo. Es escritora.

—Algo así había escuchado. Dicen que vive sola con su

hermano, que casi nunca se halla en casa. ¡Escritora! Menudo oficio para una mujer. Y es soltera, aunque ya tiene edad de sobra para casarse. Seguro que pretendientes no le faltan, es muy guapa. Lo malo es lo de escritora...

—¿Qué tiene de malo?

—Que sabrá más que muchos hombres y a los hombres no les gusta que la mujer esté por encima de ellos. Si solo supiera bordar, ya estaría casada y tendría un montón de hijos.

—Ella no quiere ese futuro. Es bueno saber, cuanto más sepamos las mujeres, mejor —aseguré.

—¿Tú sabes leer y escribir?

—Claro, gracias a eso estoy aquí. Me dedico a transcribir los poemas y las novelas que escribe la señorita —conté, orgullosa—. Lo hago con una buena caligrafía, a pluma, para que ella los lleve al editor.

—Tiene que ser hermoso. —Suspiró.

—¿Quieres que te enseñe a leer?

—¿Lo harías? —preguntó con toda la emoción en el rostro.

—¡Por supuesto! Tengo mucho tiempo libre.

—Yo no tanto —se lamentó—. Entre hacer la colada en el río, recoger la casa y deshollinar la cocina no paro ni un segundo. La señora no me da un respiro.

—Aprovecharemos tu día libre y las noches que no llegues muy cansada, antes de dormir.

—El día libre me gusta dedicarlo a pasear, a ir al baile de Recoletos, a hablar con algún joven apuesto. —Rio con picardía—. Estaría muy bien que tú también pudieses venir, seguro que encontrábamos novio.

Me incomodó aquella respuesta, no le veía ningún interés a conocer muchachos. Además, no debía salir de mi encierro si quería conservar la vida. Mejor sería pasar las tardes del domingo allí juntas, en la buhardilla, descifrando las letras del periódico, leyendo sobre lugares remotos y aventuras de héroes inventados. Era eso lo que de verdad deseaba: permanecer a su lado y enseñarle todo lo que sabía para alejarla del río, de la ignorancia y de la pobreza.

—Sacaré el tiempo de donde sea, ¡tienes que enseñarme a leer! —me rogó—. ¿Cuánto cobrarás por tus servicios?

—¿Cobrarte? ¿A ti? Me basta con que me hables del mundo exterior, serás mis ojos y mis oídos.

—¡Y tu nariz! ¡La cantidad de olores que guarda esta ciudad! El portal de la casa huele a lejía y a madera vieja, la portera se empeña en fregarlo todos los días y el chiscón tiene más años que ella. La casa de los señores huele a tabaco, el padre y el hijo no paran de fumar, aunque a veces, el perfume de jazmines que usa la madre cuando va al teatro, dulcifica el ambiente. Y la casa de tu señora, ¿a qué huele?

Nunca lo había pensado, no me fijaba apenas, mi sentido del olfato debía de estar atrofiado y se despertó gracias a ella.

—No lo sé bien —confesé—. Quizá a tinta, a libros viejos y al perfume de rosas que usa la señorita.

—Estarás deseando escapar de este encierro. Llevas ya muchos meses sin pisar la calle.

En ese instante, no deseaba estar en otro lugar que no fuese aquella buhardilla, a su lado, escuchando su voz. Era verdad que ahorraba el dinero que me pagaba la señorita para escapar de mi padre y de Madrid en cuanto reuniese lo suficiente, pero por nada del mundo me separaría de Reme.

Por las noches, cuando llegaba a la buhardilla, ella me miraba de arriba abajo, me obligaba a descalzarme y comprobaba si mis manos lucían limpias antes de acostarme. Acababa la jornada con ellas sucias, de la tinta que soltaba la pluma. Un velo gris las cubría sin remedio. Hasta la llegada de Reme siempre las llevé manchadas, pues el agua y el jabón no lograban arrancar aquella sombra oscura. Una tarde me vio afanarme en el fregadero, las restregaba con el estropajo, con escaso éxito.

—¡Ven, yo te las limpiaré! —me dijo—. Con agua no sale. Cómo se nota que tú no eres lavandera. Ahora verás.

Tomó un jarrillo de leche y echó un chorro sobre mis manos. Con un trapo restregó con dulzura mis manos y me provocó un estremecimiento desconocido, mitad placer, mitad dolor. Deseé quedarme allí para siempre, que el tiempo se detuviera y ella continuase rozando mis dedos con los suyos.

—Ya no queda ni rastro —anunció, al tiempo que soltaba mis manos.

Me miré los dedos desconcertada, lucían limpios como hacía meses que no habían estado. Ni siquiera pude pronunciar una palabra de agradecimiento.

21

Tula siempre me había demostrado su generosidad y cumplió su palabra: en cuanto sus éxitos le proporcionaron beneficios, empezó a compartirlos conmigo. Como no tenía posibilidad de gastar nada allí encerrada, mis ahorros crecían cada mes. Mi sueño era conseguir el dinero suficiente para cambiar de ciudad, para alejarme del peligro y poder salir a la calle, respirar al aire libre. Sin embargo, no deseaba alejarme de Tula ni de Reme, las dos personas a las que más amaba en el mundo. El encierro entre cuatro paredes no lo era tanto al lado de ellas, mi vida entera se resumía en dos nombres de mujer. No me faltaban quehaceres y la lectura ocupaba el tiempo libre. Tula y yo habíamos creado unos lazos invisibles que nos unían, forjados con la tinta de la palabra escrita.

Ya había pasado un tiempo prudencial desde el incidente con el Cepo y necesitaba información para saber a qué atenerme. Quizá él ya no estuviera en la ciudad y mi encierro fuese en vano. Si pensaba que toda mi vida transcurriría entre aquellas cuatro paredes, me desesperaba. Deseaba un futuro en libertad, poder pasear con Reme por el Prado, acudir con ella a los cafés y al teatro, presenciar el triunfo de Tula en los salones madrileños sin necesidad de que ella me lo contara.

Con el deseo de recabar información, un domingo por la tarde envié a Reme a mi antiguo barrio y le entregué dinero para doña Pura: si a alguien debía mi felicidad era a ella, que me enseñó a leer. Le indiqué la dirección exacta y me senté a esperar con el *Semanario Pintoresco* entre las manos, dispuesta a entretenerme con la lectura. Las joyas de la ciudad de Salamanca me esperaban, pero no fui capaz de leer una sola línea en toda la tarde, comida por los nervios.

Las horas pasaban y Reme no regresaba, entonces temí lo peor. Era una joven hermosa y lozana, ¿y si mi padre la había sorprendido en casa y la había arrastrado hasta el prostíbulo? ¿Y si la venganza había caído sobre ella y la había asesinado? Llegó la noche y ni rastro de mi querida lavandera, por lo que me invadió un estado de nervios incontrolable. La señorita se hallaba en una tertulia en el Liceo y todas las criadas, hasta Emilia, se habían ido a dormir. En la cocina me preparé una tisana de las que tomaba Tula en sus momentos de nerviosismo, que eran muchos. A ella no le hacían el más mínimo efecto, ni a mí tampoco, aunque me sirvió para entretener el pensamiento un rato. Había sido una insensatez enviar a Reme a la boca del lobo, ¿cómo se me había ocurrido exponerla a semejante peligro? Si la señorita hubiera estado en casa, le habría pedido que acudiese a los guardias, que la buscasen por todo Madrid, pero ¿qué podía hacer yo? Jamás me había sentido tan inútil.

Subí a la buhardilla, desesperada, y me acosté sin parar de llorar. Si a Reme le había ocurrido algo grave, no me lo perdonaría en la vida. Si el Cepo la tenía en el prostíbulo, me ofrecería a cambio de ella, cualquier cosa con tal de salvarla. En estas oscuras reflexiones andaba, cuando la puerta de la buhardilla se abrió: era Reme. Me levanté de un salto, corrí hacia ella y la abracé.

—¿Qué te ha pasado? ¿Estás bien? ¿Te ha tocado el Cepo? ¿Te ha seguido?

Armé tal escándalo que las demás se despertaron protestando.

—¡A dormir de una vez y silencio! —gritó Emilia—. No sé vosotras, pero yo mañana debo madrugar y trabajar como una mula. ¡Claro, eso de escribir cansa poco! —soltó con retintín, aludiendo a mi persona.

Reme me miraba entre asombrada y divertida. No había ni rastro de preocupación en su rostro. Tiré de ella hasta la cama, dispuesta a escuchar su relato.

—¡Deja que me desvista! —protestó—. ¿O quieres que me acueste con ropa y zapatos?

Me entraron ganas de zarandearla, de reprocharle su tardanza y hube de reprimirme para no comportarme como un marido celoso. Aquello que odiaba en los hombres, amenazaba con reproducirse en mi persona. Me contuve y la dejé hablar:

—Era mi día de salida. Después de tu encargo, he ido con otras chicas al baile de Recoletos...

—Eso me lo cuentas luego —la interrumpí—. Dime antes si has visto a doña Pura.

—Allí fui, donde me dijiste, y encontré a la buena mujer bordando. Se alegró de oír que estabas sana y te da las gracias por el dinero, le vendrá de perlas porque últimamente tiene pocos encargos. Le he dicho que te va bien, aunque no sales de casa, y que trabajas para una escritora importante, sin necesidad de ensuciarte las manos.

—Sí, y ha sido gracias a ella. Que me enseñara a leer es lo más importante que me ha ocurrido en la vida.

—Pero traigo también malas noticias. —Su rostro se ensombreció—. No se te ocurra volver por el barrio. El Cepo ha jurado matarte y tiene secuaces en tu busca por toda la ciudad. Le ha quedado una fea cicatriz. Lleva la cara marcada con una herida que da repugnancia, se ha vuelto una fiera.

—Ya lo era, desde que nació.

—Dice que te va a denunciar a los guardias, por haber intentado matarlo.

—No lo hará. Más tiene él que temer a los guardias que yo misma. Un criminal como ese monstruo nunca acudiría en busca de justicia.

—Esta ciudad es peligrosa para ti, deberías huir. Seguro que la señorita te ayuda —dijo preocupada—. Yo no quiero que te pase nada, me moriría. Eres la única amiga que tengo.

—No puedo separarme de Tula, ni de ti. ¿Adónde iré yo sola?

—Es una pena muy grande que estés aquí encerrada, Manuela. ¡Estás perdiendo tu juventud! ¡Para cuatro días que se vive! ¡En comenzando a picarse las muelas y a salir las canas, adiós lo bueno! Te has perdido el baile de esta tarde y el galanteo con los mozos.

—¡Menuda diversión! —protesté enfadada—. Y yo aquí, preocupada por si te había pasado algo.

—¿Qué había de pasarme? ¿Y qué problema hay en divertirse un rato sin hacer mal a nadie? Total, para un día que me dan cada quince, ese tiempo es mío y bien ganado que me lo tengo. ¿Por qué no ir al salón de baile un rato?

—Tienes razón, este encierro me hace olvidar que fuera el mundo sigue —reconocí.

—¡Y tanto que sigue! ¡No imaginas qué gentío! ¡Cuántas manolas y cuántos mozos! ¡Y la música! La Lola y yo no hemos parado de bailar. Lola es la lavandera de los señoritos del número 9. Vamos juntas al río todas las mañanas. ¡Qué bien olía a jazmines y a los perfumes caros de muchas damas!

Me costaba imaginar aquel baile, nunca había acudido a un lugar semejante. Lo más parecido eran los tablaos que se montaban en el patio de la corrala, cuando la tía Águeda rompía a cantar y el tío Facundo la seguía con las palmas. La chiquillería bailaba, mi madre y yo nos movíamos al son de aquellas canciones improvisadas. Recuerdo que entonces era feliz.

—No sería extraño que la señorita Gertrudis también frecuentase el baile de Recoletos. Esta ciudad es maravillosa, hasta había gente de postín, todos mezclados en la fiesta. ¿No es fabuloso? Te voy a contar un secreto, pero no se lo digas a las otras criadas. ¡Estaba el señorito Esteban!

—¿El hijo de los Gabaldón y Velasco, los señores para quienes trabajas?

—El mismo. Es un mozo galante y el más apuesto de todo Madrid. Tiene el cabello rubio y rizado, que le cae con gracia sobre la sien, y un bigotillo que le da un aire divertido. Es alto como un árbol y a su lado sientes que nada te puede pasar. Nos ha acompañado hasta casa, primero hemos dejado a Lola y luego, al llegar al portal, me ha dicho que era la moza más linda que había pisado este edificio. ¡Me comía con los ojos!

—No te fíes de él —fue lo único que acerté a decir—. Los de arriba solo se mezclan con los de abajo para la fiesta.

—¡No seas agorera! —me recriminó—. Esto te pasa por vivir encerrada. ¿Vendrás conmigo algún día al baile? —me preguntó con la ingenuidad de una niña.

—No hay nada que desee más.

Era la pura verdad. No me interesaba el requiebro de los mozos, ni el ambiente diverso, ni el olor a jazmín, ni tan siquiera la música que jamás había escuchado. Lo que más deseaba en el mundo era bailar con Reme, estrechar su cintura, reír a la par, movernos al son de las notas de canciones desconocidas.

—Una noche de estas me disfrazaré de hombre y nos iremos juntas al baile —le prometí.

22

Tardé en cumplir mi promesa, llegó un tiempo de vértigo donde los acontecimientos se sucedieron y brotaba tanta vida en mi encierro que apenas eché de menos el mundo exterior. Comencé a realizar breves salidas, casi embozada, las tardes oscuras de invierno, cubierta de velos negros, hasta llegar a la cercana iglesia de las Calatravas, donde escuchaba misa al lado de la señorita. Aunque el paseo hasta el templo daba para poco, al menos me permitía respirar otro aire distinto, contemplar las calles desde abajo, observar nuevos rostros y comprobar el ajetreo de la ciudad que me estaba vedada. Sin embargo, lo que más ansiaba, con lo que de verdad soñaba era con acudir al baile acompañada de Reme.

Tula me hablaba de los estrenos teatrales a los que acudía como espectadora. Yo notaba que ella quería más, se daba cuenta de su enorme capacidad como escritora. Si aquellos dramaturgos eran capaces contar historias intensas en sus obras y encandilar a todo Madrid, ella también podría. Admiraba profundamente a Zorrilla, eran amigos entrañables desde que ella llegó a Madrid, y él le mostró su reconocimiento. Tras presenciar el estreno de *El zapatero del rey*, le removió el deseo de volver a escribir teatro y comenzó a componer la tragedia *Alfonso Munio*. Ya había logrado cierto éxito con el drama *Leoncia* y el gusto por lo teatral era innato en ella, hasta su vida y su carácter eran puro teatro. Su misma poesía parecía escrita para ser recitada y así lo demostró en las tertulias.

Antes publicó una nueva novela, *Dos mujeres*, tan revolucionaria o más que sus anteriores escritos. Yo me empapaba de sus ideas, me transformaba y crecía a través de cada obra, me asombraba de su osadía y suscribía, punto por punto, lo que afirmaba en cada línea.

En la novela aparecían dos mujeres de muy distinto temperamento y formación: Luisa, el prototipo del ideal femenino de la época, y Catalina que representaba a la mujer nueva, que guiaba su propia forma de vivir, igual que la misma Tula, quien se reflejaba a la perfección en sus propios personajes. Era ella quien palpitaba en cada línea. Las dos se enamoraban perdidamente de Carlos, hombre inadecuado para ambas, pues resultaba incapaz de corresponder con la misma intensidad con que era amado por ellas y causó la infelicidad tanto de Luisa como de Catalina.

Lloré mientras la transcribía. En el personaje de Catalina veía a la escritora: al igual que Tula, la heroína se mostraba convencida de poseer una capacidad intelectual similar o superior a la de cualquier hombre ilustrado y decidida a obrar con la libertad que le otorgaba esa misma cualidad. Mi querida Tula desnudaba sus experiencias a través de estos dos personajes femeninos. Utilizó la primera persona para dar rienda suelta a la expresión de su propia interioridad, en aquellas palabras yo escuchaba con nitidez la voz de la señorita. Y, aunque creía en las ideas de Tula, me daban miedo, ¿se podía desafiar de esa manera el destino que nos trazaban a las mujeres? ¿Adónde la llevaría ese discurso rebelde?

El final de la novela era tan dramático, que hube de parar la escritura para detener mis lágrimas. Catalina se suicidaba ante la imposibilidad de conseguir el amor de Carlos, pero Luisa tampoco lograba la felicidad:

> La culpable encuentra por doquier jueces severos, verdugos implacables. La virtuosa pasa desconocida y a veces ¡ay! calumniada. ¡La culpable y la virtuosa ambas son igualmente infelices y, acaso también, igualmente nobles y generosas!

—¿Qué te ocurre, Manuela? —me preguntó Tula, entre alterada y divertida—. No es más que la verdad, aunque sea una ficción.

—Lo sé, señorita, por eso lloro. No hay solución posible. La infelicidad nos perseguirá siempre a las mujeres.

—Pero, al menos, conviene saber qué deseamos y luchar por ello.

¿Qué deseaba yo entonces, tan joven aún? Mis deseos eran un maremágnum de contradicciones, el desconcierto me impedía comprender la realidad de mis sentimientos. Debía conformarme con las pequeñas alegrías dentro del encierro, aprendí a emocionarme con el canto de algún jilguero que se colaba por la ventana en las mañanas de primavera, a aspirar el olor del pan recién hecho que elaboraba Emilia y a la proximidad milagrosa de las mujeres de la casa, sobre todo de Reme.

—¿Valdrá esta revista para que me enseñes a leer? —me preguntó Reme un domingo por la tarde.

No se había arreglado, como de costumbre, para salir con Lola a pasear por el Salón del Prado y portaba en la mano un número atrasado del *Semanario Pintoresco*, unas hojas en blanco y un lápiz.

—Por algo hay que empezar —le dije más que contenta—. Te advierto que no se aprende en dos días. Hay que tener paciencia.

—La tengo —aseguró—. Y todo el tiempo del mundo. No quiero seguir siendo una ignorante.

Fueron momentos gozosos. Reme aprendía rápido, como todo aquel que desea saber, y su voz de terciopelo sonaba a música cuando leía algún poema de los que figuraban en la revista. En aquel número del semanario, aparecía un poema amoroso firmado por el poeta Bermúdez de Castro, que nos conmocionaba a las dos con especial virulencia. En unos pocos meses, Reme ya era capaz de leerlo con toda la emoción de un alma enamorada:

¡Ay, yo no sé de mí, no me comprendo!
Ardiente el alma en su ambición desea
otros fatales goces que no entiende
que cruzan como sombras por mi idea.

Ambas ardíamos de amor. Las sombras desconcertantes que cruzaban por nuestra mente llevaban nombres diversos. En mi caso, era el nombre de ella, y yo no era capaz de comprender el alcance de mis sentimientos. Pensaba que mi encierro obligado me acercaba de manera poderosa a quienes vivían conmigo, y Reme era la persona a quien me sentía más unida. No obstante, no era simple amistad lo que me inspiraba, era inútil negarlo, pero más difícil resultaba definirlo. Me bastaba con gozar de su voz, su sonrisa y su tacto cada noche, prefería no hacerme preguntas imposibles de responder.

Para aplacar mi desazón, comencé a escribir. La poesía era un excelente desahogo para un alma atormentada y presa como yo, pero me daban miedo mis propias emociones y, tras componer varios poemas de versos encendidos, los rompí y preferí dedicarme al relato. Mucho había aprendido de mis lecturas incesantes y de la señorita, pero yo no gozaba de su talento ni pretendía compararme. Di en escribir varios relatos y no era capaz de evitar el tema del enamorado afligido por el desengaño, el amor imposible y la culpa. Fiel reflejo de mi angustiado pensamiento.

No me atreví a leérselos a Tula, pero sí a Reme, que me abrazó emocionada. Se reconocía en la pena desbordada del protagonista: un enamorado que lloraba su desamor hacia la mujer a la que jamás podría declarar sus sentimientos. Las dos amábamos con desesperación a alguien imposible y, tan ciegas andábamos, que no éramos capaces de ver qué le ocurría a la otra.

—Algún día tú también serás una escritora famosa, publicarás en los periódicos y tu nombre será conocido.

Me pareció un sueño imposible, una quimera, pero escucharlo de sus labios me regaló una brizna de esperanza.

23

Me gustaba mirar por la ventana que daba a la calle, no me atrevía a salir al balcón, pero desde arriba escrutaba a los viandantes y, más de una vez, creí entrever el rostro desabrido del Cepo, caminando frente al portal del edificio. El encierro era angustioso, pero el miedo a cruzarme con él, aún mayor.

Además, ya no necesitaba tanto salir al mundo, cada vez menos, porque el mundo venía a casa. Tula comenzó a organizar tertulias en su domicilio a las que acudían escritores e intelectuales, nobles y políticos, lo más granado del Madrid de la década de 1840. Sé que, en parte, ella lo hacía por mí, para compartir conmigo las mieles de su éxito, para que yo supiera lo alto que había llegado desde que nos conocimos, para que, de alguna manera, yo también formase parte de su triunfo.

—Tú has contribuido a esta gloria —me dijo una tarde,

antes de que llegasen los invitados—. Te debo mucho, me has animado y me has ayudado, siempre fiel a mi persona. Hasta has trasnochado por mí, has velado mi insomnio creativo para que no me sintiera sola.

Para mí era un honor tenerla cerca, aprender de ella, trabajar para ella. No podía imaginar un oficio mejor. Yo recibía a los invitados y asistía a cada reunión aunque me mantuviese un tanto al margen de las conversaciones, y atendía a las visitas importantes. Tula, a veces, me hacía preguntas delante de ellas que respondía con soltura. Se sentía orgullosa de mí, se podría decir que me había creado, y no me trataba con condescendencia ni como a una criada.

¡Qué resonancia tenía entonces todo lo literario! Fue una época fecunda de vitalidad y energía. En aquellas reuniones los jóvenes escritores hacían brillar todo su talento y entusiasmo, eran como torneos donde alardeaban de sus medios intelectuales, para mí se convirtieron en un espectáculo seductor. Quien más destacaba, sin duda, era Tula, atendida y halagada por todos, cortejada por la mayoría de los caballeros a los que ella despachaba displicente o seducía con enorme facilidad. Llamaba la atención su franqueza, casi salvaje, y atraía su empaque de dama de gran tono. Era capaz de improvisar versos y poseía una memoria prodigiosa que le permitía recitar sus poemas y los de otros escritores que admiraba, produciendo el asombro de todos los oyentes. Declamaba sus composiciones con aire teatral: su gesto enfático, su expresión sublime, el movimiento intenso y pasional de sus versos, la inquietud de su poesía, la hacían parecer una actriz en lo alto del escenario.

Su talento era aplaudido por los escritores de la corte, jóvenes y ancianos. Los jóvenes caían rendidos a sus pies. Recuerdo bien a Juan Valera, que ha llegado a ser un famoso novelista, por entonces casi un muchacho, que se enamoró perdidamente de Tula. La miraba con ojos melancólicos y aprovechaba cualquier circunstancia para alabar su talento y su belleza, le enviaba encendidas notas de amor, que ella leía entre risas.

Entre todos aquellos hombres que la cortejaban, destacaba un joven poeta de su misma edad. Era atractivo, de rostro alargado y frente despejada. Su poblado bigote y su cabello endiablado, que peinaba de forma puntiaguda hacia los lados, le concedían un aspecto rebelde. Tenía un hoyuelo en la barbilla y sus grandes ojos azules lo dotaban de una mirada intensa que se clavaba en los ojos de Tula. En mi faceta de observadora, enseguida comprobé que a ella no le disgustaba. Gabriel García Tassara era su nombre y, aunque sevillano, se había establecido en Madrid para continuar su carrera de Leyes. Triunfaba en los círculos literarios a pesar de no haber publicado libro alguno; solo en periódicos como *El Sol*, *El Piloto* o *El Conservador* habían aparecido varias de sus composiciones. Pertenecía a una ilustre familia sevillana y también era huérfano de padre, como Tula, aunque su padrastro sí se preocupó por su educación.

Ya en la primera tertulia en casa se hizo destacar. Alguien preguntó para qué servían los poetas y él respondió:

—Para hacer lo mismo que los hombres y, además, versos.

Muchos aplaudieron su ridícula respuesta; Tula, también, pero a mí solo me pareció un petulante que se daba aires de sarcástico, que se burlaba de todo y de todos con un absurdo tono de superioridad. Era un seductor, cortejaba a la señorita sin disimulo y ella lo veía con agrado. Yo había desarrollado una cierta prevención contra los hombres, no me fiaba de ellos, confiaba más en las mujeres, que siempre se habían mostrado benévolas y generosas conmigo. Sabía que también había hombres buenos: el señorito Manuel, muchos de los caballeros de las tertulias que se mostraban agradables y respetuosos conmigo, pero no había tenido ocasión de intimar con ninguno tanto como lo había hecho con Tula o con Reme.

Ese tal Tassara no faltaba a ninguna de las reuniones que se hacían en casa. Yo lo miraba con recelo, y mucho más a partir de una noche, cuando los demás invitados se marcharon y él permaneció en el salón.

—Ya puedes retirarte, Manuela —me ordenó la señorita.

Intuí que la velada no había acabado para ellos dos. En los ojos de ambos saltaba la chispa del amor y era tan fuerte que me causó miedo, ¿qué consecuencias podía tener esa pasión desmesurada?

Me escondí en la cocina, en lugar de subir a la buhardilla, y desde allí escuché y observé lo que ocurría en el salón. Oí las risas, los susurros, las exclamaciones de Tula, los ruegos de su enamorado. Hasta que se pusieron en pie y, para mi asombro, no se dirigieron a la puerta, no era una despedida, sino a la alcoba de la señorita. Enfilé el pasillo y los seguí, ¿era decente que una joven invitase a su lecho a un hombre sin estar casada con él? La sociedad no perdonaba y la deshonra caería sobre la mujer que osara tal atrevimiento. Conocía bien a Tula y sabía cómo era: capaz de hacer su santa voluntad, por encima de las normas y los prejuicios, sin pensar en las consecuencias. Me acerqué a la puerta y oí más risas, gemidos y respiraciones agitadas. Jamás había escuchado el sonido de dos cuerpos cuando se aman, me estremecí y sentí que mi interior también se excitaba, movido por la fogosidad de los dos jóvenes poetas. Imaginaba el roce de la piel, las caricias, los besos ardientes, el fragor de una batalla carnal y fui descubriendo, tras la puerta de madera y sin necesidad de contemplarlos, los secretos del amor apasionado.

Más de una vez se repitió la escena, cada vez que Tassara pisaba la casa y Manuel, el hermano de Tula, no se encontraba en ella. Era evidente que ambos se amaban y se temían, así me lo confesó una mañana que me convertí, como en otras ocasiones, en su confidente en asuntos de amor.

—Tassara me adora —aseguró—. Adora a la poetisa que ha revolucionado Madrid con su presencia. Está dispuesto a conquistarme hasta el final, aunque no estoy segura de que desee casarse conmigo. Es como todos, siente celos de los demás, me quiere para él solo. Es atrevido, le gusta la bravura de mi poesía, mi decisión como mujer, pero no resiste lo que él ve como mi coquetería, el hecho de ser halagada y cortejada lo pone furioso.

No me sentí capaz de advertirla del peligro, que preveía con claridad meridiana, a pesar de que ella me aventajaba en edad y experiencia. En el fondo, ¿quién era yo? Solo una joven ingenua e ignorante al lado de la dama más admirada de la ciudad. ¿Qué podría haberle dicho? Aunque de haberla avisado, ella jamás me habría hecho caso. Su independencia y su forma de ver la vida eran tan desbordadas y apasionadas como el propio Romanticismo al que sin duda pertenecía por derecho propio. No solo sus obras lo eran, había convertido su propia vida en una novela romántica y, por desgracia, esas novelas no suelen tener un final feliz.

24

Un día, Tula me anunció que cambiábamos de domicilio. Necesitaba un piso más grande, se independizaría de su hermano Manuel, que estaba más tiempo en Sevilla que en Madrid, y su madre, doña Francisca de Arteaga, pasaría largas temporadas con ella.

—Sé que te va a costar separarte de tu amiga Reme —me dijo con sabiduría—, siempre podrá ir a visitarte a la nueva casa. Habrá una habitación para ti, no tendrás que subir a la buhardilla con las criadas.

Permanecí en silencio, impactada por la noticia y no tuve fuerzas para agradecérselo porque me asusté: se acabaron las noches de confidencias junto a Reme, su piel contra mi piel, las tardes enseñándole a leer. Sin ella, mi encierro se convertiría de verdad en una cárcel insoportable.

—Viajarás con los muebles de la mudanza. Nadie te verá por la calle, no correrás ningún peligro.

Tardé días en asimilarlo. Por una parte suponía un gran avance, la confirmación de que Tula me consideraba mucho más que una criada. Y los cambios, para alguien que llevaba media vida encerrada entre cuatro paredes, siempre suponen un aliciente: un nuevo hogar, un nuevo paisaje tras la ventana, un nuevo vecindario, una nueva oportunidad de ser feliz. Sin embargo, la ausencia de Reme me pesaría como una losa, ¿quién me alegraría la vida? ¿A qué cuerpo me abrazaría por las noches? Mi amor por ella no tenía nombre, era inexplicable y extraño, pero más real que el sol que me deslumbraba cada amanecer en la buhardilla. Ella era mi sol, la luz de mi vida. Debería luchar sola contra las sombras e intentar comprender mis propios sentimientos.

El domicilio nuevo se encontraba en la calle Desengaño, curioso nombre para ilustrar los hechos que allí ocurrieron, más lejos del edificio de Correos donde el Cepo me descubrió. Me alejaba del barrio y quizá de mi perseguidor que, si no había dado conmigo en la calle del Clavel, menos lo haría en la del Desengaño. En verdad, sería un alivio escapar de un inmueble bajo el cual me había parecido vislumbrar, más de una vez, la figura siniestra de mi padre.

Debía contárselo a Reme y me inquietaba su reacción. No obstante, cuando se enteró, no se disgustó tanto como yo habría deseado, ni siquiera vi en sus labios ese mohín de disgusto que tanto la caracterizaba.

—Nos seguiremos viendo —aseguró—. Iré a tu nueva casa, la señorita Gertrudis me aprecia y le gustará verme por allí. Aunque ya me has enseñado a leer, quiero seguir aprendiendo a escribir contigo. ¡Ah! Hay una promesa que aún no has cumplido y este puede ser un buen momento.

—Estoy deseando cumplirla. ¡Iremos juntas al baile! —exclamé.

Ese mismo domingo lo preparamos todo con minuciosidad. Mi cabello había crecido considerablemente desde que llegué a la casa porque allí dentro no necesitaba disimular mi condición femenina, pero estaba dispuesta a sacrificar mi trenza por Reme. Le di las tijeras y ella procedió a realizar un corte masculino, de moda en Madrid por aquellos días.

Luego, hicimos un bigote y una perilla con mi propio pelo, usando cera y miel para pegarlo a la cara. Sin permiso del señorito Manuel, había tomado prestado de su armario un pantalón y una levita que me quedaban un poco grandes pero servían para nuestro propósito. Vendé mi escaso pecho con una apretada banda de tela y, cuando el disfraz estuvo completo, me miré ante el espejo y me gustó lo que vi. Mis rasgos nunca han sido en exceso femeninos, al menos lo que se consideraba como tal durante mi juventud. El ideal era una mujer de tez pálida, labios finos, rasgos delicados, hombros caídos, talle estrecho y escote llamativo. No respondía en absoluto a tal canon, por eso el engaño podía funcionar. Reme, entusiasmada con la transformación, no paraba de reír a carcajadas y de augurar una fiesta divertida.

—¿Cómo debo llamarte ahora? —bromeó—. Creo que Manú estaría bien, así no me equivocaré.

La ocurrencia me pareció divertida, un nombre nuevo para una identidad prestada. Cuando salí con ella del brazo a la calle, me sentí un joven poderoso: ya no era una niña acosada y miedosa. Es difícil de explicar, pero aquel disfraz me dio una fuerza renovada, ya no temía la aparición de mi padre, ni siquiera que me reconocieran, me sentí yo misma, por fin, por primera vez en mi vida.

Caminamos del brazo, como una pareja feliz, hasta el paseo de Recoletos. Las calles, antes oscuras y amenazadoras, me parecieron luminosas y trazadas para nosotras. Era el primer paseo largo en muchos meses y aprecié, más que nada, la compañía de la mujer a quien más amaba en el mundo. No había un lugar mejor, un momento más largamente soñado, una noche más perfecta que aquella.

Cuando llegamos, el baile era un hervidero de gentes diversas, y Reme apretaba mi brazo, emocionada y risueña. La música sonaba como un desconocido regalo, hacía meses que no escuchaba una melodía tan agradable. Eran tonadas que se cantaban en las fiestas y las romerías, pero yo no conocía ninguna. Me parecían la representación de la alegría, de las ganas de vivir.

—¿Me concede este baile, señorita? —le dije al oído, rozando mis labios con su cabello.

La tomé por la cintura y comenzamos a girar como peonzas al ritmo de un minué. Aún recuerdo algunas notas de aquella música tan nueva y chispeante que Reme me tarareaba al oído mientras nos movíamos libres, felices y ajenas a las preocupaciones. Mis manos temblaban en su talle breve, que era un junco, y nuestros cuerpos, pegados y al son de la melodía, parecían uno solo. Aunque yo antes apenas había bailado, me dejé llevar por sus pasos ligeros y enseguida nos convertimos en una perfecta pareja de baile. No veía nada más alrededor, solo importábamos nosotras, no existía nadie más: aquel minué, ella y yo.

Cuando ya llevábamos un buen rato sin parar, Reme quiso hacer una pausa para beber, pues tanto movimiento nos había hecho sudar y estábamos sedientas. Nos acercamos a una aguadora y me sobresalté al comprobar que era una mujer conocida del barrio del Avapiés; agaché la cabeza, pero no hizo ninguna señal de reconocerme. Entonces me di cuenta de la variedad de gentes que abarrotaban el lugar: había manolas y cigarreras junto a señoritas de postín; hombres rudos de los que acarreaban mercancías junto a taberneros, comerciantes y algún que otro petimetre venido a menos. Me crucé con algún asiduo a las reuniones de la señorita Tula y no me habría extrañado encontrarla a ella misma, si no fuera porque sabía que deseaba resplandecer siempre y prefería las tertulias a los bailes como lugar de reunión: era brillante hablando y quizá no lo fuese tanto bailando.

—¡El señorito Esteban! —soltó de pronto Reme.

Miré en la dirección que indicaba y vi a un joven apuesto, de cabello rubio y rizado, que reía ruidosamente en compañía de otros jóvenes bien vestidos, como él. Me di cuenta de mi pobre indumentaria y entonces me percaté de que ellos sí parecían hombres de verdad, mientras que yo solo llevaba un vulgar y ridículo disfraz.

—Voy a saludarlo —dijo, para mi desconsuelo, y me dejó allí desamparada, pues Reme ya no tenía ojos sino para el señorito Esteban.

Yo desaparecí, me convertí en invisible, abandonada como un perrillo huérfano en un lugar hostil. Su desplante me hirió como una daga y lo que ocurrió después hizo que su filo se fuese clavando cada vez más en mis entrañas. Vi cómo él la recibía con agrado, cómo le hablaba al oído y ella reía, igual que lo había hecho conmigo; vi cómo bailaban y él agarraba con fuerza esa cintura que minutos antes había sido mía. Observé cómo cada vez se acercaban más y ella se dejaba hacer, cómo los labios de él buscaban el cuello de Reme y cómo se alejaron a un lugar más solitario y oscuro donde sus bocas se sellaron con un beso largo.

No pude soportarlo, me rompí por dentro y me eché a llorar. ¿Qué esperaba? No era extraño que Reme prefiriese la compañía de un caballero en un baile. Y yo no lo era, era impropio de un hombre aquel comportamiento mío, no deseaba contemplar mi derrota y no comprendía qué me estaba ocurriendo. ¿Me había creído ese ridículo disfraz? ¿Acaso amaba a Reme como un hombre siendo yo una mujer? El desconcierto y el dolor me hicieron huir de allí a la carrera. Me arranqué el bigote de un tirón al llegar a casa, me desnudé con rabia y dejé las ropas prestadas en la habitación del señorito Manuel. Subí a la buhardilla y estallé en un llanto inconsolable. Hasta Emilia se asustó al verme en tal estado.

—¿Qué te pasa, niña? Deberías estar alegre, nos vamos a un piso mejor que este. Y hasta vas a tener tu propio cuarto, que me lo ha dicho la señorita. La vida te sonríe y tú te echas a llorar, tendrías que dar gracias a Dios.

Reme llegó casi de madrugada y me hice la dormida aunque no había pegado ojo. Olía a tabaco de pipa y procuró no rozarme al meterse en la cama. La oí suspirar varias veces pero enseguida se durmió. Pensé que sería bueno irme de la calle del

Clavel, separarme de ella aunque me doliera como una enfermedad e intentar olvidar mis extraños deseos, fruto quizá de tanto tiempo de aislamiento. Nuestra férrea amistad no debía esconder nada más, arrancaría el deseo con la distancia. Tal vez el amor no estaba hecho para mí. Debía iniciar una nueva vida y plantearme, por fin, la idea de escapar lejos de la ciudad y del monstruo que me perseguía. Ahorraría un poco más y, con la ayuda de la señorita, viajaría lejos, a lo mejor a América, donde el Cepo no me atraparía nunca. Pensar en el futuro me servía de consuelo, porque el presente pintaba negro, muy negro.

A la mañana siguiente, Reme se levantó temprano y apenas me habló. No me contó nada de su noche con el señorito: se acabaron las confidencias porque prefería ocultarme los hechos; además, yo no deseaba preguntar ni saber, porque la verdad que sospechaba me hería. Entre las dos se instaló un silencio amargo, como presagio de la inminente separación. Un par de días después, cuando andaba inmersa en los preparativos de la mudanza, la sorprendí escondiendo algo bajo el colchón de la cama.

—¿Qué guardas ahí?

Se sonrojó y, con cierta timidez, extrajo un objeto pequeño y me lo mostró entre orgullosa y avergonzada.

—Mira, me lo ha regalado el señorito Esteban. Es un perfume carísimo. Es lo mejor que he olido en mi vida, con una gota ya hueles bien todo el día, ¿no es maravilloso?

El señorito conocía los gustos de Reme, ella le hablaría de los olores del mundo que tanto la conmovían y él acertó al regalarle una delicia para el olfato, lo más preciado para ella. Aquello me entristeció aún más, la distancia entre ambas se convertía en un abismo: yo no podía ofrecerle perfumes caros, no podría competir jamás con Esteban ni con ningún otro hombre, porque yo no era un hombre.

Por la noche, antes de acostarse, Reme tomaba el frasquito y se echaba dos gotas, una tras cada oreja. El olor impregnaba todo el dormitorio y llegaba a mí a través de su piel, yo quería odiar ese olor pero era un perfume embriagador y profundo que me hipnotizaba. Deseaba pegar mi nariz a su cuello, besarlo, inhalarlo hasta que el sueño me venciera, pero las últimas noches a su lado las pasé insomne y desolada, como quien está a punto de perder el paraíso.

El día de la mudanza, antes de partir en el carromato con los muebles, le rogué que no me olvidara, que fuese a visitarme a la calle Desengaño 15, que juntas leeríamos novelas emocionantes y le enseñaría a escribir con letra clara. No me atreví a pedirle que repitiésemos la salida al baile, me resistía a perderla del todo, al menos deseaba conservar su amistad.

—Iré —declaró con un tono que me pareció displicente—, pero ya no hace falta que me enseñes nada. Esteban dice que una mujer como yo no necesita aprender a leer ni a escribir, que con mi gracia, mi donaire y mi belleza conseguiré un buen marido.

—Una mujer siempre debe saber. Sin educación somos poco más que objetos —le repliqué seria y convencida.

—Esas son las ideas ridículas de la señorita Tula y tú te las has creído —me contestó despectiva—. Más le valdría a ella dejar de darse aires de literata y formar una familia. La gente comenta, habla a sus espaldas, y no demasiado bien. Es inmoral lo que hace.

Hube de contenerme porque me habría lanzado hacia ella, la habría empujado hasta hacerle renegar de aquellas malditas afirmaciones. Yo, que había intentado convertirla en una mujer con cierta cultura, que le habría enseñado todo cuanto sabía para sacarla del río, tenía que tragarme aquellas palabras infames, impropias de una mujer capaz de mirar más allá de lo que decían las malas lenguas. No la reconocía, aquella no era la Reme que deseaba aprender a escribir, la narradora, la valiente. Para mi desgracia se había convertido en el juguete de un indeseable. Entonces, estalló mi rencor, como un huracán descontrolado que solo deseaba destruir.

—Quizá tengas razón: por mucho que aprendas, no dejarás de ser una lavandera, la criada de la casa, aunque escribas poemas y leas a Byron —dije con intención de hacer daño—. No te dejes engañar por los hombres.

—¿Qué sabrás tú de hombres, si jamás te ha mirado ninguno?

No respondí, aquella verdad incómoda era un golpe bajo, di media vuelta y me alejé pensando que sería para siempre, con el corazón roto y un intenso dolor en el pecho que me ahogaba. La rabia, el rencor y la pena se instalaron en mi pensamiento como una obsesión perversa.

Lloré al traspasar por última vez la puerta de la que había sido mi cárcel durante un tiempo infinito y también el lugar donde había aprendido, había amado y me había convertido en la persona que era y en el germen de la persona que soy ahora, muchos años y experiencias después. Era como un polluelo que salía, al fin, del cascarón.

25

El piso de la calle Desengaño era más grande y luminoso que el anterior. Tula me mostró feliz el gran salón donde recibiría a sus invitados, donde brillaría en las tertulias a las que seguirían acudiendo los mejores escritores del momento. Mi habitación me pareció la mejor del mundo, jamás había disfrutado de un cuarto para mí sola. Era una estancia cuadrada, con una cama adornada con un cabecero de barrotes de hierro y una mesa bajo el ventanal que daba a un patio donde la vida bullía. Se escuchaban las voces de los vecinos, los llantos de los niños y el trasiego de las criadas; el olor de las cocinas a media mañana me hacía recordar a Reme, capaz de diferenciar el aroma de un guiso y distinguir cada uno de sus ingredientes. Lo mejor de todo era la luz: al ser un cuarto piso entraba a raudales por la ventana y me despertaba desde la primavera hasta el otoño. Podía ver un rectángulo de cielo, reconocer las nubes que traían lluvia, escudriñar los latidos de las estrellas y, algunas noches, saludar a la luna. Para ver el movimiento de la calle, me servía de los balcones del salón, pero para reconocer la vida cotidiana me bastaba con la ventana de mi cuarto, desde donde trabé relación con unas cuantas vecinas.

Además de con Emilia para el trabajo doméstico, contábamos con Rafaelillo, un joven que se encargaba de los recados y de llevar a cabo las tareas más pesadas en aquella casa de mujeres. Era algo más joven que yo, muy espabilado, servicial y alegre; siempre llegaba silbando y a mí me ponían nerviosa sus agudos pitidos. Era muy moreno, de cabello negro y rizado, con la piel curtida por el sol, propia de aquellos que se pasan la vida a la intemperie. Sus manos, grandes y rudas, resaltaban en un cuerpo delgado y fibroso y con un rostro delicado. Por eso intentaba esconderlas en la espalda cuando se encontraba en mi presencia.

Le gustaba que fuese yo quien le ordenase los recados, se mostraba dispuesto a obedecer cualquiera de mis órdenes, y me miraba con ojos golosos.

—A ese mozo le gustas —aseguraba Emilia—. Aunque no lo veas como un buen partido para ti, al menos te halaga el oído.

Rafaelillo aprovechaba cualquier encuentro fortuito para decirme lo guapa que estaba, lo bien vestida y lo refinada que era.

—Da gusto verla y escucharla, señorita. Dicen que sabe leer y escribir, es usted toda una dama.

El joven se convirtió en un buen aliado, en un amigo. Yo buscaba en mi corazón algún otro sentimiento hacia él, me fijaba en su cuerpo lozano y en su rostro agradable. Reme lo habría calificado de guapo, aunque a mí no me inspiraba otro sentimiento que no fuera una simple amistad. Me empeñé en que me gustase, podría ser una manera de descubrir al otro sexo, pero pensar que aquellas manos rudas me tocasen me producía un enorme rechazo.

Algunas tardes se quedaba un rato conmigo en la cocina charlando de asuntos de lo más variado, hablándome, sobre todo, del mundo exterior, de las plazas donde vivía la gente humilde, de los barrios que hacía años que yo no visitaba, y me contaba los cambios y las novedades que mi encierro me impedía ver. Además, traía a casa los periódicos que me mantenían informada de las noticias.

—En la fábrica de tabacos, las cigarreras están de nuevo en huelga, no sé por qué motivo. Las veo todos los días, vivo junto a la glorieta de los Embajadores. Han puesto una fuente nueva en la plaza de la Provincia y en el Salón de Prado han instalado unos bancos lujosos. Pero nada comparable a los cafés, cada mes abren uno nuevo. Dicen que allí se habla mucho de política, pero yo no he entrado en ninguno, eso es para señoritos. Ya me gustaría llevarla a usted a uno de ellos y sentarnos a una mesa de mármol y pedir un café con leche.

A cambio de sus descripciones, me pedía que le recitase algún poema, decía que mi voz era como un canto suave y que la poesía, aunque no la entendiera bien, le ensanchaba el alma. A pesar de su incultura, Rafaelillo era un joven sensible, capaz de imaginar y de apreciar la belleza. No era difícil quererlo, llegué a pensar que, quizá, con el tiempo, lograría conquistar mi esquivo corazón.

Yo leía poemas de autores del momento: de Espronceda,

de Zorrilla, de Quintana... pero él prefería los de la señorita Tula, a quien admiraba a través de mis palabras. En cierta ocasión leí un relato de los míos mientras él escuchaba absorto.

—Señorita Manuela, su voz me toca aunque no lo hagan sus manos; sus palabras son como besos y caricias —me dijo, yo me sonrojé y no fui capaz de responderle.

Rafaelillo despertaba en mí una sincera ternura, era mi amigo entrañable, el único que había aparecido en mi vida; sin embargo, por más tiempo que compartíamos, por mucho que nos empeñásemos, no sentía por él ningún tipo de atracción, no deseaba besarlo ni ansiaba tocar su cuerpo, ni mis labios pedían sus besos.

La auténtica verdad era que echaba de menos a Reme, me culpaba de haber sido demasiado cruel con ella y no deseaba perderla para siempre. Ocupaba mi pensamiento cada instante, no la olvidaría jamás por muchos Rafaelillos que pasaran por mi vida, por mucho que me alejase de ella. Así que me dediqué a enviarle cartas, con la esperanza de que las leyera y me perdonara. La primera me costó escribirla, dudaba cómo comenzar, de qué manera arreglar lo que habíamos destrozado en la amarga despedida, y rompí varios borradores. Le pedí perdón por mi crueldad, le aseguré que no pensaba aquello que le había dicho, que estaba nerviosa y triste por la mudanza y que necesitaba su perdón porque ella era la mejor amiga que había tenido nunca.

No aludí al señorito Esteban, no le reproché su desplante ni sus palabras hirientes porque las mías también lo habían sido, me limité a contarle mi vida en la casa, sin profundizar en mis sentimientos ni en lo mucho que la añoraba. Deseaba que, al menos, no se olvidara de mí, ya que no sería fácil que me respondiera pues ella aún no había aprendido a escribir bien. Me bastaba con imaginar que me leía y de sus labios se escapaba una sonrisa cómplice, y esperaba el regalo de su visita como agua de mayo, como el mayor regalo que podría recibir.

Pasaban las semanas y yo seguía sin noticias de Reme. Tan insomne como Tula, restaba horas al sueño para sentirme cerca de ella, para contarle en mis cartas, en silencio y a la luz del candil, cada minuto en aquella casa. Usaba la misma letra meticulosa con la que escribía los poemas de Tula y aguardaba su presencia como el náufrago un barco en el horizonte. Ni siquiera me quedaban lágrimas.

26

Cuando todo estuvo dispuesto y la casa ya lucía espléndida, Tula decidió organizar la primera tertulia en su nuevo domicilio. Aquella velada singular y sorprendente marcó mi destino, nuestro destino.

Era ya noche cerrada cuando llegó la primera de las invitadas. Entró discretamente, Tula abrió la puerta sin que antes se escuchase el sonido de la aldaba. Vislumbré una figura oscura que traspasaba el umbral, cubierta con un embozo. No vestía una falda abultada y su perfil escurridizo proyectaba una sombra estrecha. La escuché bisbisear, incluso oí una risa leve que se escapaba de su boca. Aquella mujer no deseaba ser vista por el resto, pues permaneció oculta en el ángulo menos iluminado del salón y no se desprendió de su embozo.

Después aparecieron las demás en atropellada procesión de terciopelos, gasas y mangas bordadas. Yo entonces era muy joven y me sentí cohibida ante tanta elegancia y tanta belleza, aunque enseguida comprobaría que lo realmente brillante de aquellas mujeres era su inteligencia y su cultura.

«Será una reunión solo de mujeres —me había susurrado unas semanas antes la señorita, como si alguien más pudiera oírnos—. Formamos una hermanad lírica, nos lo ponen difícil para escribir y debemos ayudarnos. La solidaridad femenina es la clave para eludir el cruel destino y conseguir la felicidad. Vendrán amigas poetas y, ya verás, será una velada especial, como ninguna otra».

Durante los días previos, esperé con ansiedad el momento. Emilia, la cocinera, protestó, pues ella debería encargarse de la cena que, aunque frugal, sería exquisita y demandaba una larga elaboración. Mi vestimenta habitual era digna, mas la ocasión requería que yo acudiese con un aspecto elegante. Tula se encargó de proporcionarme un vestido nuevo. Su propia modista lo confeccionó; era de satén celeste entallado a la cintura, con lazos de un tono más oscuro y mangas abullonadas. Me prestó unos pendientes de coral que había heredado de su abuela y que cuidé más que si fuesen míos. En honor a mi madre, prendí en mi cabello, que aún era corto, la peineta de metal que de ella conservaba. Me miré en el espejo del dormitorio de la señorita y mi sonrisa me pareció más hermosa que nunca: ya no se trataba solo de la indumentaria, ni del peinado, era la ilusión que me dotaba de un halo de felicidad expectante. Me sentí una mujer, más que nunca antes, no una joven apocada y débil, sino alguien con ideas propias y deseos por los que luchar.

Las mujeres de la casa, ayudadas por Rafaelillo, engalanamos el salón, que lucía como el Palacio Real. Tula prefirió una iluminación tenue y sustituimos los candiles por velas. «Las historias que se van a contar aquí esta noche requieren el velo de la oscuridad», dijo misteriosa.

Aquella inolvidable noche de 1843, en casa de Gertrudis Gómez de Avellaneda, mi fogosa curiosidad por lo extraordinario se vio saciada. No deseaba perderme ningún detalle, aunque me sentía pequeña al lado de ellas. Observaba, expectante, desde un extremo del pasillo: algo grande iba a ocurrir. Ignoraba los nombres de aquellas mujeres que ocuparían los sillones del salón, pronto los sabría. Una reunión de mujeres era una osadía y un reto abismal, un logro increíble. Yo deseaba mirarme en ellas, aunque me veía como una hormiga, una joven inexperta que ansiaba la fuerza colosal de las mujeres que me rodeaban. Bastaba con mirarlas y escucharlas: ellas eran valientes y habían creado una hermandad unida por lazos de tinta, como mi relación con Tula.

Ocuparon los sillones del salón en penumbra. La señorita iluminó débilmente la estancia, encendió varias velas que proyectaron sombras inquietantes en las paredes. El ambiente invitaba al recogimiento y las confidencias. Se acomodaron y, antes de nada, la anfitriona tomó una copa y la levantó:

—Quiero brindar por la hermandad femenina, por nosotras.

Siguió un murmullo de aprobación y un entrechocar de vidrios. Yo observaba tras la puerta, silenciosa, amparada en la oscuridad. Tula me quería cerca en aquella reunión y podía necesitarme en cualquier momento, pero preferí no hacerme visible, contenida entre semejante ramillete de mujeres excepcionales.

—Espero que hayáis venido bien preparadas para esta velada de misterio. Deseamos escuchar historias terroríficas, de esas que se cuentan en la noche de difuntos para atemorizar a las almas ingenuas. Sé que vosotras no lo sois, pero ¿qué puede haber mejor que sentir el cosquilleo del miedo amparadas en la protección de un hogar y rodeadas de mujeres valientes?

¡Contarían historias de miedo! La emoción hacía que mi corazón se desbordara y temí que los latidos se oyeran en el salón.

—Empezaré yo —dijo una joven de rostro amable y porte distinguido—. Tengo algo real y espeluznante que revelaros, algo que he vivido estos últimos días.

Se trataba de doña Amalia del Llano y Dotres, la joven condesa de Vilches, aristócrata madrileña, cultísima y que también se interesaba por la literatura. Era asidua a numerosas tertulias de la capital y amiga de famosos artistas. Su belleza me conmocionó, era la mujer más hermosa que había visto jamás. Tenía una carita redonda de rasgos delicados y una sonrisa pícara. Su cabello oscurísimo estaba peinado con esmero, pues unas pobladas trenzas enmarcaban su rostro y se recogían como en una diadema. Llevaba un elegante vestido de satén azul celeste que brillaba en la oscuridad.

Era una mujer alegre, la escuché reír a carcajadas desde que llegó a la casa. Su risa, algo descarada, me extrañó. Había observado que las damas distinguidas solo esbozaban leves sonrisas y se llevaban el pañuelo al rostro para que resultase más discreto. Reír ruidosamente era más propio de las lavanderas del Manzanares, con quienes me crie. Esa noche comprobé que las mujeres de la Hermandad se saltaban las normas establecidas, aunque solo fuese en privado, entre ellas. Amalia del Llano se movía con soltura, gesticulaba al hablar. Varias veces se puso en pie, caminó con paso firme por la estancia y se detuvo ante alguna de las invitadas para dirigirse a ella con gesto impaciente.

Su voz dulce adquirió un tono lúgubre y las demás guardaron silencio, atentas a cada una de sus palabras.

27

—Vengo de Toledo. Mi amiga Victoria, la duquesa de Medinaceli, me invitó a pasar unos días en su palacio. Es verdaderamente imponente, su familia es coleccionista de arte desde hace siglos y atesoran obras de incalculable valor. Su casa es un museo. ¡Y qué decir del edificio! Se construyó a finales del siglo XVI y fue un hospital financiado por el cardenal Tavera. Es enorme, tiene dos claustros renacentistas, una botica, cientos de estancias y una capilla... —Amalia calló.

—¿Qué le ocurre a la capilla? —preguntó Tula.

—La primera vez que entré, sentí un frío extraño. Lo achaqué a la altura de sus techos y a la escasez de mobiliario. Solo había unos pocos bancos de madera y, en el centro de la nave, el sepulcro del cardenal. Me acerqué a contemplar los detalles, era una obra maestra. Una serie de monjes, cincelados en mármol, rodeaban el sepulcro. Todas las estatuas eran diferentes y de un realismo sobrecogedor. La imagen del cardenal Tavera reposaba sobre la tumba con un aspecto cadavérico que impresionaba. Alabé ante mi anfitriona la belleza del sepulcro. Ella no respondió, me cogió del brazo y me arrastró fuera de la iglesia. El gesto me resultó sospechoso y, esa misma noche, durante la cena, pregunté por el sepulcro del cardenal. Nadie comentó nada, permanecieron silenciosos mirando sus platos y yo percibí que algo siniestro ocultaban. No imaginaba hasta qué punto. Me asignaron una criada de la casa y, a los dos días, ya me había ganado su confianza; era una chica joven y dicharachera, a quien no fue difícil extraer información. Me dijo que se contaban muchas leyendas sobre ese lugar pero que ella no se las creía todas, llevaba más de un año trabajando allí y jamás había percibido nada raro en las estancias del palacio. Pero a la capilla no pensaba entrar jamás. «Allí sí que ocurren cosas extrañas, señorita —aseguró—. Y es por la tumba del cardenal. Dicen que el escultor, Alonso de Berruguete, murió en el mismo hospital que había en este lugar antes de acabarla y por las noches regresa del otro mundo para terminar su obra maestra. Hay quien ha escuchado los golpes del cincel en el mármol. Dicen también que las figuras cambian cada día, que el espectro del escultor las perfecciona por la noche y a la mañana siguiente el sepulcro es distinto». Al principio sus palabras no me asustaron, me reí y le dije que seguro que se trataba de un cuento para atemorizar a los simples. Ella me miró muy seria. «Señora, no son invenciones, aquí pasó algo terrible de verdad. Fue antes de que yo llegase. Leocadia, la criada del ama, me lo contó». Hice que se sentase en la cama, a mi lado, y le pedí que me lo narrara todo, sin omitir ningún detalle. Ella se santiguó antes de hablar y, con palabras toscas que yo transformaré para vuestros cultos oídos, comenzó su relato:

«Ocurrió hace unos diez años, hacía pocos meses que los señores se habían casado y el palacio aún hervía de júbilo tras la boda. El señor duque de Medinaceli conocía la leyenda en torno al sepulcro del cardenal, desde el siglo XVII se viene contando en Toledo, pero la joven duquesa, que venía de tierras andaluzas, desconocía la historia. A los pocos meses, por boca de una amiga toledana, la señora la escuchó y se la contó, alterada, al señor duque. Él le dijo que solo eran patrañas y supersticiones, que llevaba toda la vida habitando aquel palacio y jamás había escuchado nada fuera de lo normal. Sin embargo, ella continuaba recelosa. Una noche, se acercó a hurtadillas a la iglesia, dispuesta a comprobar la verdad. Antes de que sus pies traspasaran el umbral, oyó con claridad unos golpes, sonaban igual que un cincel sobre el mármol. Aterrorizada, regresó a su aposento y le contó al marido lo que había escuchado. Él se burló de sus miedos, aseguró que solo eran obsesiones de niña asustadiza, ella insistió y le obligó a acompañarla hasta la puerta de la capilla. La joven duquesa agarraba con fuerza el brazo de su esposo y, agazapada tras él, lo guio hasta el lugar donde había escuchado tan espantosos ruidos. No obstante, una vez ante la iglesia, solo oyeron silencio: ningún golpe, ni rastro de apariciones espectrales. El duque quiso entrar para demostrarle a su esposa lo absurdo de sus miedos, aunque ella se resistía, aún asustada. Dentro de la capilla, la estatua yacente del cardenal dormía su sueño eterno.

»Para acabar de manera definitiva con los temores de su

mujer, el duque concibió una idea: le demostraría que nadie, ni vivo ni muerto, cincelaba aquel monumento funerario. Contrataría a un buen dibujante para que dejase constancia de que el sepulcro siempre lucía igual, que sus figuras no cambiaban cada noche, que solo se trataba de una mera superchería. Así, días después, llegó al palacio, desde Sevilla, un joven apuesto y un tanto arrogante que pasaba por ser el mejor dibujante de la ciudad. Al menos, eso aseguraba él mismo. Se comprometió a plasmar en una lámina todo el esplendor de la obra: perfilar sus detalles, reflejar cada figura de la tumba del cardenal Tavera. Aseguró que haría el trabajo a la perfección y en un solo día. Se mostraba seguro de su oficio y dotado del talento necesario para acometer la empresa con éxito. El duque sonrió, así podría demostrar a su esposa que las figuras permanecían siempre iguales a las del dibujo del joven pintor: nada había cambiado ni cambiaría a lo largo de los siglos.

»Aquella misma mañana comenzó a dibujar de manera frenética: primero trazó los rasgos cadavéricos del yacente, los ropajes cardenalicios y la alta mitra. A mediodía ya había delineado todos los detalles y comenzó a dibujar el sepulcro. Escenas bíblicas y de la vida de Jesucristo lo rodeaban. A partir de entonces, el trabajo le resultó mucho más difícil. Era precisamente la parte del sepulcro que el escultor dejó inconclusa. El joven dibujaba, pero tenía la impresión de que las figuras que plasmaba en su lámina no eran las mismas que tenía ante sí. O sí lo eran, pero minutos después parecían otras. Desconocía la leyenda que arrastraba aquel monumento funerario, la historia no había llegado hasta Sevilla, y el duque se cuidó mucho de contarle nada. De haber sido toledano, el dibujante habría abandonado la empresa en ese mismo instante. La noche se le echó encima sin haber acabado ni la mitad del boceto y, herido en su orgullo, decidió continuar hasta la madrugada, a la luz de las velas. Allí lo dejó el duque: dibujando sin parar, sin haberse detenido ni tan siquiera a comer ni a descansar.

»A la mañana siguiente, un criado, presa del pánico, llamó presuroso y sin aliento a la habitación de los duques. Había entrado en la capilla y había hallado el cuerpo rígido del joven dibujante, una mueca de terror se dibujaba en su rostro, tenía los ojos abiertos, desorbitados, las manos crispadas y una marca en el cuello que parecía provocada por la punta de un cincel que nadie encontró jamás».

Impresionada por el desenlace trágico de la historia, lancé un gemido involuntario y mi mano se posó en la puerta que chirrió y se abrió de par en par.

Una de las jóvenes gritó, asustada; todas las damas giraron sus rostros hacia mí y Tula se levantó claramente preocupada. Fue tan rápido que no hubo tiempo de huir y me descubrió, aterrada, tras la puerta.

—¡Manuela! ¿Qué haces ahí? —me recriminó.

—Yo —balbucí— quería escuchar las historias de las señoras.

Una voz se impuso desde dentro de la sala.

—¡Por Dios, Tula, déjala entrar! —pidió doña Amalia del Llano con gesto divertido.

La señorita sonrió, abrió la puerta y me invitó a pasar.

—Contaba contigo en esta reunión, lo sabes bien —me dijo.

Yo asentí avergonzada, aquellas damas elegantes me miraban con curiosidad y yo solo era una humilde sirvienta a pesar de mi traje nuevo y mis pendientes de coral prestados.

—¿Quién es? —oí las voces de todas aquellas mujeres preguntando por mi identidad.

Y sentí que el interrogante me pesaba ya como una losa.

28

La noche de la tertulia el mundo entero habitaba en aquella casa. No deseaba encontrarme en otro lugar. Muchas veces, a lo largo de mi vida, cuando el entorno se volvía hostil, regresaba con el pensamiento al pequeño universo, fuera de la realidad, que se creó en el salón de Tula. Es lo que ahora hago, huir del dolor de la mano de los recuerdos y de la mano de ellas, las mujeres que me salvaron la vida.

—¿Quién es la muchacha? —preguntó la condesa de Vilches.

—Manuela —me presentó—. Es una joven inteligente y curiosa, me ayuda muchísimo. Tiene una preciosa caligrafía, no como mi letra endiablada, y pasa todos mis escritos antes de enviarlos al editor. Es mi secretaria, me ayuda con la contabilidad. ¿Le permitimos que forme parte de esta hermandad?

—Si es discreta, por supuesto —dijo con tono severo la

mayor de ellas, a quien reconocí, pues ya había visitado la casa en otras ocasiones. Era doña Josefa Massanés, quien se parecía poco a la condesa, pues era seria y de semblante adusto. En la Hermandad, todas la llamaban Pepa, un apelativo menos rotundo y más cercano que el de Josefa.

—Descuidad, no hay nadie más leal —aseguró Tula.

—Me sentaré en el suelo, aquí, sobre la alfombra —dije aún cohibida bajo la mirada de doña Josefa.

—Donde prefieras, solo te reclamaremos silencio y atención. —Amalia del Llano rio divertida.

—Amalia, eres tan expresiva narrando que tu relato nos ha conmocionado a todas, y no solo a la joven Manuela —comentó Tula.

¡Desde luego que lo era! Había logrado meterme el miedo en el cuerpo, pues hablaba con los ojos desorbitados, voz potente, gesticulando y moviéndose de un lado al otro del salón. Las sombras de los cirios oscilaban espectrales al ritmo del terrorífico relato.

—No solo narrando es arrolladora —declaró otra de ellas, cuyo nombre aún desconocía—. Nuestra amiga tiene un carácter impetuoso.

—¿Y su marido lo sabe? —preguntó Pepa Massanés—. Creo que hace poco que contrajo matrimonio.

—¡Y tanto que lo sabe! —respondió la misma condesa—. Gonzalo intuye que no puede mandar sobre mí. No soy una extensión de mi marido, me niego a serlo.

Las demás aplaudieron las palabras de la condesa.

—Si quiero escribir, escribiré. Si deseo aprender, aprenderé —prosiguió—. Adoro el arte y la literatura. Ya sabéis algunas de vosotras que me gusta organizar obras de teatro en casa.

—Y hasta serías capaz de interpretarlas tú misma —añadió Tula.

—No lo dudes —repuso divertida—. Aunque las actrices tengan tan mala fama, su oficio me parece fascinante: ser otra persona, interpretar personajes diversos, salir de ti misma... ¡Cómo me gustaría!

Me sorprendió el descaro de la joven condesa y, a Pepa Massanés, también, pues hizo un disimulado gesto de desaprobación.

—Si la sociedad nos encierra, tendremos que traer el mundo a nuestras casas —intervino, por primera vez, una de las jóvenes.

—Tienes razón, Ángela —corroboró Tula.

La joven se llamaba Ángela Grassi, hablaba con un leve acento italiano dado que había nacido en aquel país. Su padre era músico y la había educado con esmero: tocaba el arpa y el piano desde niña y poseía amplios conocimientos en diversas materias, hablaba a la perfección varios idiomas, algo poco común para una mujer de la época, y llegaría a ser dueña y directora de un periódico. Por entonces, ya empezaba a ser una poeta destacada y la literatura le servía como una extensión del alma.

Llevaba el cabello recogido en un moño, tenía la boca pequeña, ojos grandes y vivos y una nariz de punta redonda que le daba un aire peculiar. Había algo distinto en su rostro que la hacía parecer extranjera. Antes de comenzar su relato se acercó al piano del salón y tocó unas notas. Era una melodía suave y triste, vi cómo sus ojos brillaban de emoción.

—Esta música me recuerda a mi tierra italiana —dijo con un ligero acento—. Me fui de allí con pocos años, apenas seis, pero recuerdo bien los colores, el paisaje y me produce una profunda melancolía.

Hizo una mueca de tristeza que contrastaba con la alegría contagiosa de la joven condesa de Vilches, quien intentó apartarla de esa melancolía:

—Vamos, Ángela, no empieces con tus lamentos por el paraíso perdido. Hemos venido aquí a pasar un rato divertido.

—Si por diversión entiendes pasar miedo... —apostilló.

—Este cosquilleo me gusta.

—No creáis que me paso la vida lamentándome. Escribiendo soy feliz. Soy una escritora de mujeres para mujeres. Mis obras son palpitaciones de mi corazón, ensueños de mi mente. La fugacidad de la felicidad es como una flor que se marchita por momentos. —Suspiró.

Amalia del Llano hizo un gesto de desaprobación ante tan oscura sentencia y ya iba a hablar, seguro que para reprochar la actitud pesimista de Ángela, cuando Tula la interrumpió:

—Querida Ángela, ¿es cierto que estás preparando una ópera en colaboración con tu hermano?

—Sí —contestó cambiando el gesto melancólico por una leve sonrisa—. Él se encargará de la música. A ver si conseguimos el éxito que deseamos. —Suspiró.

—¡Claro que lo lograréis! Eres una pesimista —saltó al fin Amalia del Llano—. Tu obra es magnífica, igual que tus artículos en *El Pensil del Bello Sexo*.

—Los de todas nosotras lo son —aseguró Tula.

—¡Vamos, Ángela, no te demores más! Estamos deseando escucharte. Seguro que nos deslumbras —dijo Amalia con claro deseo de animarla.

—Os contaré un relato que entenderéis bien, queridas amigas. Lo he titulado «El terror de la página en blanco». Alguien muy cercano ha vivido esta espantosa experiencia.

—Adelante, Ángela —la instó Tula.

—El poeta quería escribir, era lo único que llenaba su vida. Me lo contó una tarde mientras paseábamos junto al río. Los versos surgían febrilmente, sin descanso. Cada hoja, cada rayo de luz, cada suspiro, se convertía en fuente de inspiración. Temía, no obstante, que su obra no estuviese a la altura, que sus poemas solo fueran vanos intentos, sombras sin alma, palabras vacías. La inseguridad nos atenaza a los escritores y más en nuestro caso, que somos mujeres y que nuestro trabajo tiende a ser infravalorado. Pues bien, el poeta continuaba su tarea con la esperanza de que, algún día, sus versos llegaran al alma de los lectores. Los sueños volaban, inconscientes y crédulos, hacia lo más alto, sin control, casi sin alas. Ansiaba las mieles del éxito, los laureles de la fama. Miraba hacia arriba ignorando el suelo bajo sus pies. Una noche, de regreso a casa, tras una velada de alcohol y humo en compañía de otros poetas sin rumbo como él, creyó entrever una sombra gris que se ocultaba con precipitación. La siguió, primero con sigilo y luego con determinación, casi a zancadas. La llamó a gritos. La sombra se giró y el poeta contempló un rostro de alabastro, blanco como la cera. Los labios sonrosados de la mujer le regalaron una sonrisa triste y un gesto que invitaba a seguirla. Él, hipnotizado, aceleró el paso pero no llegaba a alcanzarla, como si la distancia entre ambos fuera un muro infranqueable. La mujer se alejaba de la ciudad. Tras ella recorrió calles desconocidas, pasadizos oscuros, laberintos imposibles, pero no lograba abandonar la persecución: ella lo atraía como un poderoso imán. Sus ojos estaban clavados en la figura oscura que parecía errar sin rumbo. «¿Quién eres?», le gritaba. Mas ella no respondía, no se detenía, no se giraba. Atravesaron un pontón sobre el río, a lo lejos se perfilaban los cipreses enhiestos del cementerio, pero él ni siquiera los vio.

»Atravesaron la puerta del camposanto que se abrió al paso de la mujer y se cerró de golpe tras el poeta. Tampoco escuchó el chirrido de los goznes ni el golpe seco que sellaba el cementerio. Sus dedos casi podían tocarla, pero otras sombras los cercaban. Un sonido extraño, irreconocible, flotaba como un canto siniestro. Eran quejidos, susurros, llantos, gritos apagados, voces que le llamaban desde las profundidades del abismo. "¿Quién eres?", volvió a preguntar, esta vez con un hilo de voz. Ella se detuvo, al fin, y sus fríos ojos azules se posaron en los de él. "Ya no soy", respondió con una voz que no era de este mundo. Un aroma a incienso y flores muertas surgió de su boca. Él sintió un vértigo irrefrenable. No lograba apartar la mirada de ella: era hermosa y triste, fría y temible. Era la esencia, la mujer que podría inspirar los mejores versos, los poemas más hermosos de la literatura. Ella lo convertiría en el mayor poeta que vieron los siglos, había encontrado la única y auténtica razón para escribir.

»De nuevo, la mujer echó a correr, se alejaba cada vez más, lo esquivaba entre las tumbas, parecía colarse en el interior de las criptas. Se burlaba de él, escapando bajo los mausoleos. Las cruces se convirtieron en un nuevo laberinto, los sonidos inquietantes aumentaron el volumen hasta transformarse en un ruido terrorífico y ensordecedor. De pronto, un coro de voces de ultratumba gritó al unísono: "¡Vete! ¡Vete!". Los gritos lo hicieron reaccionar. No había ni rastro de la mujer, se había volatilizado entre las tumbas. Ella había desaparecido para siempre.

»Solo entonces buscó la salida y vislumbró a lo lejos la reja que había traspasado unas horas antes y que parecía alejarse cuanto más aceleraba el paso e intentaba acercarse. Cuando por fin llegó a tocarla, jadeante, la encontró cerrada. Antes de caer desmayado, sintió el tacto de varias manos gélidas y viscosas que tocaban su espalda y lo agarraban del cuello como tenazas de hielo.

»Ya había amanecido cuando recobró el conocimiento. El sepulturero abrió la verja y lo halló tendido en el suelo. El poeta lo miró con el mismo gesto de terror que si hubiera visto un espectro. Huyó del cementerio como alma que lleva el diablo. En realidad, así era. Me dijeron que se encontraba muy enfermo y que había pedido verme. Me acerqué al lecho donde yacía y me impresionaron su rostro lívido, sus ojeras moradas y sus ojos perdidos que parecían buscar en la nada. Poseído por la fiebre, me narró el relato que os he contado y que no sé si sería un delirio. "Solo tú podrás entenderme. Tú, que crees en la imaginación y en los sueños de los poetas". No fui capaz de contradecirlo.

»A las pocas semanas parecía recuperado. Recobró el color sonrosado de sus mejillas, pero no la luz de su mirada. Sentado en el lecho parecía abatido. Me recibió nervioso y me habló entre sollozos. "Sé que me ha ocurrido algo terrible. La mujer pálida y fría del cementerio me produce un sentimiento apasionado y desgarrador como no he sentido jamás". Le sonreí y le aseguré que ese amor insensato, al menos, podría ser la mejor inspiración para sus versos. Él lanzó entonces un quejido largo: "No soy capaz. He querido contar aquella noche infausta y también he intentado expresar mi desgarro con la poesía, pero las frases no surgen, los versos me esquivan, mi mano permanece inmóvil, petrificada ante el papel en blanco. No he sido capaz de escribir ni una sola palabra desde entonces". Y señaló hacia el escritorio donde reposaba una hoja intacta junto a la pluma inmóvil».

—¿Y nunca más volvió a escribir?

La pregunta surgió de mis labios de manera involuntaria. Enseguida comprendí mi indiscreción: había roto un silencio preciso y precioso. Ellas me miraron serias y yo enrojecí de vergüenza.

—Nunca —dijo Ángela como una sentencia—. Aquel espectro le robó el alma y la inspiración. Esto ocurre, lo sé. Y es terrible: la maldición de la página en blanco. No hay consuelo para el escritor que sufre tal desgracia.

—Esto no nos ocurrirá a nosotras, ¿cierto? —preguntó la condesa de Vilches.

—Yo no estaría tan segura. Las desgracias nos persiguen, como ese espectro al joven poeta, y cercenan nuestro ánimo

—aseguró Ángela Grassi—. Agarrotan nuestras ganas de vivir y cuando no se desea la vida es imposible crear.

—No debemos rendirnos. Permanecer juntas nos dará fuerzas —sentenció Tula.

—Yo comprendo bien a Ángela —dijo con voz potente otra de ellas.

Se trataba de Robustiana Armiño, una mujer alta de ojos pequeños y mirada penetrante. La poeta asturiana, cultísima y de formación autodidacta, había viajado durante varios días para asistir a la tertulia. Desde la adolescencia escribió y publicó poemas en la prensa, con sensibilidad e imaginación suficientes como para granjearse un notable prestigio. Las escritoras de la Hermandad la llamaban Tana, lo prefería a ese apelativo tan rotundo. Solo entre amigas se sentía capaz de renegar de su destino y hasta de su nombre.

—Mi vida tampoco ha sido fácil —contó Tana—. Tengo que compaginar mis anhelos poéticos con la dureza de la realidad doméstica. Soy autodidacta, nadie me instruyó, solo mi anhelo de superación, mi deseo de aprender y de elevarme por encima de mi destino me han hecho crecer. Hoy soy dichosa a vuestro lado, de vosotras emana una fuerza contagiosa que no deseaba perderme. En privado podemos ser nosotras mismas.

—Podemos reír a carcajadas —apuntó Amalia.

—Contar historias siniestras como si fueran un juego —añadió Ángela.

—Y hablar con llaneza y confianza, como se hace con las hermanas —afirmó Tana.

—Eres una buena mujer —aseguró Tula.

—Sin el apoyo de la Hermandad yo no habría escrito ni una línea —admitió Ángela.

—Juntas frente al dolor y a la injusticia. ¡Juntas frente a la tiranía de los hombres! —alzó la voz Tula.

—¡Como hermanas! —exclamaron todas.

29

Durante aquella velada de historias terroríficas, aprendí tanto como en los libros que había leído hasta entonces, descubrí la importancia de la hermandad femenina y me prometí no defraudar jamás a ninguna de mis congéneres. Habíamos nacido para ayudarnos, no para criticarnos, como parecían pensar aquellas que hablaban mal de Tula a sus espaldas. También escuché por primera vez los nombres de otras mujeres brillantes que luchaban para que sus voces dejasen de ser acalladas.

—Las compañeras que no han podido acudir a esta reunión nos han enviado cartas que luego os leeré —contó Tula—. Vicenta García Miranda, Amalia Fenollosa, Dolores Cabrera y Manuela Cambronero deseaban compartir esta tertulia con nosotras, igual que compartimos la publicación en la revista *El Pensil del Bello Sexo*, pero la distancia ha resultado en exceso insalvable para ellas. Por eso os agradezco, a quienes venís de lejos, haberos desplazado hasta la villa y corte por amor a nuestra Hermandad.

—Y de Carolina Coronado, ¿no hay carta? —preguntó Amalia.

—Es posible que no se encuentre bien de salud —musitó Ángela—. En su última correspondencia me hablaba de cierta enfermedad. Sé que Tula la había invitado a esta velada, ¿no es cierto? Pero como podéis comprobar no ha aparecido.

—¡Y tanto que no se encontraba bien de salud! —dijo Tana—. ¿No sabéis que Carolina ha regresado de la muerte?

Se hizo un denso silencio, nadie creía lo que la poeta asturiana afirmaba. Debí de palidecer, noté que mi rostro se volvía blanco como la cera.

—Lo que voy a relataros no es un relato inventado, ni siquiera algo supuestamente real que me han contado. Lo que voy a desvelar es algo que presencié con mis propios ojos y es más aterrador que cualquier historia de miedo.

Me estremecí, ganas me dieron de abandonar el salón y refugiarme en mi cuarto, pero con todo lo que había escuchado hasta ese momento, si me quedaba sola en la habitación, las sombras y los espectros me desvelarían y no podría dormir. Preferí permanecer en compañía de aquellas mujeres excepcionales, al amparo de su fortaleza. Ahora me río de la inocencia de la niña que fui y de los miedos insignificantes que me oprimían, envuelta en aquel mundo de ficción.

—Me encontraba hace unas semanas en Badajoz, invitada por el Liceo de dicha ciudad, del que soy socia facultativa —narró Tana—. Era mi primera visita a Extremadura y deseaba, sobre todo, conocer a la afamada y joven poeta Carolina Coronado. Aunque ya nos habíamos carteado en varias ocasiones, no nos habíamos encontrado en persona y ardía en deseos de abrazarla como a una hermana en la poesía. Ella me había solicitado colaboración para escribir en el periódico *El Pensamiento* y en *El Ateneo de Badajoz*, que había fundado su hermano. Cuál no sería mi desconsuelo cuando, recién llegada a Badajoz, me anunciaron que la señorita Coronado había fallecido.

—¡Qué horror! —exclamaron las demás.

—Yo velé el cadáver de Carolina Coronado —continuó—. Era terrible que hubiera muerto una joven tan hermosa, con esa fuerza vital que se reflejaba en cada uno de sus poemas. Sollozando, entré en la habitación donde la velaban: yacía en el féretro, pálida e inmóvil, con las manos blancas cruzadas sobre el pecho sosteniendo un rosario de nácar. Los cirios titilaban a ambos lados y se oía el rezo monótono de sus familiares intercalado con algún lamento ahogado.

»"Carolina", musité, como si con mi voz fuese a despertarla. Estallé en un llanto incontrolable ante su cadáver, hasta muerta era hermosa, y mis ojos se nublaron. Ignoraba si eran las consecuencias del olor mareante de los cirios y las flores marchitas o de la penumbra gris de la habitación, pero creí percibir un ligero movimiento en el rosario que las manos de la muerta sujetaban, un temblor casi imperceptible. Me enjugué las lágrimas pensando que se trataba de un efecto óptico, pero comprobé, aterrada, que los dedos del cadáver se movían. Miré alrededor, nadie parecía haberse percatado. Comencé a balbucear, presa del pánico, ¿me habría vuelto loca por el dolor? ¿Me engañaban mis ojos y solo era un delirio?

Si hablaba, si decía lo que estaba percibiendo, era seguro que los hombres allí presentes me tacharían de mujer histérica y me expulsarían de la casa. Mis ojos seguían fijos en las manos de Carolina, entonces vi con claridad cómo pasaba las cuentas del rosario entre el índice y el pulgar. Todo giraba como en una pesadilla, pensé que me iba a desmayar».

El relato de Tana era tan realista, lo contaba con tal efusión, que creí ver el rostro cadavérico de la muerta y sus dedos pasando las cuentas del rosario.

—De pronto, el cadáver se incorporó, Carolina nos miraba con los ojos muy abiertos, desorbitados. Los allí presentes gritaron aterrorizados, algunos huyeron despavoridos, pero los familiares se acercaron a tocarla. «¿Qué ha pasado?», preguntó alguien con un hilo de voz. «¡Está viva!», gritó el padre con una alegría infinita. Yo no salía de mi asombro, me quedé petrificada, mi corazón había dejado de latir por la impresión. «Esto es un caso extremo de catalepsia», aseguró una voz masculina.

—¿Catalepsia? —pregunté asombrada—. ¿Es posible que alguien que ha muerto pueda resucitar así?

—Sí.

Una voz resonó desde el fondo de la sala. La mujer misteriosa, que hasta ese momento había permanecido muda y escondida en las sombras del salón, nos sorprendió con aquella afirmación categórica. Seguía cubriendo su rostro con un velo oscuro que, unido a la penumbra de la estancia, impedía reconocerla. Todas la miramos, absortas, expectantes, y entonces se alzó el velo. Las demás lanzaron una exclamación de sorpresa.

—Fue así como lo cuentas —declaró la mujer.

—¡Carolina! —gritaron todas al unísono.

Solo entonces pude verla con claridad. Era una mujer bellísima de rostro agradable y sereno. Sus ojos grandes y oscuros y su boca de labios carnosos prestaban un especial atractivo a su cara redonda y de mejillas sonrosadas. No fui capaz de imaginarla moribunda ni con la palidez cadavérica que acababan de describir. Aquella mujer era la imagen de la vida y la perfección.

—Os presento a la insigne poeta, doña Carolina Coronado —dijo la señorita Tula, satisfecha.

Fue el gran asombro de la noche, todas se acercaron a ella, entusiasmadas. Había oído a Tula hablar de Carolina, admiraba su poesía valiente y la consideraba como una hermana en la lucha de las mujeres escritoras.

—Queríamos daros una sorpresa —contó—. No pensaba que fueseis a contar mi aterradora historia.

—Es lo más sobrecogedor que he vivido —aseguró Tana.

Ambas se fundieron en un abrazo, como si la mortal experiencia compartida las uniera para siempre.

—Es monstruoso lo que me ocurre —reveló Coronado, aún estremecida—. Este miedo me acompañará siempre. Temo que se repitan estos episodios de catalepsia y que me entierren viva. ¿Imagináis un horror mayor? Es la mayor de las desgracias posibles. Temo que mis hijos hereden esta enfermedad.

—¿Puede ocurrir? —quiso saber Amalia—. Nunca he oído que entierren vivo a alguien.

—No es tan raro como crees —respondió Carolina.

—¿Habéis leído *El entierro prematuro*? —preguntó Tula a sus invitadas—. Es un cuento de horror escrito por un americano que se llama Edgar Allan Poe. Lo publicó en julio del año pasado en un periódico de Filadelfia. Tengo un primo que vive allí y que me envía por carta los recortes de periódico que le impresionan.

—Claro, como tú sabes inglés, puedes leer todo eso —comentó Tana.

—En el relato se cuentan varios casos terroríficos de gente que fue enterrada viva.

—¿Y son casos reales? —inquirí aterrada.

—Es posible, salió en un periódico.

—No os creáis todo lo que dice la prensa —dijo Ángela Grassi despectiva—, os lo digo yo que colaboro en unos cuantos.

—Pero es verdad que se conocen cientos de casos reales en los cuales los doctores habían errado en su declaración de muerte —explicó Tula.

—Ahora hay ataúdes equipados con complejos artilugios que posibilitan, a aquel que lo necesite, pedir ayuda en tan terribles circunstancias. Tendré que comprarme ya uno de esos. —Coronado suspiró.

—Por Dios, no te obsesiones, Carolina —le aconsejó Amalia.

—Tengo motivos sobrados para angustiarme. Y no soy la única. En la Inglaterra victoriana se ha fundado una Sociedad para la Prevención del Enterramiento Prematuro.

—Quizá esto tenga que ver con la creencia en los vampiros —contó Ángela Grassi.

—¿Vampiros? —pregunté cada vez más aterrorizada.

La conversación circulaba por unos derroteros espeluznantes, el miedo ya no era a los fantasmas sino a seres y circunstancias pavorosamente reales.

—Un vampiro es un cadáver animado que descansa en su tumba durante el día y por la noche ataca a la gente para beber su sangre —me respondió.

—¡Qué cosas dices! —saltó Amalia del Llano entre risas—. Vais a asustar a la niña.

—Yo conozco el caso contrario —dijo Josefa, la mayor de todas, poniendo una voz misteriosa—. Y es un hecho real. Ocurrió en esta misma ciudad y sus protagonistas fueron un escritor y una actriz.

—Señoras, Pepa Massanés es nuestra maestra. Escuchémosla con devoción —pidió Tula.

Atónita, agucé mi oído para no perderme ni una palabra de la nueva historia que prometía ser tan sobrecogedora como las anteriores.

30

La nueva narradora acercó su rostro a luz de las velas. Pepa Massanés era una de las asiduas a las tertulias de Tula. Llevaba el cabello entrecano semioculto por un recatado velo negro, bordado con esmero. En su cara redonda, las ojeras enmarcaban unos ojos vivos y almendrados.

—Pepa es un ejemplo para todas. Ha sabido hacerse oír y ahora es un referente incuestionable de nuestras letras.

Noté que se ruborizaba; a pesar de ser la de mayor renombre en esos momentos, se mostraba tímida y discreta, mucho más que el resto de sus compañeras.

—No es para tanto. Una escritora debe disimular su talento en público.

Me sorprendieron sus palabras, allí todas querían destacar, al menos no renegaban de su faceta literaria, de su deseo de publicar y alcanzar la altura de los hombres. Pepa no dejaba de ser una mujer de su tiempo, que provenía de una familia humilde, que sabía de las dificultades reales y cuyos sueños se habían ido enfriando con el tiempo. Las demás aún eran jóvenes y se creían sus propias ambiciones.

—Pero aquí estamos entre amigas —dijo Amalia del Llano.

—Yo también he vivido la miseria y el exilio, como algunas de vosotras. Mis penalidades comenzaron por culpa del infame Fernando VII. —Suspiró—. Hube de ayudar a mi padre a huir del país, pues lo condenaron a muerte. Entonces, subsistí haciendo labores de bordado con mi abuela. La literatura ha llegado mucho después a mi vida.

Se apreciaba que era una mujer valiente y decidida, a pesar de su timidez. Apenas noté el más leve gesto de espanto en ella mientras las demás contaban sus relatos, era como si el temor no formase parte de sus sentimientos, como si sus tremendas vivencias la hubieran hecho inmune al miedo.

—¿Ha tejido con sus propias manos ese precioso velo? —la interrogó Ángela Grassi.

—Por supuesto. No me contenté con aprender a bordar.

—Lo sabemos. Tu formación es sorprendente. Hablas varios idiomas, escribes también con éxito en catalán... —contó Tula.

—Sí, debemos honrar nuestra lengua materna.

—Te has convertido en una gloria literaria y, además, fuiste la primera mujer en adentrarte en temas políticos con tu poema «Himno guerrero». Eres un ejemplo para todas nosotras —insistió Carolina.

—No es tanto. —Volvió a ruborizarse—. Cambiaría este éxito incierto por el logro de ser madre. —Suspiró—. Quizá acabe adoptando a un niño.

—Es una excelente idea. Hay demasiados huérfanos desfavorecidos en este país —aseguró Amalia Fenollosa.

Tula me miró y sonrió. Yo era una huérfana desfavorecida, aunque ya no fuese una niña.

—Pepa ha viajado mucho —explicó Tula—, es socia del Liceo Artístico y Literario que ambas frecuentamos. La admiro profundamente, ha sido la primera de nosotras en publicar un libro de poemas, la primera en reivindicar nuestro derecho a la escritura. Tenéis que leer su poema «La resolución», que muestra la tragedia de la mujer que escribe en España. Y lo hace con una ironía que para mí quisiera yo.

—Gracias, quería Tula. —Pepa sonrió—. No sé si merezco tantos elogios. Todas somos admirables en esta reunión, todas por igual.

—¿Cuál es la historia del escritor y la actriz que va usted a contar? —pregunté impaciente.

—¡Ay! ¡Don José Cadalso! —exclamó Tula—. ¡Qué desgraciada historia!

—¿La conocéis?

—Yo sí, pero seguro que mis invitadas, no. En este ambiente tétrico que hemos logrado, no desentonará. Adelante con el relato.

—María Ignacia Ibáñez era la más bella actriz que pisaba los escenarios madrileños; era rubia, de ojos claros y mirada serena. Entre sus admiradores se encontraba el escritor José Cadalso, quien compuso para ella la obra teatral *Sancho García*. Cadalso, perdidamente enamorado, deseaba casarse con ella, ante la oposición de su entorno. Ya sabéis la mala fama que arrastran las actrices.

—Casi tan mala como la que tenemos las escritoras. —Carolina suspiró.

—Sí, las mujeres que deseamos desarrollar una profesión creativa estamos muy mal vistas —se lamentó Tula.

—Pues bien, Cadalso estaba resuelto a casarse, no le importaban las malas lenguas ni las recomendaciones de sus allegados. Su amor era más fuerte que las miserias de una sociedad injusta. Pero la muerte siempre acaba triunfando, y en este caso lo hizo demasiado pronto: María Ignacia murió de tifus en 1772. El poeta se volvió loco, no admitía la muerte de su amada. Fue enterrada en el cementerio de la iglesia de San Sebastián y allí él acudía todas las noches; pasaba las horas en el recinto, desesperado. Hablaba con ella, la creía viva a su lado y acabó convencido de que la fuerza inmensa de su amor podría resucitarla. Decía de María Ignacia: «Era la mujer de mayor talento que yo he conocido, y que tuvo la extravagancia de enamorarse de mí, cuando yo me hallaba desnudo, pobre y desgraciado». Una noche, ofreció dinero al sacristán para que lo ayudase a desenterrarla. Creía que, si abrazaba el cadáver de su amada, la devolvería a la vida. Su amigo, el conde de Aranda, enterado de las pretensiones del poeta, logró detenerlo antes del acto sacrílego. Después, Cadalso escribió *Noches lúgubres*, un libro que gozó de cierto éxito a pesar de la prohibición inquisitorial. Decían que un muchacho, por influjo de la lectura de las *Noches*, se quitó la vida. Consideraban que contenía expresiones escandalosas, peligrosas e inductivas al suicidio. ¿No lo habéis leído? Desató un enorme escándalo: la ambientación nocturna es escalofriante, hay crimen, sacrilegio, intento de suicidio...

—¡Vaya, qué interesante! —comenté. La historia me había cautivado de verdad.

—Sí, pero no se te ocurra leerlo de noche, a la luz de las velas —me aconsejó doña Carolina entre risas.

—Hay otro libro aterrador que no debéis dejar de leer —contó Tula—. Sobre todo porque lo ha escrito una mujer.

—¿Una mujer? ¿Una novela de terror? ¿Y ha logrado publicarla? —se extrañó Pepa Massanés.

—Es una mujer especial, como nosotras, pero ella escribe en Inglaterra, quizá allí se nos mire de otra manera. Es hija y esposa de escritores, su marido era el poeta Percy Shelley.

—¿Hablas de Mary Shelley? —cortó Ángela Grassi—. He oído hablar de su obra *Frankenstein o el moderno Prometeo*, pero aún no la he leído.

—La escribió con diecinueve años y es sorprendente. Trata de un joven médico que se obsesiona con dar vida a la materia inerte y crea un monstruo al que abandona a su suerte. El ser siembra el pánico, asesina sin piedad y arruina la vida de su creador. ¡Vaya! Creo que os he revelado demasiado. —Rio—. Debéis leerla y comprobar por vosotras mismas la fuerza de esta novela.

—¿Y tú? ¿No vas a contarnos tu propia historia? —preguntó a Tula la condesa de Vilches.

—Eso, la esperamos ansiosas —corroboró Ángela Grassi.

—No nos habríamos ido sin escucharte —aseguró Carolina.

—Es una leyenda antigua y casi universal que recoge el espíritu romántico que nos invade —comenzó Tula—. He buscado que posea sensibilidad, fantasía, un protagonista insensato, idealista, melancólico y raro, obsesionado por la música y por una pasión imposible. El personaje es un héroe romántico que busca el amor ideal, aunque ello lleve aparejado el sufrimiento, el dolor e, incluso, la muerte. Se titula *La ondina del lago azul* y quizá algún día la escriba.

31

—¿Qué es una ondina? —pregunté con ingenuidad.

La señorita, deseosa de comenzar su narración, me respondió con su voz de plata:

—Las ondinas son figuras femeninas que, desde lo más profundo de la naturaleza, atraen con su belleza a los incautos para arrastrarlos hacia un encuentro fatal. Se parecen a las sirenas y las ninfas, pues son instrumento de destrucción de sus rendidos enamorados. La ondina representa el lado traidor de los ríos, lagos y torrentes; de ahí que haya pasado a simbolizar el peligro.

—No sé si me gustan esos personajes, presentan una visión negativa de las mujeres, como si fuésemos seres malvados —comentó Amalia.

—Pero también representan el poder, el dominio total sobre el hombre —repuso Tula—. Yo me quedo con esta imagen.

—Eso, el dominio sobre el hombre —dijo Carolina, resuelta. Las demás asintieron entre risas.

—Hay multitud de leyendas y tradiciones orales, sobre todo en el norte de España, que recogen versiones diferentes sobre misteriosas mujeres que seducen a los paseantes y los arrastran a los abismos o las profundidades del agua. Las *xanas* de Asturias, las lamias del País Vasco, las *dones d'aigua* de Cataluña y las meigas de Galicia sirven como ejemplo. Como veis, más que inventarme, estoy siguiendo una larga tradición folclórica y popular.

—Vamos, ¡cuenta, cuenta! —apremiaban las demás.

—Gabriel era un joven soñador, de elegantes modales, cuidado en la vestimenta y carácter melancólico. Poseía una prodigiosa habilidad para tocar la flauta y componer versos, a los que él mismo ponía música, y solía cantar con admirable primor. La afición a los libros convulsionaba tanto a Gabriel que, como un nuevo don Quijote, aborrecía la vida cotidiana y se refugiaba en un mundo creado en su imaginación. Su padre, que lo había educado con esmero, deseaba que hiciera algo de provecho y, cuando le recriminaba su ociosidad, él respondía: «Yo vivo en un mundo que no es el vuestro, y saco mis alegrías, como mis dolores, de fuentes misteriosas que no pueden seros conocidas. Déjame mi libertad selvática, déjame mi independencia vagabunda, ellas son mis verdaderos tesoros». Su flauta era el instrumento del que se valía para expresar sus anhelos amorosos. Aquella flauta lloraba, gemía, cantaba, expresaba ardientes deseos, respondía a secretos pensamientos, articulaba misteriosas promesas, y hacía nacer de súbito dulces, aunque indeterminadas esperanzas. Gabriel, obsesionado por alcanzar su sueño amoroso, vagaba solitario por las inmediaciones del lago en busca de un ser en quien encarnar sus delirios sentimentales. Un día, descubrió junto al lago una rubia ondina de nacarado seno y ojos color de cielo.

»Gabriel pasaba las horas junto al lago, expresando con la flauta todo su amor por aquella mujer etérea e imposible. Abandonó su casa y su padre se desesperó. Su amigo Lorenzo fue en busca del muchacho y se internó en el bosque al anochecer. Entonces, las sombras lo sorprendieron, el rumor de las aguas le parecía un lejano lamento, las brumas que se elevaban del lago formaban fantásticas figuras. Todo le inspiraba terror: recordaba los relatos oídos de niño sobre fantasmales apariciones. Lorenzo tuvo la impresión de que la naturaleza se confabulaba para indicarle que no entrase en los dominios de la amante de su desgraciado amigo. No obstante, se mantuvo firme en su propósito y, amparado por la exuberante vegetación, descubrió a Gabriel de rodillas sobre el escarpado borde del lago, como el enamorado que todo lo espera de su dama. Escuchó cómo Gabriel suplicaba a la ondina que aceptase su amor: "Ángel o demonio, ser humano, o de otra especie desconocida, yo te amo, yo te recibo como culminación de mis aspiraciones misteriosas, de mis esperanzas incomprensibles. ¡Ven, sí, ven! o déjame llegar a tus plantas, aunque deba morir al sellarlas con mis labios".

»Lorenzo oyó, aterrado, la respuesta de la ondina: "Aún no ha llegado el día en que podamos enlazar nuestras manos y confundir nuestros hálitos, pero te prometo en un futuro formar una alianza de amor y de destino". La luna, próxima al ocaso, acariciaba con sus últimos destellos la pálida frente de la reina de las ondinas, inclinada sobre un hombro de Gabriel. Entonces, los labios del joven abandonaron por un instante la flauta, para beber aquellos otros labios voluptuosos.

»Lorenzo, curioso y anhelante de contemplarla de cerca, se adentró en el bosque y se vio rodeado por un grupo de ondinas que cantaban los siguientes versos con tono amenazador:

¡Ay de quien rompa el velo de estas neblinas,
acechando a la reina de las ondinas!
¡Ay de quien espíe y aguarde cerca del lago!

»Lorenzo, preso de pesadillas, perseguido por las sombras, se vio arrastrado, en contra de su voluntad, hacia las orillas del lago, donde le acosaron y pretendieron hundirlo en sus profundas aguas. Mucho le costó liberarse y decidió no acercarse jamás por aquellos parajes.

»Tras el largo verano en el que los encuentros entre Gabriel y la ondina se multiplicaron, a principios de octubre ella no acudió a la cita con su enamorado. Gabriel, loco de pasión, empleó su flauta con la esperanza de que el dulce y desesperado reclamo obrase el prodigio y su amada apareciera. Gabriel juró ante Lorenzo y su aterrorizado padre que si su amada ondina le abandonaba en la tierra, iría a buscarla a los abismos de las aguas.

»El desenlace trágico se consumó, pues un día de tempestad, de lluvias y vientos extraordinarios, Lorenzo y el padre de Gabriel encontraron la flauta de este en las orillas del lago azul. El amor resultó ser una fuerza primitiva que arrastró al enamorado hasta la muerte. Gabriel, en busca de su sublime amor, decidió arrojarse a las aguas del lago para gozar de ella».

En ese mismo instante un trueno aterrador hizo temblar la estancia. Me estremecí, parecía que la tormenta se conjuraba para ambientar el relato y añadir espanto a las historias que allí se contaban.

Los truenos vinieron a completar la terrorífica velada en casa de Tula. Algunas de las invitadas gritaron asustadas ante la fuerza del viento y el sonido estridente y por momentos ensordecedor, pero la señorita habló para tranquilizarlas:

—No temáis a los rayos, queridas mías. Son el reflejo de nuestras almas atormentadas. Cuando viajamos desde Cuba, mi tierra natal, a España, un par de tempestades nos pusieron en peligro de naufragar. Salimos de la isla una hermosa noche de abril y, al soplo de la brisa tropical, compuse un soneto a Cuba lleno de presagios.

—Dicen que, en los barcos, el mareo es inevitable y terrible —comentó Carolina Coronado—. No lo puedo asegurar, pues jamás he viajado por mar.

—No creas —repuso la señorita—. Yo no llegué a marearme, fui la única fuerte y sana en medio de los pasajeros. El aire de los mares parecía ser mi alimento. Dos grandes tormentas embistieron al barco y, entre el espanto general, yo declamaba con énfasis a la luz de los relámpagos:

Al agitarse el huracán furioso
al reventar sobre mi frente el rayo
palpitante gocé... amé el peligro.

—Eres muy valiente, querida —reconoció Tana—. No hay nada que te infunda temor.

—No me complacen tanto los paisajes risueños como el espectáculo de los mares irritados, los truenos, lo terrorífico, las simas, los abismos profundos —admitió Tula—. Y me temo que en la vida me ocurre igual. Naufrago en las tormentas de la pasión, aunque mi arrogancia y mi gallardía me mantendrán siempre erguida.

—Yo nunca he visto el mar —dije extasiada ante el espectáculo que Tula describía.

—Son hermosas las noches del océano —contó—. Hay una paz indefinible en el soplo de la brisa que llena las velas, ligeramente estremecidas, en el pálido resplandor de la luna que reflejan las aguas, en aquella inmensidad que vemos sobre nuestra cabeza y bajo nuestros pies. Parece que una voz misteriosa se hace oír en el ruido de los vientos y de las olas.

La velada continuó, entre versos y risas, y al fin la tormenta cesó. Cada una leyó uno de sus últimos poemas, todos de gran belleza y expresividad. Al tiempo, daban buena cuenta de la cena que Emilia había preparado y cuya exquisitez alabaron.

Me admiraba comprobar que había más mujeres como Tula, a quien yo consideraba excepcional, y tal circunstancia me alegraba por ella y también por mí. Quizá algún día llegase a ser como esas jóvenes: una escritora valiente, decidida, brillante y libre de miedos. Con todo, lo más alentador era la hermandad entre las poetas, la amistad y la complicidad de la que gozaban. No eran rivales en la literatura, eran amigas entrañables dispuestas a ayudarse.

Cuando se marcharon ya amanecía, se despidieron con cariño, quedaron en escribirse con frecuencia y Tula les agradeció, de nuevo, su asistencia a aquella velada tan especial. Yo no la he olvidado a pesar de los años transcurridos. Como habrás comprobado recuerdo cada detalle, cada historia y cada palabra que se pronunció aquella noche magnífica.

32

Los preparativos de la tertulia, las tareas posteriores y las órdenes constantes de la señorita, que me requería a cada momento para escribir cartas al dictado, repasar poemas y transcribir su numerosa producción, me dejaban poco tiempo para mi propia correspondencia y durante unas semanas apenas envié cartas a Reme. Aunque no la olvidaba ni un instante, necesitaba un tiempo de calma para escribirle, pensar cada una de las palabras para no volver a ofenderla e intentar recuperar su amistad y su afecto. En esos momentos creía encontrarme a su lado, hablándole al oído y me hacía la ilusión de que ella me escuchaba.

Además, llegó la señora Francisca de Arteaga, la madre de Tula, una mujer agradable y hermosa. Era discreta y dejaba que fuese su hija quien organizase la vida de la casa, aunque acabó haciéndose cargo de lo cotidiano ante el afán creador de la joven, que la apartaba de emprender las tareas domésticas. Emilia se mostraba encantada con la presencia de la señora.

—Menos mal que ha venido doña Francisca, ahora sí que hay orden en esta casa.

Un día, Rafaelillo me entregó un sobre que había llegado a mi nombre, la dirección aparecía escrita con caligrafía torpe. El corazón me dio un vuelco, convencida de que se trataba de Reme. Rasgué el sobre con ansia, dentro solo había una nota, una frase escrita con la misma letra grande e insegura:

> Manuela no dejes de escribirme porfabor.
>
> Reme

Me enterneció su ingenuidad, su mala ortografía: sin comas, juntando palabras y con una be fuera de lugar. Me emocioné hasta las lágrimas al comprobar que Reme anhelaba mis cartas, ella no podía escribirme porque ni sabía ni se sentía capaz de contarme su verdad, pero deseaba recibir mis palabras y aquello era una señal, si no de amor, de la más pura amistad.

Hasta que apareció doña Francisca, las visitas de Gabriel Tassara se hicieron cada vez más frecuentes. Los escuché amarse en largas noches de pasión, pero también discutir. Se querían y se temían al tiempo. Yo evitaba hablar del asunto con la señorita, no deseaba echar más leña al fuego, y mi opinión de Tassara no era nada buena. Sin embargo, ella no tenía reparos en darme algunos detalles de su relación.

—Mira qué poema ha escrito Gabriel —me contó, divertida—. Se titula «El oso» y por las trazas parece que ese oso es él y yo, su domadora. Es un desvergonzado, todo Madrid sabrá que se refiere a mí. Me llama coqueta varias veces, fría, capaz de engañar a cualquiera, sobre todo a un posible marido.

El tono de su voz se iba elevando, como si pasara de la broma al enfado más profundo.

—Dice que soy mala porque no lo amo como él desea. Es un zopenco, él mismo lo reconoce. Y le comen los celos, cree que todos los demás también hacen el oso por mi culpa. ¿Qué importarán los demás? ¿Soy, acaso, de su propiedad? Se burla de mi éxito, dice que soy una reina en lo alto de un trono, una coqueta sin remedio. Me reprocha mi ligereza y mi frivolidad.

—¿Cree que de verdad la ama? —pregunté preocupada.

—Sin duda. —Rio—. Al final del poema se reconoce vencido a mis pies, muestra su más rendida adoración y hasta me suplica inspiración para sus versos. «Sé que haré cuanto en el mundo quieras», me dice al final del largo poema.

Yo intuía un riesgo incierto, a pesar de que la señorita se mostraba segura y apasionada al tiempo. Tras leer con detenimiento el poema, comprendí que su autor no era el hombre que Tula necesitaba en su vida: demasiado orgulloso, en exceso sarcástico y celoso, arrogante y capaz de ponerla en ridículo delante de todo Madrid con sus descarados versos. Pero ella entró en ese juego peligroso sin contar con las consecuencias.

33

Encargué a Rafaelillo que se acercase a casa de doña Pura a llevarle algo de dinero —él no correría peligro si se topaba con el Cepo— y, de paso, recabase información sobre el monstruo de mi padre. Le conté mi peripecia personal y el motivo de mi encierro, ante lo cual se estremeció y me mostró su más decidido apoyo, y le advertí de que fuese discreto.

—La pobre mujer agradece mucho su ayuda, señorita —me contó al regresar—. Está casi ciega, ya no puede coser, así que no tiene manera de ganarse el pan.

—Yo me encargaré de que no le falte de nada.

—Dice que el Cepo la sigue la buscando a usted para vengarse y no solo él, hay un joven que también pasa por la corrala a menudo preguntando. Ella no me ha podido explicar cómo es porque no ve apenas nada, solo que tiene una voz fuerte que asusta, como la del Cepo. Pero no tenga usted miedo, él no la encontrará nunca, ya me encargaré yo.

—Gracias, Rafaelillo.

—No me llame así, no soy un niño, debo de tener la misma edad que usted —me dijo ofendido.

—Algunos años menos serán.

—¡Qué importa! ¿Y no ha pensado nunca escapar de Madrid? ¿Marcharse a un pueblo y empezar una nueva vida lejos de su padre?

—No quiero abandonar a las personas que quiero —contesté pensando en Tula y en Reme.

—¿Y conmigo? ¿Vendría usted? Podríamos vivir en Toledo o en Guadalajara, que no están muy lejos, allí necesitan gente para labrar el campo. Yo trabajaría y así usted escribiría todo lo que quisiera.

Yo le sonreía sin responder, agradecía ese afecto incondicional, ese punto de ingenuidad que me conmovía, acariciaba su rostro y le apartaba un mechón rizado de la frente. Entonces él empezaba a silbar para ponerme nerviosa y provocar que yo le diese un empujón entre risas y bromas. No sabía bien cómo corresponder al amor ciego de ese muchacho, solo podía ofrecerle mi amistad sincera y un fraternal afecto que para Rafaelillo no era suficiente.

El año 1844 comenzó con enorme éxito pero acabaría con negros nubarrones en el horizonte. Tula escribió de manera frenética, de día y de noche, y yo transcribí cientos de páginas sin apenas descanso. Por fin, el 13 de junio, se estrenó el drama *Alfonso Munio* y realizó su deseo de representar una obra de éxito en la capital. La dedicó a su hermano Manuel, que se mostró entusiasmado y alabó a Tula como la más insigne de las dramaturgas. Al estreno acudiría todo Madrid y yo deseaba ser una de los espectadores, aunque debería conformarme con el posterior relato de la señorita.

—Esta vez vendrás, Manuela —me anunció—. Formas parte de esta historia, me has ayudado mucho y no debes perderte el estreno.

—Pero... —balbuceé.

—No hay peros que valgan, no llegarás apenas a pisar la calle. Un coche nos recogerá en la puerta y nos dejará ante el teatro, y dudo que allí se encuentre tu padre.

La abracé: era la mejor noticia que había escuchado en mucho tiempo. No significaba solo salir de mi encierro, sino presenciar el éxito de mi protectora, conocer al fin el bullicio de los teatros madrileños y disfrutar con la variedad de gentes que acudían a lucirse, a ver y ser vistos, en un juego de espejos.

Me engalané lo mejor que pude, con mi hermoso vestido, aquel que me regaló la señorita para la tertulia de mujeres. Me miré en el espejo: aunque nunca fui una belleza, la juventud adornaba mi rostro y la alegría me prestaba un nuevo brillo en la mirada. El atuendo resaltaba mi estrecha cintura, aunque el escote apenas destacaba, pues mi pecho era escaso. Sonreí a mi propia imagen y entonces vi a una mujer agraciada con la belleza de los años mozos, la ilusión en el rostro y todos los sueños por cumplir.

Los nervios y la emoción me embargaban. La señorita, su madre y yo llegamos en un landó tirado por caballos blancos y me sentí como una reina. Salí del coche unos minutos después que ellas, convenientemente embozada.

Por la ventanilla observé las calles iluminadas, los escaparates llenos de objetos de infinitas clases, el reflejo de los quinqués de gas en los cristales de las ventanas. Me pareció la ciudad más hermosa del mundo, como si durante el tiempo de mi encierro se hubiera dedicado a engalanarse para mostrarme su belleza aquella noche. En las calles del Príncipe y de la Cruz, la animación aumentaba, se veían llenas de gente y de carruajes que se dirigían al teatro.

¡Qué emoción, verme allí con tan distinguido público! Incluso, había quienes me saludaban, pues me conocían de las tertulias en casa. No era ya la hija de una lavandera del Manzanares ni una simple criada, sino la secretaria de la famosa escritora Gertrudis Gómez de Avellaneda. ¡Si mi madre me hubiese visto aquella noche...! ¡Cuánto me acordé de ella!

El teatro estaba repleto y la expectación era máxima. La trama de la obra era trágica: amor, odio, violencia, arrebato y fatalidad. Lloré con aquel final dramático: «Tremenda tempestad, ¡mándame un rayo!». Clamaba en la última frase Alfonso Munio tras haber asesinado a su propia hija. El público estalló en aplausos y, al caer el telón, el entusiasmo llenó el teatro. ¡Tula había triunfado! Don José Zorrilla, el afamado poeta y amigo personal de la señorita, acudió a la representación y confesó su admiración por ella y por su intensa obra. Lo escuché hablar y dedicarle encendidos elogios:

—He reventado los guantes aplaudiéndola. Creo que he llamado la atención de todos con el frenesí de mi entusiasmo. ¡Qué fuerza dramática! Es usted la más inspirada, correcta y vigorosa de las poetisas de nuestro tiempo.

Todos deseaban conocer a la autora y ella subió al escenario a recibir los aplausos. Multitud de ramilletes de flores cayeron a los pies de la escritora, que con la mayor modestia entregó a las actrices.

Hasta los periódicos se hicieron eco del éxito. En *El Globo*, apareció una reseña que destacaba «el argumento sencillo, bien combinado, los caracteres elevados que nunca decaen, la lucha entre pasiones humanas por un lado y el deber por otro».

Disfruté reviviendo cada instante en las cartas que escribí después a Reme, le conté cada detalle de aquel estreno con el mismo fervor que si lo reviviera. Podía imaginarla leyendo en la buhardilla, a la luz del candil, y emocionándose con la descripción del teatro, la trama de la obra y el éxito sin parangón de la señorita. Yo le insistía en que me visitara y contestase y, poco a poco, fueron llegando algunas notas, torpemente escritas, pero que me ensanchaban el alma.

> Gracias por escribirme. Tus cartas huelen a felicidad y a vida.

Me decía en una de ellas. Yo leía entre líneas y aquella breve frase se me aparecía llena de profundos significados. Era como si la escuchase en la voz de ella cada mañana al levantarme y cada noche cuando se apagaban los candiles. Nunca nombraba al señorito Esteban, el asunto que nos enfrentó y que más me preocupaba, aunque alguna vez aludió a su vida cotidiana:

> En el rio el agua esta fria en invierno y me duelen las manos, pero el jabon huele tan bien que se me olvida el dolor.

Yo le pedía que viniera a verme, pero ella me decía que no paraba de trabajar, que no tenía tiempo. A pesar de mi escapada al teatro, me sentía incapaz de atravesar Madrid para plantarme en el número 3 de la calle del Clavel para verla a ella, lo que más deseaba en el mundo. No era lo mismo salir embozada y dentro de un coche de caballos que caminar por las calles sin ninguna protección. La sombra del Cepo era demasiado alargada y me aterrorizaba como una pesadilla siniestra.

Tentada estuve de enviar a Rafaelillo en busca de noticias, pero de poco me iba a servir que se vieran: sabía que Reme era desconfiada con los desconocidos y, aunque le dijese que iba de mi parte, tampoco le haría demasiadas confidencias. Sus breves notas me indicaban que se encontraba bien, aunque no deseara contarme más detalles. El resto, debía imaginarlo yo.

34

Ese mismo año de 1844, Tula publicó la novela *Espatolino*. El 7 de octubre, asistí a un nuevo estreno, esta vez de *El príncipe de Viana*, en el teatro de la Cruz. El mundo empezaba a abrirse para mí, y el teatro me parecía una representación del universo, nada había que disfrutara más. Sentía como cierto lo que se representaba sobre las tablas y admiraba el trabajo de los actores, los mejores del panorama teatral madrileño. Los protagonistas de este nuevo drama eran nada menos que Teodora Lamadrid y Julián Romea, aclamados en los escenarios de toda España. Fue un éxito y de nuevo presentaba el tema de las relaciones entre padres e hijos, que nacía de lo más hondo de su experiencia personal. En sus tragedias, las víctimas, los hijos inocentes, eran sacrificados por un padre iracundo o malévolo, que reflejaba la sombra de su padrastro. Yo siempre encontraba un paralelismo entre lo que Tula escribía y su propia vida, no me resultaba difícil, y ella me lo corroboraba.

Los triunfos no cesaron: ganó el primer premio y el accésit del certamen del Liceo con un poema a la reina Isabel II. Tula estaba exultante, el mundo literario de la ciudad caía rendido a sus pies. Yo me sentía tan orgullosa como si se tratase de mi propia hermana, los logros de Tula los viví como si fuesen míos. Doña Francisca fue testigo directo del triunfo espléndido de su hija, esa hija rebelde e independiente que tantos disgustos le causaba y le causaría, esa hija extraordinaria y excesiva en todo, en lo bueno y en lo malo.

En otoño la realidad en que vivíamos empezó a cambiar. En apariencia, el mundo continuaba igual: Tula acudía a fiestas, leía en las reuniones que seguía organizando en casa, intervenía en actos públicos y no paraba de escribir. Sin embargo, allá por noviembre, comencé a percibir ciertas alteraciones en el carácter de la señorita, que se mostraba más reservada, más triste y también más nerviosa. Estallaba en llanto por nimiedades, me gritaba si cometía algún error en la escritura, algo que ella jamás había hecho, y unas profundas ojeras enmarcaban su pálido rostro. Yo lo achacaba a un insomnio creciente, pasaba las noches escribiendo frenéticamente, y tardé en conocer el motivo real de su estado. Algunas mañanas se levantaba descompuesta, no comía y vomitaba con frecuencia. Para una mujer con experiencia, aquellas señales me habrían resultado evidentes pero, inocente del mundo y de los secretos de la vida, fui la última en enterarme. También veía llorar a la señora, que a cada momento se quejaba, suspiraba y discutía ruidosamente con su hija, para acabar ambas llorando amargamente.

Una fría tarde de diciembre, recibí una inesperada visita.

Llamaron a la puerta y acudí a abrir, pues me encontraba sola en casa. Cuál no sería mi sorpresa cuando descubrí a Reme ante mí, pálida y desencajada, temblando como una hoja de frío y de miedo. Se arrojó en mis brazos llorando sin consuelo, las fuerzas le fallaron y caímos ambas al suelo del recibidor. La introduje en la casa, como pude, y logré sentarla en la cama de mi cuarto. Intenté tranquilizarla, la hice beber agua, acaricié su cabello enmarañado, debía de llevar días sin peinarse, y lavé su rostro tiznado por la suciedad y las lágrimas. No paraba de llorar y entre hipidos era incapaz de explicarme qué le sucedía.

—¡Qué desgracia! —fue lo primero que logró pronunciar.

Y estalló de nuevo en ruidosos sollozos. No imaginaba a qué clase de desgracia se refería, no se trataba de una enfermedad, sin duda, pues a pesar de los ojos enrojecidos e hinchados y la palidez de la piel, Reme tenía un aspecto lozano y su cuerpo había ganado redondez. La inquietud ante el estado de nervios de Reme superaba a mi alegría por haberla reencontrado, me volqué en tranquilizarla, en abrazarla para que dejase de temblar y en transmitirle protección.

Tumbada en la cama, se fue calmando y cerró los ojos mientras yo la contemplaba, entre feliz y angustiada. Había cambiado desde la última vez que nos vimos, cuando solo era una jovencita ingenua y risueña, capaz de entusiasmarse por un trozo de jabón. Era como si se hubiera convertido de golpe en una mujer y toda su hermosura escondida hubiera salido a flote: nunca la había visto tan bella y, al tiempo, tan desgraciada. La pena había transmutado sus facciones, que se habían hecho más rotundas, más marcadas, más perfectas.

Por fin, se fue calmando, se incorporó y con la voz entrecortada me contó su desgracia.

—No tengo adónde ir, Manuela. Me han echado de la casa.

—¿Qué has hecho mal?

—Quedarme embarazada.

De nuevo rompió en sollozos y yo hube de reprimir esa frase que cualquiera odiaría en un momento semejante. A punto estuve de soltarle «Te lo advertí», pero solo habría añadido dolor a su dolor y no habría solucionado nada. El señorito Esteban deseaba diversión, ¡y bien que se había divertido! Ya no le interesaba el juguete y dejaba a la infeliz lavandera sola, abandonada y con un hijo suyo en el vientre. La rabia me subió hasta los ojos y yo también lloré de impotencia.

—Cuando se lo dije al señorito se puso muy serio. «¿Por qué me lo cuentas? —me soltó—. ¿Estás segura de que es mío?». ¡Por supuesto que estaba segura! Él era el único hombre que me había abrazado, que me había hecho suya, mi único amor —sollozó—. Me miró con desprecio, como si no me conociera, yo creí que me moría en ese instante, y me dijo que ya hablaríamos. Al día siguiente, su madre me echó de casa: prescindían de mis servicios porque yo era una inmoral y llevaba la vergüenza a aquella familia.

—¡Qué despreciable! ¡Qué situación tan injusta! Deberíamos poder denunciar estos atropellos. ¡En mala situación te deja!

—Llevo dos días deambulando por Madrid, muerta de miedo y de angustia. No tengo ni un mísero techo donde refugiarme y el desprecio de Esteban se me ha clavado como un puñal. No quiero vivir, Manuela. ¡Él decía que me amaba! Me hacía regalos y me esperaba todas las tardes en la buhardilla del número 9, que no estaba ocupada por ninguna criada. Allí me colmaba de tiernas caricias y me hacía promesas que no pensaba cumplir jamás. Me hizo creer que me quería con pasión, se mostraba dispuesto a enfrentarse al mundo y a su familia con tal de que siguiéramos juntos, juraba que jamás se separaría de mí. Todo eran mentiras para engañar a una pobre ingenua como yo. ¡Cuánta razón llevabas cuando me prevenías de sus patrañas! Por mucho que sepa leer, solo soy una lavandera, lo más bajo que puede haber en Madrid. ¡Y creí que un señorito me amaría toda la vida!

La abracé, de algo servía mi cariño en un momento tan atroz, al menos no se sentiría sola. Era tan injusta la situación, tan terrible, que el mundo me pareció un lugar oscuro, una trampa mortal para nosotras.

—Por desgracia, las mujeres llevamos siempre las de perder. —Suspiré.

—Este mundo es un castigo, Manuela. Eres la única persona a quien puedo acudir, no tengo a nadie más, pero supongo que tu señorita no querrá acoger a una perdida como yo. No dispongo de dinero suficiente ni para regresar a mi pueblo a criar cerdos. ¿Qué hará mi padre si me ve aparecer embarazada y más pobre que nunca? Me matará si no he muerto antes.

—No tendrás que regresar a tu pueblo —quise tranquilizarla. Haría lo que fuera para salvarla del destino cruel que un señorito malnacido y desaprensivo le había marcado.

—Pero tu señorita no va a aceptar que me quede aquí, ¿a qué? ¡Y embarazada!

—Hablaré con ella, dice que las mujeres debemos ayudarnos. Te aseguro que no te dejará en la calle —dije convencida, aunque no las tenía todas conmigo.

Unos golpes en la puerta de mi alcoba interrumpieron la conversación, alguna de las mujeres había regresado a casa y yo no la había escuchado entrar. Debería dar explicaciones, me puse nerviosa pero intenté que no se notase.

—Quédate aquí, no salgas —ordené a Reme—. Y descansa un poco mientras hablo con la señorita.

Pero no era Tula quien llamaba, sino su madre, la señora Francisca.

—¿Quién hay en tu cuarto? ¿Con quién hablabas? ¿No será un caballero? —me preguntó con cierta alarma.

—No, por Dios —me apresuré a responder—. Es una amiga que necesita ayuda.

—Pues no ha venido al mejor lugar —repuso con gesto torcido.

Lamenté que no hubiera aparecido antes la señorita, habría sido más comprensiva; quizá cuando llegase la hija podría ponerla de mi parte. Le pedí a la señora que pasáramos a la sala para conversar con calma y allí, de pie, continué relatando la situación:

—Era la lavandera de los vecinos del edificio de la calle del Clavel, donde vivíamos antes. La señorita Tula la conoce bien. Un caballero desaprensivo la ha dejado embarazada y la han echado de la casa.

—¡Vaya por Dios! —exclamó—. ¿Y de cuántos meses está embarazada?

—No lo sé. Pero ya se le nota cierta redondez.

—Pues nos viene como caída del cielo. —Suspiró—. Vamos a necesitar una nodriza y, si tu amiga acepta, el puesto es suyo.

—¿Una nodriza?

Yo sabía que las familias pudientes contrataban a chicas jóvenes que acababan de ser madres para que amamantasen a sus hijos. Era un oficio muy reclamado y que gozaba de ciertas ventajas. De golpe comprendí la rara enfermedad de la señorita Tula y me di cuenta de mi propia ingenuidad.

—Mi hija está embarazada —sollozó la señora tapándose la cara con las manos, como si la embargara una vergüenza infinita.

Se dejó caer en un sillón, llorando amargamente. Si para Reme quedarse embarazada fuera del matrimonio era una desgracia, para alguien como Tula tener ese hijo sin estar casada era más que una tragedia. Las dos mujeres que yo amaba habían sido engañadas, burladas y abandonadas. Y yo habría matado a golpes a sus burladores. En ese momento lamenté más que nunca no poseer la fuerza física de un hombre para vengar a ambas, para retorcer el cuello del petimetre del señorito Esteban y para atravesar con una daga el pecho de ese poeta infame de apellido Tassara.

—Será mejor que hables tú con Gertrudis cuando llegue a casa y le cuentes todo esto. Hace días que no le dirijo la palabra —confesó la señora Francisca—. ¡Esta hija me va a matar de un disgusto! Ya me dice mi marido que la consiento demasiado, con esos aires de literata y de mujer independiente. ¡Pues ya ve lo que ocurre con tanta independencia! ¡Lo mismo que a la lavandera de la calle del Clavel! ¡Ay, si su padre levantara la cabeza!

Regresé a mi habitación para anunciarle a Reme que se quedaría con nosotras; una inesperada alegría me inundaba el pecho: me juré no perderla nunca más. Al tiempo creció también la rabia, el desprecio más profundo hacia los hombres que habían arruinado las vidas de mis dos amadas mujeres. Si alguna vez he sentido deseos de venganza fue aquel día, a pesar de saber que mi empeño era inútil: una mujer pequeña e invisible como yo jamás podría acabar con los dos desvergonzados e inmorales amantes.

La encontré profundamente dormida, llevaría días sin pegar ojo. La pesadilla se había acabado: en la casa estaría segura, yo velaría por ella con todo el amor incondicional que le profesaba. Cuidaría de Reme y del niño que venía en camino y que sería hermano de leche del hijo de Tula.

Continué con mis quehaceres el resto de la tarde y, a ratos, me acercaba a comprobar que Reme continuaba descansando. Los nervios y la desazón por tan inesperados acontecimientos me hacían perder la concentración sin remedio.

Ya anochecía cuando apareció Tula, con su habitual semblante triste y cargada de libros que enseguida me apresuré a quitarle de las manos.

—No debería coger tanto peso —comenté sin percatarme de cuánto insinuaba con aquella frase.

Me miró con ojos tristes; ella, cuya mirada alegre y rotunda encandiló a medio Madrid.

—Mi madre te lo ha contado, ¿no es cierto?

Asentí con la cabeza y la abracé, ella se contuvo y ni siquiera sollozó. Deseaba mantenerse fuerte en la adversidad, reafirmarse como la mujer indómita que era, pero la sociedad le daba la espalda. El amor libre y confiado de las protagonistas de las novelas de George Sand, tan admirada por la señorita, la condujeron, a ella también, al engaño y al abandono.

—Debo contarle algo que sabrá comprender —me atreví a hablar. El asunto requería una respuesta urgente—. Reme ha aparecido por aquí hace unas horas; está desesperada, el señorito Esteban la ha dejado embarazada y la han echado de la casa.

—¡Dios mío, pobre muchacha!

Entonces sí lloró, como si la desgracia de mi amiga la arrastrase a ella también, como si la desventura dramática de Reme le hiciera ver la magnitud de la suya propia.

—¿Para eso sirve creer al amante, si luego se comporta como un hombre cualquiera? —dijo como si hablase por las dos—. ¿Qué fue de toda aquella pasión, si es más infame que los protagonistas de mis dramas? Soy una mujer herida y abandonada.

Guardamos un silencio espeso, cargado de presagios, roto por el tictac del reloj del salón que marcaba el paso del tiempo, implacable, que nos empujaba hacia un destino que nadie había elegido.

Tomé sus manos y la miré con ternura, mi gesto sin palabras aseguraba que yo jamás la abandonaría. Nos habíamos convertido en dos buenas amigas, a pesar del origen opuesto de cada una. El amor por la literatura y una hermandad inquebrantable nos unían.

—Si accede a que Reme se quede con nosotras, ella podría ser la nodriza del hijo que espera.

—Sí. —Una mueca parecida a una sonrisa se dibujó en sus

labios—. Será hermoso que sea ella, así estaremos todas más unidas. Nos necesitamos.

—¡Como hermanas! —exclamé, recordando a las mujeres que acudieron unos meses antes a la tertulia. Para mí se convirtió en una especie de grito de guerra ante la adversidad.

—No sé qué voy a hacer, Manuela —me confesó—. Piensa en mi situación: me encuentro en el centro de la vida literaria de la ciudad, a la vista de todos, ultrajada y avergonzada. Quizá tenga que marcharme de Madrid, bien a un país europeo, bien a América. Necesito extender mis conocimientos y mi reputación literaria, y ya nada nuevo me ofrece España. ¿Y si me oculto en un pueblo?

A pesar de sus dudas, Tula continuó en Madrid y todos esos proyectos no se realizaron. Fue una bendición contar con ella y continuar en su casa, cuyas paredes se convirtieron, no solo en mi refugio, sino también en el de Reme. Éramos un puñado de mujeres marcadas por un destino aciago, escrito con líneas torcidas, por hombres crueles e irresponsables.

35

Emilia, en cuanto vio a Reme, reconoció su estado. La reprendió por ser tan ingenua y la abrazó como a una hija descarriada.

—Has tenido suerte —aseguró—. El oficio de nodriza es el mejor que hay y en esta casa va a hacer falta una en pocos meses. Estarás bien alimentada y no tendrás otra ocupación que atender al hijo de la señorita. La leche que te sobre será para el tuyo, pero tú eres una buena moza y sacarás para los dos. Muchas jovencitas de los pueblos se quedan embarazadas a propósito para venir como amas de cría a la ciudad, es un trabajo muy solicitado. No te va a faltar de nada. —Rio.

Reme permaneció seria, mirando al infinito, y no fue empresa fácil sacarla del estado de abatimiento que la invadía. Resultó ser de gran ayuda para Emilia, realizaba con presteza todas las tareas que se le encomendaban, sin protestar y en silencio.

—¡Es bueno que llegue alguien útil a esta casa! —exclamaba Emilia, satisfecha—. Aquí con tanta literata, nadie se ocupa de lo necesario. Solo piensan en sus fantasías y nada saben de los quehaceres domésticos, ¿qué clase de mujeres son estas? —se quejaba en clara alusión a la señorita Tula y a mí.

Rafaelillo recibió con curiosidad a la nueva inquilina. Pensé que pondría los ojos en ella, que se olvidaría de mí, pues Reme sí era una mujer hermosa y no yo; pero solo manifestó una cierta cordialidad de compañeros de trabajo. Me consta que intentaba preguntarle por mí, por mis sentimientos, pero Reme seguía con su inquebrantable mutismo.

Durante el día, ella se entregaba a una incesante actividad para ahuyentar los oscuros pensamientos. Sin embargo, por la noche, cuando las luces caían y nos retirábamos a mi alcoba, todo el peso de la pena caía sobre su alma atormentada. Entonces regresaba el llanto inconsolable, eran lágrimas desesperadas que yo intentaba enjugar.

—Todo va a salir bien, ya lo verás —le decía para animarla—. Tendrás un hijo precioso que cuidaremos entre las dos, ya has oído que no te va a faltar de nada.

Ella no contestaba, había perdido ese aire alegre y ocurrente que yo recordaba y se había vuelto muda para rumiar su dolor en silencio. Cada noche, le acariciaba el cabello, le cantaba al oído, la mimaba, hasta que escuchaba su respiración sosegada, señal de que se había dormido. Así día tras día, hasta que las lágrimas fueron desapareciendo, despacio, vencidas por mis desvelos y mi cariño. No obstante, Reme no recuperaba el habla: respondía con gestos de cabeza o con monosílabos, como si la desgracia le hubiera robado las palabras.

Algo parecido le ocurría a Tula, cada vez más desconsolada y enferma de dolor, los nervios no le daban tregua. Gabriel Tassara, el padre de su futuro hijo, hacía meses que no pisaba la casa, se había alejado de ella, como un cobarde, y le negaba su trato y la paternidad. Ante tal desprecio, ella solo veía sombras en el porvenir y vertía su desdicha en versos cargados de desesperación.

—Manuela, creo que todo es inútil —me habló una tarde—. Voy a abandonar la lírica, pues solo seré capaz de contar mi desdicha. No hay más que fracaso en mi corazón y escribir sobre ello me causará desventura.

Al dictado copié un poema titulado «Adiós a la lira», donde se despedía de la poesía y preveía un porvenir desastroso, el que correspondía a una mujer soltera embarazada:

¡Acaso el destino impío
que tan atroz me maltrata
en el piélago del mundo
naufragio horrible me aguarda!

Naufragamos juntas en aquella casa, donde nos sentíamos abandonadas por el mundo, y yo era una más, tan rechazada y aislada como ellas, como mis hermanas. Fueron meses de encierro para las tres, de nubes oscuras en el horizonte, de espera incierta. La compañía de Reme me resultaba confortable y cálida, a pesar de que ella no había recuperado el brillo feliz de su mirada. La llegada de un nuevo ser al mundo debería ser motivo de alegría, pero las circunstancias nos impedían vislumbrar algo de esperanza en el porvenir.

En marzo nació la hija de Reme, naciste tú, hija mía. Sentí que la vida me hacía un regalo inesperado, una oportunidad para creer en el futuro, un motivo para luchar. Cuando te vi, me pareciste un ángel: tan rubia, tan blanca, tan bonita que arrancaste la primera sonrisa de tu madre en muchos meses. Tomé tu cuerpecillo entre mis manos, la realidad palpitaba, se abría paso ante la adversidad y supe en aquel instante que daría la vida por ti si fuera preciso.

—¿Ves qué guapa? Ya te dije que todo saldría bien. ¿Cómo quieres llamarla?

Tu madre te apretó contra su pecho y te olió, cerró los ojos para captar mejor ese primer instante íntimo entre las dos, aspiró tu aroma como hacía con cada persona que conocía, con cada rincón que pisaba, con cada experiencia. Y estoy convencida de que jamás había percibido un olor tan próximo, tan intenso, tan vivo, tan especial. Ya podría reconocerte, distinguirte del resto del mundo porque ningún perfume, por caro o sofisticado que fuera, podría mejorar el aroma que tu cuerpo exhalaba.

—Huele muy bien —fueron sus primeras palabras después de traerte al mundo.

—Habrá que buscar un nombre bien perfumado. ¿Qué te parece Rosa? —se me ocurrió. En los meses de espera ni siquiera nos habíamos atrevido a pensar en un nombre para la criatura.

—Sí, me gusta —dijo sin dejar de abrazarte—. María Rosa será hermosa como una flor.

—Te lo aseguro —solté, convencida.

Tu nacimiento me regaló una fuerza desconocida, un valor nuevo ante la adversidad, me hizo vencer algunos miedos y reconocer la importancia de la maternidad. Aunque no te había traído al mundo, me sentía tan responsable de ti como la propia Reme.

El señorito Esteban debía conocer tu existencia: si no había querido auxiliar a la madre, al menos que reconociera a la hija, y me propuse hacer que recapacitara. De nada valdría enviar un emisario, así que fui yo misma a soltarle a la cara la verdad incómoda. Sin decirle nada a tu madre, me arriesgué a salir de mi guarida y me planté en el número 3 de la calle del Clavel. Caminé acelerada, cabizbaja y rabiosa por las calles de Madrid, intentando pasar desapercibida. No quise ni fijarme en los escaparates ni en los cafés elegantes que lucían sus grandes espejos dorados y sus magníficas arañas en el techo. Me movía un impulso más fuerte que yo misma, el ansia de verdad y de justicia guiaban mis pasos.

Una vez en el edificio me tropecé con una vecina, la señora del principal, que me reconoció y me preguntó por Gertrudis. Yo respondí con monosílabos, con premura, pero la mujer deseaba saber más:

—Se dicen muchas cosas de ella, algunas nada buenas —comentó para tirarme de la lengua.

—¡Habladurías! —solté con toda la indignación que llevaba acumulada—. No se crea las infamias que cuenta la gente malvada.

—La poesía no es oficio para una mujer —dijo, convencida.

Preferí no responder, pues si confesaba mis pensamientos corría el riesgo de salir malparada. Yo solo era una criada y ella, una señora. Aduje que llevaba prisa y me despedí con frialdad. Que las mujeres no se defendieran unas a otras me parecía mezquino, aquella vecina no sospechaba siquiera lo que ella misma era capaz de hacer, si lo hubiera sabido, jamás habría criticado a Tula.

Llamé con insistencia a la puerta del domicilio del señorito Esteban, con rabia, el corazón desbocado y la respiración alterada. Al fin, me abrió una criada un tanto alarmada.

—¿A qué viene tanta prisa? —me recriminó.

La chica era joven y agraciada y, a punto estaba de advertirle de las malas artes del señorito para el que trabajaba, cuando apareció él con su habitual gesto agrio y despectivo.

—¿Quién es? ¿Qué quiere?

—Necesito hablar con usted de un asunto muy importante.

Con escasa consideración y semblante serio, me hizo pasar a un saloncito profusamente decorado con figuritas, abanicos, relojes y toda clase de objetos. No me invitó a sentarme, quería despacharme rápido.

—Vengo a anunciarle que ha sido usted padre de una niña.

Me miró con displicencia y se rio de manera ruidosa, como si se burlara del mundo entero.

—¿Yo, padre? Pero ¡qué está usted diciendo!

—Reme, a quien usted conoce bien, ha dado a luz una niña.

—¿Y por qué tiene usted la osadía de afirmar que es mi hija? —repuso con desprecio.

—Porque Reme lo sabe y porque es igual que usted —contesté con voz rotunda.

Lo vi titubear, el bigotillo le temblaba de forma exagerada, como si quisiera confesar por él; pero Esteban no cedería jamás.

—¿Y qué pruebas son esas? —Intentó reír pero solo le salió un sonido gutural, como un quejido—. No voy a hacerme responsable de la niña, por mucho que esa lavandera diga. ¡Menuda osadía, venir a esta casa con semejante cuento!

—Usted sabe de sobra que no miento —dije con toda mi rabia acumulada.

—Será mejor que se marche o llamaré a los guardias.

Yo permanecí inmóvil, rígida, quieta, dispuesta a quedarme en aquel ridículo saloncito hasta que él cediera en algo, aunque solo fuera en visitar una vez a la hija y a la madre.

Solo entonces se dignó a mirarme, plantó sus sucios ojos en mí y me reconoció. Entonces olvidó toda su educación, todos sus modales de burgués, todo cumplimiento, y comenzó a tutearme y a hablarme con el más absoluto desprecio:

—Tú eres la amiguita de Reme, la que escribe para esa literata. ¿Qué ideas malvadas e inmorales te ha metido esa mujer en la cabeza?

—¡El único inmoral es usted! —le grité, como si le escupiera a la cara.

—Tuya fue la idea ridícula de enseñar a leer a una criada, como si así pudiera impresionarme. Tú eres la que se disfraza de hombre para salir por Madrid, estabas un día en el baile de Recoletos, te vi y Reme me contó que habías acudido con ella. Eso es un delito, si no te marchas enseguida de esta casa llamaré a los guardias y les contaré tu secreto: que te vistes de hombre, que deseas serlo, y eso es una inmoralidad y una perversión.

No dejaba de ser verdad lo que me decía, pero jamás había pensado que hubiera algo perverso o delictivo en mi impostura. Hizo ademán de salir de la sala, dispuesto a cumplir la amenaza. Entonces cometí un terrible error, le ofrecí el dato que me convertía en vulnerable.

—Si cambia de opinión y desea ver a la niña, vivimos en el número 15 de la calle Desengaño.

36

La conversación me dejó una amarga sensación de derrota y caminé desolada hasta casa. No le contaría nada a Reme o solo añadiría sufrimiento a su ya abatido estado de ánimo. Decidí que, si aquel despreciable joven se desentendía de ti, yo ejercería de padre el resto de mi vida. Así lo he cumplido, querida María Rosa, cada día lo he dedicado a ti, cada decisión a lo largo de todos estos años ha llevado tu nombre. Tu madre y yo borramos a Esteban de nuestras vidas, como si jamás hubiera existido, y supongo que tú albergarás poco interés en conocer a tan despreciable individuo, por mucho que se trate de tu padre biológico. Ignoro si seguirá vivo, si continuará habitando en el número 3 de la calle del Clavel. Su destino dejó de importarnos hace mucho tiempo.

En abril nació María, la niña de Tula. Aguardábamos su llegada con nerviosismo y expectación, la madre cada vez dormía menos entre la incomodidad del embarazo y las preocupaciones que la embargaban. Reme la esperaba como a una hija propia; así debía ser, compartiría el pecho con su recién nacida y anhelaba que las dos os criaseis juntas y sanas.

Pero enseguida comprobamos que algo no iba bien. A pesar de que la señorita fue asistida durante el parto por el doctor Lario, amigo de la familia, la niña nació con dificultad. Un cura acudió enseguida y fue bautizada con el nombre de María, aunque Tula la llamaba Brenilde, como el personaje de la obra *La copa de marfil* de su amigo José Zorrilla. Era una niña de delicadas facciones, muy parecidas a las de su padre, largas pestañas y cabello oscuro. Desde su nacimiento se manifestó su debilidad. Mientras tú crecías sana y mamabas con fruición, Brenilde apenas se agarraba al pecho de Reme y se la veía pálida, desnutrida y presa de unas terribles convulsiones.

Tula sufría enormemente al ver el estado de su pequeña, que se agravaba por meses: tos espasmódica, dentición complicada, terrible fiebre e inflamación del estómago. Por la casa desfilaron varios médicos, pero ninguno parecía saber el origen de la enfermedad de la niña y mucho menos cómo curarla.

Ella perdió por completo la alegría y las ganas de vivir. Deseaba escapar del mundo y de sí misma, pensaba que quizá viajar o retirarse al campo podría aliviarla, aunque en el fondo sabía que era imposible huir de sus propios sentimientos ni del destino aciago.

—Manuela, estoy cansada del mundo —me contó una tarde mientras Reme intentaba que Brenilde mamara de su pecho—, cansada de las calumnias, de los obsequios, de la adulación y hasta de la vida. Necesito otro espacio mayor o menor que este, otra vida de más calma o de más agitación.

No lo sé. El amor no existe ya para mí, la gloria no me basta. Estoy derrotada y envejecida a los treinta años, abrumada por el peso de una vida tan llena de todo menos de felicidad y sin esperanza de hallar lo que ansío.

Yo intentaba animarla, decirle que todo pasaría, que Brenilde se recuperaría y que juntas viajaríamos a algún lugar hermoso. Nada de eso iba a ocurrir y ella lo sabía.

Tassara continuaba desaparecido. No había regresado por la casa, no había enviado una sola carta a la madre, no quería siquiera conocer a su propia hija y Tula se desesperaba. Llegó a escribir a su amigo Cepeda, de quien siempre estuvo enamorada, para pedirle en secreto que hiciera averiguaciones sobre Gabriel y su familia en Sevilla, pero sin confesarle el motivo. Tampoco logró ninguna respuesta que la ayudase en tan dramática situación. Y la niña empeoraba por días.

—Manuela, necesito que me escribas una carta, luego mandaremos a Rafaelillo a que la entregue. Tengo que volver a escribir a Tassara para que acuda a ver a Brenilde antes de que muera. Estoy resuelta, si desatiende mi carta, iré a buscarlo por todas partes y a decirle a gritos lo que debe saber.

Entre la rabia y la impotencia se debatía mi desgraciada amiga. Dispuesta a humillarse y a reconocer una culpa que no era suya, me dictó las palabras más desesperadas que yo jamás había escuchado. Intentaba en vano no llorar al tiempo que transcribía su triste mensaje:

> Ven, Gabriel, de rodillas te lo pediré, si es preciso; para mí no hay nada fuera de mi niña, ni temo desprecios ni evito humillaciones: me arrojaré a tus pies para suplicarte

que des una primera y última mirada a tu pobre hija. Ella no es culpable de mis delitos, si tú me crees cargada de ellos. Si a ti te es enojosa mi vista, no me presentaré, pero hallarás a Brenilde sola con su nodriza. Estoy desesperada y mi hija padece cruelmente, serás un monstruo de bajeza si me rehúsas este pequeño y tristísimo favor. Te espero.

Tras escribirla, hube de encerrarme en mi cuarto a llorar sin que Tula me viera. No le di la carta a Rafaelillo para que la llevase, quería asegurarme de que llegaba a su destinatario, así que decidí atravesar Madrid para entregársela en persona a aquel monstruo de bajeza que era Gabriel Tassara. De nuevo me enfrentaría a un padre desentendido e irresponsable.

—¿Adónde va? —me preguntó Rafaelillo cuando me sorprendió en el portal de la casa.

—Debo entregar esta carta en persona —respondí sin detenerme.

—Mala cara lleva. Deje que la acompañe.

Acepté la propuesta, no me vendría mal la compañía de un hombre aliado, y ambos aceleramos el paso. La angustia guiaba mis veloces movimientos. ¿Y si la niña moría antes de que yo entregase la carta? Rafaelillo y yo no hablamos por el camino, no necesitábamos palabras para comunicarnos: él conocía la situación, sabía de la grave enfermedad de Brenilde, aunque ignoraba el destino de la precipitada carrera.

—¿Va en busca de otro médico? —fue lo único que me preguntó.

Negué con la cabeza y él no insistió más, me tomó de la mano y agradecí el gesto apretando la suya, cuyo contacto me daba fuerzas porque me decía que no estaba sola. Aquel muchacho era la prueba indiscutible de que existían los hombres buenos y generosos, leales y decentes. Pensé en la señorita Tula y en cuánto necesitaba una mano como aquella. Desde ese día, desterré el diminutivo de su nombre, pues me demostró la gran persona que era, y pasé a llamarle siempre Rafael, como merecía su actitud de adulto responsable y valiente.

Llegamos al domicilio: era un edificio majestuoso de la calle del Arenal y varias personas nos preguntaron a quién buscábamos antes de plantarnos ante la puerta de la casa. A Rafael lo miraban con desconfianza, quizá no le habrían dejado pasar, pero iba conmigo y yo no parecía una criada ni una delincuente y podía presentarme como la secretaria personal de la señorita Gertrudis Gómez de Avellaneda.

Un mayordomo abrió la puerta y pregunté por el señorito Gabriel. Me respondió que no se hallaba en casa y yo insistí en que debía entregarle la carta en mano. De poco sirvió mi obstinación, el hombre repitió varias veces que el señorito no se encontraba en el domicilio y nosotros no podíamos esperar dentro. Con rostro serio y altivo nos invitó a marcharnos. A regañadientes le di el sobre y le insistí en la urgencia del mensaje.

Me resistía a dejar así la carta, sin más, al mayordomo. Decidí permanecer un rato cerca del portal y esperar a que llegase Tassara; yo lo conocía perfectamente: durante una época nos visitaba todas las noches y ahora renegaba de su responsabilidad. Hervía de rabia, lo habría ahogado con mis propias manos, como al infame de Esteban, como a tantos otros burladores desaprensivos que consideraban a las mujeres poco más que objetos de un solo uso.

Allí nos plantamos los dos, vigilantes, pero fue en vano: nadie apareció porque era seguro que Gabriel se encontraba en casa pero no deseaba recibir nadie, y menos a nosotros con la desesperada misiva de Tula.

—Vamos, aquí no hacemos nada —le dije cuando ya había pasado demasiado tiempo y comprendí que la espera era inútil.

A pesar de que llevaba meses sin ver la calle, excepto para acompañar a la cercana iglesia de San Martín a la señorita, no me detuve a contemplar el esplendor de la ciudad. Era noviembre y el olor de los puestos de las castañeras me trajo reminiscencias de mi infancia, la melancolía se unió al sentimiento de impotencia que me embargaba. Lloré como una niña, lloré por la pequeña Brenilde, por Tula y por Reme, injustamente deshonradas, y también por mí misma, incapaz de ayudar a las personas que más amaba. El hombro de mi acompañante me sirvió de apoyo y consuelo, nunca se lo agradecí lo bastante. Enjugué mis lágrimas en un pañuelo que él me ofreció y procuré calmar mi llanto antes de aparecer ante Tula.

Cuando regresamos a casa, el nerviosismo de todos era aún mayor.

—¿Dónde estabas? —me preguntó con premura—. Y Rafaelillo, ¿cómo ha tardado tanto?

Le conté que habíamos ido juntos al domicilio de Gabriel Tassara y que no había sido posible entregarle la carta en persona.

—Sé que es un riesgo para ti, pero te agradezco que hayas ido. Y os voy a seguir necesitando. Hay que llamar al doctor Robiralta, la niña está cada vez peor. Ya están aquí los médicos Lario y Escalera, pero no tienen esperanza y yo la he perdido ya —sollozó.

Corrimos, de nuevo, en busca del doctor, quien acudió solícito cuando le contamos la situación: Brenilde se moría y su madre desesperaba. Robiralta solo pudo certificar los malos presagios. Brenilde ni siquiera lloraba, lo hacíamos todos los demás: Reme sentía que perdía a su propia niña; la señora Francisca presenciaba tristísima la desgracia de su nieta y la desesperación de su hija, que no era capaz de tomar asiento y caminaba de un lado a otro como un león enjaulado, como alguien que espera lo que jamás llegará: Tassara no acudía y la muerte se acercaba deprisa.

—Quiero un recuerdo de mi hija, conservar la imagen de mi tierna criatura —me confesó a media tarde—. No deseo olvidarla nunca, tiene que venir un pintor y retratarla. Quizá jamás tenga otro hijo y quiero llevarla siempre junto a mi corazón.

De nuevo, Rafael y yo salimos a la calle, esta vez en busca de un pintor, cuyo nombre no recuerdo, para que retratase a Brenilde en sus últimas horas. No tardamos en encontrarlo, pues vivía en una calle cercana, y el encargo le pareció triste, por tratarse de una niña de seis meses, aunque no le resultó extraño: era bastante habitual en España que las familias adineradas encargaran retratos de sus seres queridos, una vez fallecidos, para tenerlos presentes después de su muerte.

El pintor realizó una delicada miniatura de la pequeña

con los ojos entornados y toda la delicadeza de sus facciones. Llevaba la niña una cofia blanca orlada de encaje, por la que asomaba un tenue flequillo y ceñía al pecho una ancha cinta rosa.

A las siete, Tula me llevó de nuevo a su despacho.

—Escribiré otra breve nota a Gabriel, tenéis que llevársela, deprisa. Cae la noche y debe saber que a cualquier hora se le recibirá. Quizá Brenilde no llegue a mañana.

Intentó escribirla ella misma, pero las manos le temblaban de tal manera que le resultó imposible.

—Escríbela tú, por favor.

> Son las siete, espero que vengas, sea la hora que fuere. La puerta no se cerrará hasta la una, pero aquí nadie duerme. Por Dios, Gabriel, no dejes de venir.

De nuevo las carreras por Madrid de la mano de Rafael, a quien desde ese día guardé un respeto infinito; de nuevo el mayordomo malhumorado, de nuevo el desplante. Ni rastro del señorito. Ignoro si llegó a leer las desesperadas cartas de Tula, es posible que las rompiera sin abrir porque no puedo concebir un corazón más duro, más cruel, que el de alguien que ignora las súplicas de una mujer que amó y que ruega por su hija moribunda. ¿Imaginas un ser más despreciable?

Fue una espera en vano, el vil Tassara nunca apareció. Brenilde murió en la madrugada del 9 de noviembre y su padre no la conoció.

37

Tula guardó aquel inmenso dolor junto con el retrato de su hija, que albergaba en un medallón junto a su pecho.

La casa se convirtió en un duelo continuo, la pena lo impregnaba todo como una pátina gris y pegajosa. Hasta tus balbuceos se volvieron más callados, apenas llorabas para reclamar el pecho de tu madre, como si no desearas llamar la atención de aquel grupo de mujeres tristes en que se había convertido la casa. No obstante, tu rostro perfecto, tu sonrisa leve y tus manitas que reclamaban otras manos eran nuestro único consuelo.

En el gran mentidero que era Madrid en aquellos días, el nombre de Tula se pronunciaba a menudo, y casi nunca para alabarla. A pesar de mi reclusión, los rumores me llegaban a través del bueno de Rafael y de Reme, que volvió a pisar la calle y a esbozar una sonrisa, siempre contigo en el regazo.

Por eso, la señorita deseaba marcharse y emprender lejos

una nueva vida. Otra vez quería escapar, como siempre que el destino le jugaba una mala pasada. Para esa terrible desgracia, la huida era el mejor remedio. Los viajes curan en poco tiempo las heridas del alma, yo ahora también lo sé.

Sin embargo, a pesar del dolor causado, Tula no guardaba rencor. Era lo más sorprendente en ella, capaz de enfrentarse al mundo y, al tiempo, de humillarse ante él. Yo jamás perdoné al despreciable Tassara, pero a Tula, la grandeza de su generosidad le impedía el resentimiento. Unos meses después de haber cosechado el mayor de los desprecios, fue capaz de escribir un poema titulado «A él», que dedicó al infame Gabriel, donde le excusaba de su tremenda fechoría.

¡Vive dichoso, tú! Si en algún día
ves este adiós que te dirijo eterno.
Sabe que aún tienes en el alma mía
generoso perdón, cariño eterno.

Nunca entendí qué le llevó a absolverle de tal pecado, solo un alma buena en extremo es capaz de semejante acto de generosidad. Yo no habría sido capaz; al contrario, habría perseguido al causante de mi dolor y mi deshonra hasta las últimas consecuencias. Es más, si Tula me lo hubiera pedido, me habría acercado a él con un puñal en la mano en lugar de con una inocente carta. Tula me enseñó que no es bueno dejarse llevar por el odio y el deseo de venganza, aunque no lo aprendí tan bien como ella lo practicaba.

Insistía en abandonar la ciudad, en escaparse de las infamias y yo temía su partida: si ella se marchaba de Madrid,

¿qué sería de nosotras? ¿Nos llevaría con ella a las tres? No era probable. Pero los acontecimientos se precipitaron y decidieron nuestro destino.

Una tarde, Rafael llegó alterado. Yo lo había enviado a casa de doña Pura a dejarle algo de dinero que solventase en parte su terrible situación. Ciega y desamparada, solo le quedaba mendigar para ganarse la vida. Mi pequeña ayuda era lo menos que podía hacer por la mujer que me había abierto las puertas de un futuro mejor cuando me enseñó a leer.

—Ha pasado algo muy malo, Manuela —me contó desencajado.

Reme te amamantaba sentada en una silla de la cocina y Emilia preparaba la cena, todas nos asustamos.

—El Cepo ha ido a casa de Pura. Por lo visto se ha enterado de que la mujer apenas necesita ejercer la mendicidad y ha sospechado que el dinero se lo mandabas tú —siguió contando—. Ha entrado en su casa, la ha agarrado por los pelos y la ha golpeado hasta que le ha contado todo lo que sabía sobre ti: que trabajas para una conocida escritora, que eres su secretaria.

Horrorizada, me tambaleé y hube de sentarme para no caer redonda al suelo. Tantos meses de encierro, refugiada entre las paredes de aquella casa, donde la vida transcurría plena de acontecimientos y lejos de la amenaza de mi padre, me habían hecho olvidar que mi vida corría peligro.

—No le será difícil averiguar dónde vives, hay pocas escritoras famosas en Madrid, y la más destacada de todas es la señorita Gertrudis —dijo Emilia.

—Pura no conocía esta dirección, yo nunca le dije nada, ni

siquiera en qué barrio vivías. Pero sí le hablé de tu trabajo para que se sintiera orgullosa. Lo lamento —confesó Rafael, compungido.

—Yo también le conté, la única vez que fui a verla de tu parte, que vivías en casa de una escritora —confesó Reme—. Así que no te culpes.

—¿Cómo está Pura? —quise saber.

—Bastante magullada, pero bien. Sobre todo está preocupada por ti. Dice que no le mandes más dinero y que huyas de la ciudad en cuanto puedas. El Cepo tiene secuaces, no fue solo a su casa, aunque la ceguera le impidió reconocer al otro hombre.

—¿Qué vamos a hacer? —preguntó Reme, asustada.

—Hablar con Tula, ahora mismo —contesté resuelta.

Sabía que solo ella podría ayudarme. Si no lo hacía, estaba perdida. Y no deseaba morir joven, sobre todo en ese momento en que tú llenabas mi vida. Deseaba vivir por ti y por tu madre. Pensé que os sería imprescindible mi ayuda; aunque, en realidad, era yo quien os necesitaba a las dos.

—¡Bastante tiene la señorita con lo suyo! ¡Déjala tranquila! —me ordenó Emilia—. Solo le faltaba tener que solucionarte los problemas.

No le hice caso. La perspectiva se planteaba tan oscura, que si no recurría a ella, todo habría terminado para nosotras. Os incluí en mi desdicha, como si formásemos una familia de verdad, como si mi destino os arrastrase también a las dos. No quería reconocer que el problema era únicamente mío.

Los sinsabores de los últimos tiempos habían desmejorado a Tula hasta extremos preocupantes. Era como si hubiera envejecido diez años en unos meses. Si su insomnio ya era frecuente, en aquella época se convirtió en una constante en su vida. Pasaba horas ante la mesa, escribiendo, como si la escritura fuese lo único capaz de aliviar su alma atormentada. Sin la literatura, las noches en vela habrían sido noches de pesadilla, de soledad, de angustia y de miedo.

La encontré, como siempre, con la pluma en la mano. No oyó la puerta cuando la entorné para entrar. Entonces observé que ofrecía una imagen apacible, de mujer fuerte traspasando sus sentimientos al papel. Tula se transformaba, era ella misma, y las penalidades parecían no existir cuando las palabras tomaban protagonismo.

—¿Puedo interrumpirla? —dije al fin, tras un rato contemplándola—. Debo contarle algo urgente.

Tula me hizo pasar y me senté junto a ella. Al dejar la pluma sobre la mesa, las ojeras regresaron al rostro de la escritora: la ficción se apartaba, con su velo de fantasía, para dejar al descubierto la realidad.

Le conté la situación y le pedí ayuda, no dudé que ella haría todo posible para solucionar el problema. Mi confianza en Tula era inmensa: ella era como mi hermana mayor, mi guía, y la mujer más generosa que había conocido jamás.

—No te preocupes —me tranquilizó—. Esto sí tiene arreglo; otras cuestiones, no. —Suspiró—. Necesitaré algo de tiempo. Entretanto, ni te asomes al balcón. Daré orden en la portería de que no dejen subir a ningún hombre sin la supervisión de Rafaelillo. Le diré que se quede estos días en la casa con nosotras, por si necesitamos de su fuerza.

—¿Qué vamos a hacer? —pregunté, desolada.

—Recurriremos a la Hermandad, Manuela. Recuerda que las mujeres tenemos que apoyarnos; si no, ¿quién lo hará? Y tengo una buena red de hermanas en la literatura que se mostrarán dispuestas a prestarnos su ayuda incondicional. A algunas de ellas ya las conociste. Me temo que debemos separarnos, Manuela. Esta ciudad es demasiado peligrosa para ti, teníamos que haberlo hecho antes. Me va a doler prescindir de tu compañía, de tu afecto y de tu impecable trabajo. Hay que sacarte de Madrid y buscarte una nueva vida, algo que también deseo hacer yo. Creo que cambiaremos de casa, a una nueva. Así la mudanza nos ayudará a camuflaros para que podáis huir.

El plural os incluía a las dos. No me iría a ninguna parte sin vosotras y Tula lo sabía sin necesidad de palabras. Organizaríamos una huida para tres y, en ese momento, tu madre no sospechaba que vosotras también formabais parte del plan.

Tula también necesitaba un cambio, no me extrañó su deseo de buscar un nuevo domicilio. Le gustaba estrenar vivienda, se convirtió en algo obsesionante que resaltaba su intranquilidad continua, siempre cansada de todo, exigente y huyendo de sí misma. Cada vez eran casas de mayor comodidad, pero también reflejaban su enorme desazón. Era como si huyese de sí misma, de los recuerdos, del pasado, para encontrar un nuevo acomodo, una vida diferente y mejor que nunca acababa de llegar.

Con todo, quien se mostraba más preocupado era Rafael. No dejaba de vigilar el portal, de estar alerta por si el monstruo de mi padre aparecía dispuesto a vengarse.

—He visto a un hombre malencarado, de aspecto desagradable y con una cicatriz en la cara merodeando por los alrededores —me anunció una mañana—. Seguro que se trata de él, pero no te preocupes, yo me encargaré de que no se acerque a ti.

La curiosidad pudo más que el miedo, deseaba comprobar si el tipo que describía Rafael era mi perseguidor y, oculta tras los cortinajes, me asomé al balcón que daba a la calle. Enfrente vi, de espaldas, a un hombre de anchos hombros que se movía nervioso. De golpe se giró y contemplé el rostro del odio: la cara del Cepo, partida por una horrible cicatriz, reflejaba una furia insana. Sus ojos se posaron en mí un segundo: parecían los de un animal acechando a su presa y apretaba los puños a la espera de lanzarlos contra el cuerpo de su enemigo, contra el mío, su propia hija. Me aparté, aterrorizada. En ese instante comprendí que él jamás cejaría, que me perseguiría hasta el fin del mundo para matarme; que por muy lejos que huyera, por muy recóndito que fuese mi escondite, él me hallaría y arrojaría sobre mí todo su odio. Mi cruel padre ya no temía las consecuencias de su acto, lo intuí en su mirada, no le importaba que luego lo encarcelasen por homicidio porque habría logrado lo que más ansiaba en el mundo: acabar conmigo. Daría igual que llamásemos a los guardias, que buscase la protección de la justicia, él había tomado una determinación descabellada y no se detendría hasta lograr su propósito.

Temí por vosotras, quizá mi padre extendiese su venganza a las personas que amaba, incluso a Tula, y yo no podía consentirlo. Tentada estuve de entregarme, para que cesara aquella pesadilla, para que os dejase en paz, pero mi instinto de supervivencia fue mayor y, además, Rafael no lo habría consentido, pues no me habría dejado pisar la calle.

Los preparativos de la mudanza me mantuvieron activa y me ayudaron a no recordar aquel horrible rostro ni a pensar de manera obsesiva en el peligro que acechaba en el mismo portal. Os miraba a vosotras y la realidad cobraba un sentido nuevo y esperanzador. A Reme también le gustaban los cambios, al tiempo que preparaba cajas cantaba y te llevaba colgada, junto a su pecho, para darte de mamar en cuanto lo pidieras. A cada rato, levantaba la vista de sus quehaceres, me miraba y sonreía. Por esa sonrisa yo habría atravesado el mundo, me daba fuerzas para enfrentarme a todos los demonios, era el sentido de mi vida.

Sin embargo, la buena de Emilia odiaba tanto trasiego; harta de mudanzas no dejaba de protestar. Ella, una mujer que llegó del campo con lo puesto, aún no era capaz de asumir los cambios que se sucedían alrededor ni la mentalidad de la señorita Tula, a pesar de llevar más años que nadie con ella. Debía de quererla casi como a una hija, pero jamás comprendió su forma de ver el mundo, su vida de mujer revolucionaria, su afán por cambiarlo todo, su deseo de ser igual que los hombres. Por eso, nunca dejaba de quejarse ni Reme de reprocharle ese carácter adusto que le impedía ser feliz.

Enfrascadas en los preparativos de la mudanza andábamos, cuando Tula me llamó a su despacho dispuesta a contarme los pormenores del plan que había trazado para sacarnos de la ciudad.

—Manuela, creo que tenemos la solución —me anunció, al fin—: Carolina nos va a auxiliar.

—¿La señorita Coronado?

—Sí, la misma. Ella tiene influencias y además es generosa y desea ayudarte. Hemos pensado que, de momento, vais a trasladaros a Badajoz, donde ella vive. Saldréis en uno de los supuestos carromatos de la mudanza, yo iré en él para no despertar sospechas, pero continuaremos camino hasta Carabanchel. Allí, en un lugar fijado, os cambiaréis de coche y seguiréis vuestra ruta. Si vemos que nos siguen, haremos lo mismo pero desde mi nuevo domicilio, como si yo saliera sola de paseo. Hasta que estemos seguros de que no os han visto escapar.

—Gracias, pero yo... —balbucí emocionada—. No puedo pagarle todo cuanto hace por mí.

—Nada hay que pagar, Manuela. Has sido fiel y trabajadora, me has comprendido y ayudado como una hermana. Y ya te dije que las mujeres debemos apoyarnos. Allí, en Badajoz, os buscarán un alojamiento y trabajarás para la señorita Coronado, igual que lo has hecho para mí. Pero no será vuestro destino definitivo, tenemos otros planes más ambiciosos para vosotras —dijo, misteriosa—. Carolina y yo pretendemos lograr algo único contigo, aunque para ello necesitaremos más tiempo. Usaremos nuestras influencias y la Hermandad para cambiar tu vida. ¿Qué te gustaría ser, Manuela?

—Yo... —dudé, aunque tenía claro mi deseo más profundo—. ¡Escritora! ¡Como usted!

—¡Ay, Manuela! —exclamó—. ¿No ves cómo me persigue la desgracia? ¿No ves cómo se me critica y se me calumnia, cómo se denigra mi obra? ¿Por qué crees tú que mi situación es tan injusta?

—Porque es una mujer —aseguré, convencida.

—Exactamente. —Suspiró—. Es el único problema. Mi obra no es peor que la de ellos, mi ambición por llegar a lo más alto no difiere de los escritores varones. Pero, como bien dices, soy una mujer y eso lo cambia todo, por desgracia.

Entonces, me miró fijamente como si quisiera revelarme un secreto con la mirada, sin pronunciar una palabra. Una sonrisa pícara se dibujó en sus labios al tiempo que me abrazaba.

—Ahora, cuéntaselo a Reme. Tendréis que prepararos enseguida.

Por un momento temí la reacción de ella: aunque sabía que le gustaban los cambios, quizá no deseara abandonar Madrid. Tal vez prefiriera criar a su hija en la capital o aún esperase que el señorito Esteban reconociese su paternidad. Con todo el temor reflejándose en mi voz temblorosa, le hablé cuando ya estábamos acostadas y tú dormías apaciblemente en la cuna junto a la cama. Preferí esperar a ese tiempo de intimidad que gozábamos cada noche para revelarle nuestro futuro:

—Reme, debo partir de Madrid porque mi vida corre peligro. La señorita ha preparado mi huida, en dos días escaparé. Quiero que vengáis conmigo. ¿Vendrás?

Me miró muy seria, sus ojos brillaban en la penumbra de la habitación. Temí una negativa rotunda y me eché a temblar.

—¿Por qué tiemblas? Yo no voy a separarme de ti nunca. Tú me has salvado la vida, tú me has cuidado, me has enseñado a leer, me quieres y, sobre todo, también quieres a mi hija. Solo te tengo a ti. ¿Adónde iremos?

—A Badajoz.

—¿A cuidar cerdos? —preguntó alarmada.

—No. —Reí—. Nada de cerdos. Trabajaré para la escritora Carolina Coronado. Tendremos nuestra propia vivienda.

Me abrazó fuerte y noté que se emocionaba, luego me llenó de besos y, entre risas, hablamos del futuro:

—¡Una casa para nosotras! Nunca me atreví a soñar algo así. ¡Yo, una pobre entre las pobres! Pero yo también trabajaré, seguro que alguna señora de la ciudad necesita una nodriza para su hijo. ¡La Virgen ha escuchado mis ruegos!

—Es la señorita Tula quien lo ha conseguido.

—¡Ya estás con tu poca fe! —me riñó en broma—. Desde que viví en Villafranca, Nuestra Señora de la Coronada responde a mis ruegos.

—Pues ya puedes pedirle que lleguemos a Badajoz sin problemas.

38

Fue triste despedirse de Emilia, la mujer nos había tomado cariño, sobre todo a Reme, quien siempre se mostró dispuesta a trabajar en la cocina y en cualquier menester con mucha más aplicación que yo, y a quien trataba como a una hija. La consideraba más cercana, más próxima a ella, que el resto de las mujeres que vivíamos en aquella peculiar casa.

—Y tú, cuida bien de las dos —me ordenó como quien confía un tesoro—. Reme vale mucho y no sé si esas ideas tuyas le hacen bien.

Luego me abrazó y lloró, lamentándose de cuánto nos echaría de menos, mientras te sostenía en brazos y tú le sonreías y le tocabas la cara con la manita.

—El futuro es esta niña —sollozó.

Emilia lo sabía con tanta claridad como tu madre y yo. En realidad, aquella huida buscaba la salvación de las tres y, sobre todo, labrarte un futuro más halagüeño que el nuestro.

Cuando le contamos a Rafael que la partida era inminente, palideció.

—¿Se van a Badajoz? —me preguntó alarmado—. ¿Y qué haré yo cuando no esté?

—Seguir trabajando para la señorita Gertrudis —le respondí—. Sabes que no puedo quedarme en Madrid o mi padre me matará.

—Yo no lo consentiré, la defenderé con mi vida si hace falta. Si quiere, salgo a la calle y mato a ese tipo, aunque me lleven a prisión —saltó exaltado.

—No es necesario, querido amigo. Iniciaremos una nueva vida, pero no me olvidaré de ti, nunca. Te escribiré para contarte cómo nos va.

—¡No sé leer! —gimió.

—Seguro que encuentras a alguien que te lea las cartas. La misma señorita lo hará si se lo pides.

—¿Volverá? —me preguntó con brillo en los ojos.

Me acerqué a él con ternura y deposité un beso cálido y tierno en su frente, un beso de hermana, de amiga, de compañera de fatigas, de agradecimiento infinito.

—No lo sé, Rafael, no lo sé.

Sí lo sabía. Estaba convencida de que, si deseaba salvar mi vida, jamás volvería a pisar las calles de Madrid. No acudiría más a un estreno en sus teatros ni entraría nunca en sus afamados cafés, no regresaría a la ribera del Manzanares a ver a las lavanderas, no olería el aroma de las castañas asadas ni pasearía por el Salón del Prado. En mi memoria están la melancolía y la nostalgia, que no me han abandonado desde que dejé la ciudad donde nací, donde fui feliz y desgraciada, donde aprendí a odiar y a amar, donde me convertí en una prisionera y me transformé en una escritora en ciernes.

Escapar de la ciudad no resultó tan fácil. El primer intentó resultó fallido, pues el mismo Cepo, atento a los movimientos de la casa, nos siguió en un carro ligero, tirado por un solo caballo, que se plantó en la misma puerta del edificio de la calle Fuencarral número 2, adonde se trasladaba Tula. Solo al tercer intento logramos esquivarlo, pensaría que en aquel landó no cabía nadie más que la señorita Gertrudis, que asomaba su rostro fuera del carruaje. Reme permanecía oculta dentro y yo, agachada para que nadie se percatara de mi presencia. Así, llegamos hasta Carabanchel, donde nos esperaba el transporte con nuestro equipaje. Llevábamos pocas pertenencias: unos cuantos libros de los que no fui capaz de desprenderme y algo de ropa. Contaba con unos ahorros, fruto de la generosidad de Gertrudis, y de una cantidad que me entregó para el viaje y el asentamiento en Badajoz.

Despedirme de Tula fue, sin duda, lo más doloroso de nuestra partida. Ella me lo había dado todo con largueza, desde su dinero hasta su amistad, pasando por su portentosa sabiduría. Me había enseñado a escribir, a crear, a imaginar, a leer con el corazón y a pensar con libertad e independencia. De ella había aprendido que mi inteligencia era igual a la de cualquier hombre, que por ser mujer no debía aspirar a menos y que, en esta lucha desigual, el camino es largo y lleno de dificultades pero no hay que rendirse nunca.

Antes de cambiar de carruaje, abracé a Tula y le repetí la palabra «gracias» muchas veces.

—No tienes nada que agradecer. La Hermandad nos ha

ayudado. —La emoción quebraba su voz—. Te echaré de menos, has sido como una hermana para mí.

—No podré seguir sin usted —dije, llorosa.

—Podrás, Manuela. Como decía Madame de Staël: «Las almas poderosas no se agotan jamás, renacen como el Fénix de sus propias cenizas». Solo tienes que recordar todo cuanto hemos vivido juntas.

—¿Me escribirá?

—Sabes que lo haré. No hay nada que me cause más placer que escribir a las personas que me aprecian.

—¡Yo le contaré todo!

—Debes prometerme que no te rendirás y que seguirás el plan que estamos trazando para ti. Sé que eres valiente y el mundo necesita mujeres como tú.

—Como nosotras. Como usted, Tula.

Nos abrazamos de nuevo. Tula te tomó en brazos y te besó con ternura, no podía olvidar el dolor por la pérdida de Brenilde, habíais sido hermanas de leche. En tu cuerpecillo se resumía el recuerdo de la hija fallecida demasiado pronto.

—¿Volveremos a vernos? —fue mi última pregunta.

—Te prometo que así será. Iré a vuestro encuentro, aunque os encontréis muy lejos. Ya lo verás.

La frase sonó enigmática, como si no me hubiera contado todo cuanto sabía, como si se reservara un importante secreto. Ignoraba qué planes urdía para mí, para nosotras, lo cierto era que ella sabía sobre mi futuro mucho más que yo misma.

El carromato se adentró por un camino empedrado; pronto llegamos a una zona descampada y las tierras de cultivo se alineaban a ambos lados. Yo miraba con ojos ávidos: jamás había salido de los límites de la ciudad y todo se presentaba nuevo y sorprendente. Sin embargo, para Reme el paisaje era cada vez más reconocible y me indicaba los diferentes tipos de plantas y de árboles, las especies de animales que salpicaban el paisaje y las señales que leía en el cielo para averiguar el tiempo que nos aguardaba. Se extasiaba con los olores del campo y reconocía el aroma de los pinos, de las higueras, de las jaras, del romero o de la hierbabuena.

El viaje duró varios días y, aunque ansiaba llegar a nuestro destino para iniciar una nueva vida en libertad, disfruté de aquella travesía como el preludio de la felicidad. Durante las primeras jornadas me obsesionaba la idea de que mi padre nos siguiera, luego comprendí que no había nada que temer y dejé de mirar atrás. A pesar de que era invierno, el sol lució durante el trayecto y apenas notamos el frío. Dormíamos en las posadas de los caminos, las tres abrazadas, agotadas del viaje, pero con la sonrisa en los labios. Tú también te mostrabas feliz, casi no lloraste, solo para pedir el pecho de tu madre; te despertabas contenta y dabas palmadas de alegría cuando una gallina o un perro se cruzaban en nuestro camino.

—¡Se nota que es de mi familia! Esta niña es medio campesina. —Tu madre reía mientras te abrazaba.

Dormitaba al atardecer con el traqueteo del carruaje, cuando Reme reconoció el paisaje de su infancia y me despertó de un codazo:

—¡Mira, Manuela! Las dehesas llenas de encinas, aquí se crían los cerdos mejor que en ningún sitio. ¡Mira, hija!

Te hablaba como si comprendieras cada una de sus palabras y tú respondías gorjeando como un pajarillo feliz.

39

Entramos en Badajoz un luminoso día de invierno. A pesar de que se parecía poco a Madrid, la ciudad me resultó agradable, con una antigua muralla y edificios pequeños y desperdigados. Atravesamos un puente sobre el río Guadiana, que se me antojó inmenso comparado con el escaso caudal del Manzanares. En su orilla, las lavanderas también se afanaban frotando ropas ajenas. Reme y yo las observamos con un punto de nostalgia: el pasado ya no existe, pero se las ingenia para regresar a nuestra memoria con cualquier excusa.

La señorita Coronado nos esperaba y nos recibió con cordialidad. Me temblaban las manos de puro nerviosismo, la incertidumbre me cortaba la respiración y me hacía sudar, mientras que Reme se mostraba mucho más tranquila y confiada. La voz cálida de nuestra anfitriona y sus acogedoras palabras ayudaron a calmarme.

Carolina era aún más hermosa de como la recordaba, solo

la había contemplado aquella extraña noche de cuentos de miedo a la luz de las velas, cuando apareció como un espectro. Era una joven alta, robusta, de talle esbelto y flexible, como una palmera, de cara hermosa y ojos grandes, rasgados y de mirada dulce y melancólica. Su boca pequeña, sus trenzados y ondulados bucles y su cabeza erguida la dotaban de un elegante porte. Nos recibió ataviada con un traje de mañana, con amplio escote en V velado por un canesú de entredoses de encajes y delicados volantes, que también remataban las mangas de corte pagoda, tan de moda en esos años. El peinado, de largos tirabuzones repartidos a ambos lados de la cara, enmarcaba el óvalo de su rostro.

Nos preguntó por el viaje y fue Reme quien respondió contando que lo habíamos disfrutado sin contratiempos. Carolina se enterneció al contemplarte en brazos de tu madre y te tomó en los suyos, emocionada.

—Es una niña preciosa —le dijo a Reme—. Espero ser madre algún día y tener una hija tan hermosa como la tuya.

Tú agradeciste el cumplido agarrando uno de sus tirabuzones y soltando una risilla contagiosa.

—Sed bienvenidas. Hemos dispuesto todo para que paséis con comodidad el tiempo que sea preciso. Tula me ha puesto al tanto de la situación y la Hermandad también la conoce. No os abandonaremos. Ahora os acompañarán a vuestra nueva casa; es sencilla, aunque confío en que os parezca agradable. Manuela, mañana te espero temprano aquí para empezar a trabajar. Os advierto que esto no es Madrid, en una ciudad pequeña y para una mujer todo resulta aún más difícil —añadió ensombreciendo el semblante.

La información y el gesto no me pasaron desapercibidos, desconocía a qué deberíamos enfrentarnos, mas intuía que la vida no sería fácil para dos mujeres y una niña en ningún lugar, por muy lejos que me encontrara de la amenaza de mi padre.

Sin embargo, todo se presentaba como una promesa de felicidad: la casita que nos habían preparado era una bendición. Para dos jóvenes de origen humilde como el nuestro, la vivienda nos pareció un palacio. Tenía dos habitaciones, escasamente amuebladas, y una cocina con chimenea. Hasta había un retrete en el corral. La luz y el campo entraban a raudales por las ventanas, llenando los días de olores y sonidos que yo jamás había percibido.

—¡Es preciosa, Manuela! Y la voy a dejar más bonita aún —se entusiasmó Reme en cuanto entró por la puerta.

Yo la miraba a ella, expectante, contenta de ver su rostro emocionado, atisbando cada uno de sus gestos que me hacían más feliz ante la inesperada suerte que nos sonreía.

En el dormitorio había dos camas convenientemente vestidas, un armario con espejo y una silla. Compramos una cuna para ti, no escatimé en gastos y adquirí la más delicada que hallé, parecías una reina allí dentro, la niña más hermosa del mundo a quien cuidaban dos madres amorosas.

—¡Quítate siempre los zapatos antes de tumbarte en la cama! —me ordenó Reme en broma, recordando el día que nos conocimos, que me parecía tan lejano como milagroso.

La primera noche le pregunté cuál de las dos camas prefería y, con escaso ardor, señaló la más alejada de la ventana, como si le resultara indiferente. Durante el día, si hacía sol, la casita resultaba templada, pero al caer la noche el frío se instalaba entre las paredes, las sábanas estaban húmedas y en la vivienda no había ningún artilugio con que calentar el lecho. Ni dos minutos llevaba arrebujada bajo las mantas cuando escuché cómo Reme se levantaba y se introducía, sin hacer, ruido en la mía.

—Hace mucho frío y, además, me he acostumbrado a dormir contigo y me siento sola en esa cama tan grande.

Nos abrazamos para darnos calor pero yo me estremecí como una hoja mecida por el viento. Mi amor por ella era tan grande, tan inexplicable, tan imposible, que me daba miedo pensarlo. No la quería como a mi mejor amiga, no era solo eso. Yo la amaba más allá de la amistad, más allá de la complicidad por los acontecimientos vividos, más allá del cariño por las experiencias compartidas. Todo mi cuerpo la amaba, hasta mi sangre que hervía al contacto con su piel. Yo la amaba como no podría amar jamás a ningún hombre, porque ninguno me había inspirado esa pasión.

—Te quiero mucho, Reme —balbucí, asustada de mis propios sentimientos.

—Yo a ti también, Manuela. No nos separaremos nunca, vamos a ser muy felices en esta casa.

Y sin decir más, se durmió en mis brazos. Yo temblaba de emoción y, al mismo tiempo, de ansiedad y desasosiego. Deseaba besarla, recorrer su cuerpo con mis manos y mis labios, borrar todas las huellas del señorito Esteban y gozar juntas de una pasión desatada. Me daban miedo mis propios pensamientos, me aterrorizaba ser un monstruo y que Reme lo descubriera y me rechazara. ¿Era aquello un pecado nefando? Sin duda se trataba de una aberración, una terrible anormalidad. Pero mis sentimientos eran más poderosos que yo misma y pugnaban por abrirse paso entre mis recelos. No logré dormir en toda la noche, debatiéndome entre la oscuridad de mis pensamientos y la claridad de su cuerpo a mi lado. Ya amanecía cuando tu llanto despertó a Reme, que abrió los ojos y me descubrió contemplándola, absorta.

—¿Ya desvelada? —me preguntó—. Acércame a la niña, que le dé el pecho, hace frío fuera de la cama.

No pude extasiarme mirándoos a las dos, me habría quedado allí horas contemplándoos, pero Carolina Coronado me esperaba en su casa para empezar a escribir. Y el trabajo me resultaba tan necesario como gratificante. Deseaba conocer bien a la señorita Coronado, tan bien como llegué a conocer a Tula. Enseguida comprobé que eran dos mujeres muy distintas a pesar de tener en común la literatura y el deseo de situar a las mujeres en el lugar donde nos correspondía.

—Pregunta a la señorita si sabe de alguna señora que necesite nodriza —me dijo Reme al despedirme—, es un buen trabajo y nos aportará un dinero que no nos vendrá mal.

—Eso te obligaría a no dormir en casa y a quedarte en el domicilio del niño —objeté.

—¡Vaya! Tienes razón. —Suspiró—. No quiero perderme esto de dormir contigo en esta cama tan buena.

La frase me sorprendió de tal manera, después de aquella noche casi en blanco, que debí de abrir los ojos y la boca de manera exagerada, Reme me miró y sonrió con picardía.

—Que me busque a algún niño mayorcito, de los que duermen de seguido por la noche —continuó ajena a mi reacción—, y que solo me requiera ya de mañana, aunque deba madrugar mucho.

—Está bien —convine mirando al suelo, me costaba mantenerle la mirada—. Le preguntaré.

Ya salía por la puerta, entre azorada y feliz, cuando la voz de Reme me detuvo:

—¡No te vayas sin despedirte!

Me acerqué a vosotras, puse un beso suave en tu frente, y tu madre me plantó un beso largo en la mejilla.

—Luego tienes que contármelo todo —me pidió.

40

Una sirvienta bien vestida me abrió la puerta, me dijo que la señora no se encontraba en casa y que la señorita Coronado me aguardaba en su despacho. La encontré leyendo, reclinada en un sillón pensado para la lectura. Sujetaba el libro con delicadas manos, como si lo acariciase con los ojos y con los dedos. Era como observar un cuadro, una obra pintada por el mejor artista, capaz de inmortalizar el instante.

Enseguida me percaté de esa mirada suya, tan perdida, que manifestaba la melancolía de alguien a quien perseguía el infortunio y de una mujer que deseaba ir más allá de la vida encorsetada que se le exigía. Su carácter, abstraído y nostálgico, contrastaba con el de Tula, siempre impetuosa y despierta.

Ya ese primer día, la escuché quejarse de su falta de instrucción y de cómo en su familia la obligaban a dedicar gran parte del tiempo a labores que calificaban como propias de su sexo, distrayéndola así de cualquier otra actividad. Desde el principio, Carolina se sinceró conmigo. Tula debió de asegurarle que yo era una persona digna de confianza.

—Me exigían sacrificar mi decidida inclinación por la literatura —me contó—. Pero un fuerte deseo me ha llevado a complementar por mí misma esta limitada instrucción. He aprendido yo sola, sin ningún profesor, el francés y el italiano y he logrado de un vuelo leer a Tasso, Petrarca y Lamartine...

—¡Es sorprendente! —exclamé conmovida—. Es usted muy inteligente y posee un valor y una fuerza indudables.

—Vivo en un ambiente demasiado hostil, Manuela. Mis padres no están de acuerdo con mi afición a la escritura y en esta ciudad me miran mal. Me resulta complicado escribir con libertad —me confesó—. Una mujer teme la opinión de cada uno porque ha nacido para temer siempre. Por evitar el ridículo suspendí mis lecciones y concentré mis estudios, a escondidas, en las horas dedicadas al sueño. Esto debilitó mi salud y mi familia, celosa de ella, me prohibió continuar. Me decidí, pues, a hacer versos sin necesidad de escribirlos y los conservaba en la memoria; pero esta contemplación me daba un aire distraído que hacía reír a los extraños y molestaba a mis parientes. El pensamiento no debe sufrir tanta esclavitud; el poeta no puede vivir así. He decidido que se acabó, escribiré por encima de la represión.

Admiraba su decisión, su valentía al enfrentarse a todo y a todos. En eso se parecía a Tula, aunque en otros aspectos eran muy distintas. Pronto comprobé que Carolina se movía como un gato por la casa, apenas se la escuchaba. Sonaba más el rasgar de la pluma en un papel cuando escribía que sus pasos callados. Sus manos, blancas y suaves, acariciaban el mundo en lugar de tocarlo. Eran las manos más delicadas que jamás he visto. El silencio de aquel hogar, la calma que ella misma transmitía, contrastaban con el trasiego constante que viví al lado de Tula, que se movía de manera ruidosa y, en cuanto entraba por la puerta, el silencio desaparecía al instante. Incluso en las noches de insomnio se la escuchaba hablar consigo misma, suspirar y lanzar lamentos al aire. Iba de un lado a otro desde la madrugada hasta bien entrada la noche. Ambas eran almas sensibles, cada una a su modo, y el mundo les resultaba a la par un lugar hostil y, en otras ocasiones, un paraíso de felicidad. Corazones más duros, mentes menos brillantes, habrían pasado por la vida ajenas al sufrimiento, pero también ignorantes de la verdad, la pasión y la gloria.

—Debo enviar unos poemas a la revista *Los Hijos de Eva*, así que tenemos trabajo. Vamos a publicar en él un grupo de escritoras de la Hermandad. A alguna conoces de aquella reunión en casa de Tula: Amalia Fenollosa, Robustiana Armiño, la jovencísima María Cabezudo, a quien te presentaré, y, por supuesto, nuestra querida Tula. Luego mandaré otro al suplemento *El Pensil del Bello Sexo*, donde también publican otras conocidas tuyas como Ángela Grassi o Josefa Massanés.

Me alegró escuchar los nombres de aquellas ilustres mujeres a quienes había tenido la ocasión de admirar y que tanto me habían impresionado. Comprobé que la Hermandad les daba fuerzas y que, gracias a ella, muchas lograban dar a conocer sus obras. Las escritoras, a diferencia de los hombres, sintieron solidaridad en vez de rivalidad ante otras damas.

Debían unirse y defenderse de los prejuicios y limitaciones con que se encontraban. Sin la protección de un hombre ilustre, era imposible publicar para una mujer. Carolina contaba con el apoyo de don Juan Eugenio Hartzenbusch, famoso dramaturgo, quien ejerció de mentor. Pero otras muchas no lograron ningún auxilio masculino. Para ellas se creó la Hermandad Lírica y, aunque mi pretensión por el momento no era publicar en ningún periódico, para mí, también. Durante el tiempo que pasé con Carolina, copié cientos de cartas para otras escritoras donde se manifestaban su afecto incondicional, se desahogaban y vertían toda la rabia y la tristeza que les causaba su desigual situación.

En ciertos poemas que transcribí, Carolina declaraba su amor a un joven llamado Alberto, a quien yo no conocí pues jamás pisó la casa. Me contaba que su enamorado era marino y que pasaba la vida embarcado, surcando mares y enfrentándose a numerosos peligros. Al igual que Tula, expresaba sus sentimientos sin tapujos: gracias a poetas valientes como ellas, la mujer dejó de ser solo el objeto del amor de un hombre para convertirse en un sujeto activo, en alguien que ama y lo transmite sin limitaciones y sin pudor.

Aunque serena y callada
a tus suspiros me veas,
no indiferente me creas;
es que el alma enamorada
diciendo está embelesada
Alberto, bendito seas.

Carolina era más celosa de su intimidad que Tula. Guardaba las cartas y los escritos en un secreter, cerrado con una llave que llevaba consigo en la manga del vestido, sujeta con una cinta. Quizá lo hiciera por temor a la intromisión de sus padres. Tal vez en algunos de aquellos cajones ocultase las cartas que el misterioso Alberto le enviaba. Aunque jamás recibió correo alguno con tal remite durante el tiempo que compartimos.

No podía evitar compararla con Tula, que no era tan cauta ni precavida, pues no ocultaba nada a la vista de miradas curiosas. Yo entraba con total libertad en sus aposentos y leía las cartas que enviaba y que recibía, sus poemas inconclusos, las novelas en proceso de creación y hasta un diario personal que escribía en ocasiones y que dejaba abierto sin pudor sobre el escritorio. Aunque no necesitaba leerlo para conocer sus anhelos, sus miedos y sus pasiones, porque se reflejaban en sus escritos y los contaba a quien quisiera escuchar. No poseía doblez, no mentía jamás, confesaba abiertamente sus sentimientos, sus amores y sus odios. Ello le valió la admiración y el rechazo a partes iguales de quienes la conocieron.

Los versos de Carolina, que yo transcribía, emocionada, con mi mejor caligrafía, lograban conmoverme y me sentía reflejada en ellos pues parecían escritos para mí, para mis propios sentimientos. Por eso los copiaba y después se los leía a Reme en la intimidad de nuestra alcoba. Ella se acostumbró a pedirme esas lecturas antes de caer ambas rendidas en el lecho tras la dura jornada diaria. Ciertos poemas amorosos los releí varias veces hasta aprenderlos de memoria, pues nos emocionaban a las dos.

Tiemblo a tu voz y tiemblo si me miras
y quisiera exhalar el último aliento
abrasada en el aire que respiras.

Los recitaba mirándola a los ojos, vertiendo todo mi cariño, logrando que los versos de Carolina hablasen por mí. Cada noche confesaba mi pasión por Reme usando las palabras de otra, acariciaba su alma con mi voz y la amaba como si los versos unieran nuestros cuerpos en un abrazo infinito.

—Reme, bendita seas —le susurré al oído varias veces, emulando el verso de Carolina, cuando la creía dormida a mi lado.

Una noche, ella me respondió con los ojos cerrados:

—Manuela, bendita seas.

Yo la abracé con fuerza y comencé a besarla con ternura, hasta que nuestros labios se encontraron y sellaron un beso largo, el beso que llevaba toda la vida aguardando, el primer beso, el beso deseado y a la vez temido, el beso que me hizo temblar de pies a cabeza, el beso que confirmaba la extraña naturaleza de mis pasiones, el beso que me acercaba a Reme de una forma distinta, el beso que hizo tambalearse mis creencias y avivar mis miedos, el beso que me dio calma y locura a la vez, el beso que me elevaba hasta el cielo y me hacía temer el fuego del infierno, el beso que me regalaba una respuesta pero abría cientos de interrogantes.

Esperaba una conversación complicada, tal vez oscura, un ultimátum, un rechazo tras el impulso inicial, preguntas imposibles de responder, miedos atroces o, simplemente, que Reme me echase de la cama.

Sin embargo, ninguno de mis temores ocurrió: ella se durmió tranquila y yo me desvelé como tantas otras noches a su lado, hasta que decidí ponerme en pie y escribir, porque era lo único capaz de calmar mi corazón desbocado. Por entonces, redacté decenas de poemas dedicados a Reme, la mayoría de ínfima calidad, que me ayudaron a ir creciendo como escritora y, sobre todo, a desahogar la angustia que atenazaba mi alma. Algunos, los que me parecieron aceptables, se los mostré a la señorita Coronado, que alabó mis progresos y me animó a seguir escribiendo.

—¿Quién es el objeto de este amor tan puro y a la vez apasionado? —quiso saber.

—Un joven militar que se juega la vida en la guerra contra los carlistas —mentí—. Lo conocí en uno de los estrenos teatrales a los que asistí con la señorita Gertrudis.

Esperaba la pregunta y llevaba preparada una respuesta convincente. Aunque no se me ocurrió pensar que si Carolina comentaba tal asunto con Tula ella le revelaría que, en los años que pasé en Madrid jamás había conocido a ningún soldado, y menos en los estrenos teatrales a los que acudimos juntas porque, prisionera de mi destino, apenas salía de casa.

Es posible que la naturaleza de mi enamorado fuese tan ficticia como la del joven Alberto a quien Carolina dedicaba sus poemas. Ambos vivían una vida llena de peligros, el suyo en el mar y el mío en la guerra, hecho que permitía desahogar la pasión desenfrenada y el miedo a perderlo sin temor siquiera al rechazo. Nadie parecía conocer a Alberto, solo ella era capaz de describirlo, solo ella sabía su procedencia y el lugar donde se encontraba. Durante el tiempo que pasé en

Badajoz, jamás llegó una carta suya al domicilio de la señorita, lo sé bien porque yo me encargaba del correo. Igual que les habíamos concedido la vida en nuestros versos, podíamos lograr que se desvanecieran tras el velo de la muerte cuando nuestra pluma lo considerase oportuno.

Y así lo hizo la señorita Coronado.

Una mañana la encontré desolada, llorando, tumbada sobre su cama. No deseaba hablar con nadie, pero accedió a recibirme para desahogarse con un alma gemela.

—Alberto ha muerto en un naufragio —me contó entre sollozos.

La abracé, me sorprendió su cuerpo menudo, mucho más ligero que el de la rotunda Gertrudis y más liviano que el de la propia Reme. No quise preguntar cómo y quién le había comunicado la noticia, intuía que eran preguntas sin respuesta.

—Siempre vivirá en su corazón y en sus versos, señorita —intenté consolarla.

—Es cierto. —Suspiró—. La literatura nos hace inmortales. ¿Te has dado cuenta de ello, Manuela? Cuando escribo me siento flotar por encima del mundo, como si nada existiese fuera del papel, y esas palabras plasmadas en los poemas permanecerán, me sobrevivirán y traspasarán las fronteras del tiempo. Y quizá, dentro de dos siglos, alguien las lea y así conozca el nombre de Alberto, sepa de mi amor por él, se emocione con la pasión que siento y se identifique con mis sentimientos. ¿No es un milagro?

—Lo es —dije convencida.

Unos meses después le comuniqué a Carolina la muerte

de mi joven militar en una feroz batalla contra los carlistas. Lloramos juntas y juramos convertir en inmortales a nuestros enamorados a través de la poesía. En realidad, éramos nosotras quienes buscábamos la inmortalidad de la gloria literaria en un mundo dominado por los hombres.

41

La vida transcurría apacible en aquella casita de Badajoz. Reme y yo tocábamos por fin la felicidad. Ella daba gracias a Nuestra Señora de la Coronada y yo a Carolina, a Tula y a las demás mujeres de la Hermandad Lírica por sus desvelos y su impagable ayuda. Pasaba las mañanas escribiendo, en un ambiente de creación febril, y las noches, abrazada a la mujer que amaba, hirviendo de deseo.

Alrededor de nosotras se formó una red protectora femenina, que acogía también a otras desgraciadas como si fueran nuestras hermanas. Invisibles lazos de tinta nos unían: la escritura y la ayuda mutua ante la injusticia nos daban fuerzas frente a la adversidad.

Águeda apareció en el domicilio de Carolina una tarde de primavera. Traía el cuerpo amoratado por los golpes, el rostro y los ojos hinchados, y un hilillo de sangre le bajaba por la comisura del labio.

Acudimos raudas a socorrerla y ella, entre sollozos, nos contó la causa de su sufrimiento:

—Mi marido es un hombre bruto y vicioso que me desloma de continuo, tal vez por celos o por simple deseo de violencia. No es la primera vez que me golpea con esta saña. Ya no puedo más, señorita.

—Se acabaron las palizas —le dijo Carolina al tiempo que aplicaba un ungüento sobre su mejilla herida—. Aquí estarás segura, denunciaremos a ese hombre infame.

Yo dudaba que la justicia se pusiera de parte de una mujer, cuando el marido siempre es el dueño de la esposa. Todos los derechos son suyos, incluida la potestad de maltratarla; y si ella, harta de golpes, decide marcharse, pierde todo el derecho sobre el hogar y los hijos. Si abandonas, pierdes; aunque tu cuerpo muestre al mundo las señales del horror. Las leyes las redactaban los hombres para los hombres, lo aprendí demasiado pronto, y las mujeres de la Hermandad luchaban contra ello.

Carolina se rebelaba contra esta situación y la denunciaba en sus poemas. Era valiente, pues una mujer no puede expresar con facilidad su dolor íntimo por miedo a una sociedad que denigra y menosprecia la experiencia femenina.

—Ardo de cólera cuando presencio situaciones como la de Águeda. La brutalidad física de los maridos contra las mujeres me descompone. Estos maridos verdugos son los brutos de la sociedad. Desprecio a los hombres que no demuestran su bravura en el campo de batalla, sino que ejecutan gloriosas hazañas sobre sus esposas temblorosas. Son egoístamente ciegos a la estrecha jaula que nos aprisiona. ¡Diosecillos imprudentes que solo legan a sus descendientes miseria y calamidades!

Ese mismo día escribió el poema «El marido verdugo», donde expresaba toda esa rabia acusadora:

Que a veces sobre el seno transparente
cárdenas huellas de sus dedos halla
que a veces brotan de su blanca frente
sangre las venas que su esposo estalla.

Águeda permaneció un tiempo con nosotras, Reme y yo la acogimos en nuestra casa. Difícil fue rescatar a sus hijos pequeños de las garras del marido; ella sufría enormemente por los pequeños y acudía a verlos a escondidas del marido verdugo, de quien debía huir, oculta en casa. Aquella situación injusta me recordaba a la mía propia: víctima de un padre abusador y cruel que me perseguiría el resto de mi existencia. Por eso se creó entre ambas una corriente de afecto que nos unió de manera fraternal. Las tres juntas nos sentíamos protegidas, casi invencibles, con el respaldo de otras tantas que velaban por nuestro bien.

Esa misma primavera llegó una carta de Tula, la recibí con emoción y nerviosismo, ¿qué nuevas me traería de la capital? ¿En qué asuntos dramáticos, tremendos o peligrosos andaría inmersa mi querida Gertrudis? Su vida era como sus obras teatrales: dramática, intensa e imprevisible.

Mi muy estimada Manuela:

Sé, por nuestra querida Carolina y por otras amigas de

la Hermandad, que os habéis instalado sin contratiempos en Badajoz. Confío en que halléis la felicidad en la ciudad extremeña. En Madrid, la sociedad pacata y mezquina, sigue comentando maledicencias sobre mí. Yo procuro sostener imperturbable muchas miradas irónicas y la curiosidad perversa de amigos y enemigos. ¡Ay, Manuela! He envejecido mucho en pocos años. Mi alegría huyó para no volver y ni siquiera sé si me queda talento. La poesía necesita el corazón y el mío es solo un cadáver lleno de heridas de las que ya no brota sangre.

Pero a pesar del desaliento, de mis treinta y un años y de mi aspecto de sepulcro, un joven de veinticinco se ha empeñado en hacerme su esposa y yo he aceptado. Se llama Pedro Sabater, es diputado a Cortes, muy amable, muy dulce y muy guapo, y dice estar muy enamorado de mí. Debe de ser así, pues desoye las maledicencias y los coros que me acusan. La humanidad es buena: si un canalla me quitó el honor, un valiente caballero me lo restituye. Pedro está delicado de salud, pero yo lo cuidaré como una amante esposa.

Te transcribo el poema que le he dedicado.

En aquellos versos, más que pasión amorosa hacia su futuro marido, hallé ternura y apoyo moral, que es lo que Tula necesitaba. Evidenciaba que no sentía la pasión ardiente que la consumió por Tassara ni la efusión fogosa que vertía en sus cartas a Cepeda, pero las heridas aún no habían cicatrizado y solo deseaba afecto y devoción, lo mismo que Sabater le ofrecía. Deseé con fuerza que, al fin, su alma reposara y fuera feliz con un hombre que la comprendiera y la amara de verdad.

Carolina también se encontraba al tanto de las noticias y ambas nos congratulamos porque apreciábamos a Tula y solo deseábamos su felicidad.

Para celebrarlo, Carolina decidió convocar una reunión de la Hermandad Lírica. A ella acudirían dos poetas extremeñas y algunas amigas de la señorita. Recordé con nostalgia aquella otra en casa de Tula y pensé que se repetirían las historias de terror en medio de una noche de tormenta, como entonces, pero transcurrió por derroteros más poéticos y reivindicativos.

Águeda y Reme ayudaron con los preparativos que la señorita me había encomendado. Ambas eran muy dispuestas y sabían más que yo de asuntos domésticos. Dispusieron una coqueta mesa con viandas diversas y exquisitas, y engalanaron la sala con esmero.

Y yo palpitaba de emoción. Recordaba la tertulia en casa de Tula, plagada de misterios insondables. ¿Qué sorpresas me depararía esta nueva reunión de mujeres deslumbrantes? En el fondo, yo también formaba parte de ellas. Ya no era una intrusa, ni una niña que se asombra ante lo desconocido: había madurado y me sentía un miembro más de aquella prodigiosa hermandad.

42

La tertulia comenzó a primera hora de la tarde y las invitadas fueron llegando puntuales y portando sus mejores galas. Eran mujeres que buscaban su espacio en la literatura y que decidieron formar una piña contra los muchos inconvenientes a los que se enfrentaban. La Hermandad nació al amparo y con el decidido arrojo de la señorita Coronado, quien convocó a un grupo de escritoras para que fueran colaboradoras del Liceo Artístico y Literario de Badajoz, fundado por su hermano Pedro, bachiller en leyes. Se trataba de una activa tertulia de jóvenes, amantes de las buenas letras, con el fin de potenciar la vida intelectual badajocense y en aras del anhelado progreso de su tierra extremeña.

Entre todas ellas, destacaba una mujer enteramente vestida de negro, alta y corpulenta, de ojos vivísimos y cabello oscuro recogido tras un velo. Se trataba de la viuda doña Vicenta García Miranda, recién llegada de Campanario, un pueblo de la provincia, y que se alojaría en casa de Carolina durante su estancia en Badajoz.

Saludó al resto con efusión de abrazos y besos, incluso a mí me recibió como a una más de la Hermandad. Vicenta se carteaba a menudo con la anfitriona y era seguro que le habría habado de nosotras y sabría de mi presencia en la tertulia y de los motivos que nos habían llevado hasta Badajoz.

—Gracias, estimada Carolina, por organizar esta tertulia y por invitarme a tu casa. Sabes bien cuánto te debo. Viajo poco, pero una escapada a la ciudad siempre es un alivio. Vivo en soledad, atenazada por la fatalidad y dolorosas experiencias —se quejó sin que su voz se quebrara.

Ignoraba el origen de las amargas palabras de Vicenta, tiempo tendría de conocerla bien, pero esa misma noche supe de su desgracia: en dos años había perdido a su hijo y a su esposo. La poesía y la Hermandad se convirtieron para ella en un refugio seguro.

La otra poeta extremeña era María Cabezudo Chalons, de quien ya me había hablado la señorita Coronado. Se trataba de una joven de mi edad, esbelta y de cabello rubio y rizado. Carolina la había animado a escribir, le prestó su coraje, y ella la admiraba e imitaba.

—Soy miembro de la Hermandad gracias a nuestra querida anfitriona —nos explicó María—. Su estímulo ha sido imprescindible. Le he dedicado mi último poema, que también va para todas vosotras.

Comenzó a recitar y el poema expresaba un arrebatador afecto por la escritora. Me recordó a mis propios versos, inspirados por el amor ardiente hacia Reme. María la llamaba «mi Carolina amada», exaltaba su hermosura y reclamaba su presencia con palabras cargadas de amor. Terminaba con unos versos exclamativos:

¡Que venga, que venga ya a abrazarnos
para nunca volver a separarnos!

Se apreciaba que la joven era impetuosa y valiente, rasgos que la adornaban, y pensé que todas las muchachas deberían ser como ella: inconformistas, apasionadas y soñadoras. Por desgracia, muchas se limitaban a cumplir lo dispuesto para ellas por sus familias, sin oponer ninguna resistencia.

Las demás damas que acudieron a la tertulia, otras cinco, eran mujeres amantes de la cultura, aficionadas a la poesía, amigas de la señorita y de posición acomodada. Hablaban con serenidad, con aplomo, aunque con menos pasión que Tula, que solía levantar la voz y defender sus ideas con rabia y destemplanza. La velada transcurrió entre charlas y poemas, y yo atendía extasiada. Mi aprendizaje se completó al escucharlas: sus ideas, tan nuevas, tan modernas, tan distintas del estrecho mundo real, me hacían concebir grandes esperanzas para el futuro de todas nosotras.

—Debemos pelear por la educación de la mujer —señalaba Carolina—. Y perseguir la incorporación al mundo laboral cualificado. Reclamemos nuestra participación en la vida intelectual y pública.

—Es vergonzoso que aún no nos dejen acceder a las Reales Academias. Todos han sido intentos fallidos —se lamentaba doña Vicenta.

—Sí, nuestra hermana Tula va a intentarlo con ahínco —contó Coronado—, pero me temo que no le va a resultar fácil.

Yo conocía el anhelo de Tula por ocupar un sillón de la Real Academia de la Lengua. Buscaba, más que nada, un cargo estable y remunerado, necesario para ella, que solo vivía de la pluma y de las escasas rentas familiares. Ella lo merecía más que ningún otro escritor, pero aquella pretensión era como intentar escalar la montaña más alta. Los académicos no consentirían que una mujer se sentase en uno de sus doctos sillones, algo tan injusto, que me hervía la sangre.

—Me ha contado que escribe cartas, solicita el puesto, organiza la defensa de su candidatura y aduce poderosas razones para ocuparlo. Ella sabe que posee méritos de sobra, pero ser mujer es un pecado, por lo visto.

—En España es un anatema ser mujer. El sexo nos priva del justo galardón al legítimo merecimiento —apuntilló Vicenta.

Los oscuros presagios se cumplieron: Gertrudis Gómez de Avellaneda nunca llegó a ser académica. La candidatura fue rechazada, como era de esperar, en un círculo angosto y timorato de varones representativos del limitado hombre español, que menospreciaba el valor de una mujer. Fue una auténtica humillación a su talento y a su obra, una indignidad vergonzosa.

—Al menos vamos consiguiendo pequeños logros, aunque sea con gran esfuerzo —dijo María, la más optimista. Su juventud le prestaba una visión halagüeña del futuro.

—Ser miembros del Liceo Artístico y Literario de Badajoz

y publicar en periódicos ya es un avance —añadió Vicenta—. Ninguna mujer antes lo había conseguido. Pero no podemos siquiera expresar nuestro dolor íntimo por miedo a una sociedad que nos menosprecia. Ya lo decías bien, Carolina, en aquel poema: «Si llora joven doncella, es necia puerilidad».

—Los hombres solo se toman en serio aquello que tiene que ver con el dinero y el poder —se quejó una joven invitada—. Son egoístamente ciegos a la estrecha jaula que nos aprisiona.

—Bien lo sabemos todas —corroboró Carolina—. Escuchad estos versos:

Diosecillos imprudentes
que lanzando grandes ciudades
fuertes muros, arcos, puentes,
legan a sus descendientes
miseria y calamidad.

—He encontrado una simpar fuente de inspiración en Safo —agregó Carolina.

—¿Safo? ¿Quién es? —preguntó otra de las señoras.

—Era una poetisa griega. Se sentía orgullosa de su talento como atributo femenino y hablaba abiertamente de su pasión amorosa. Algo que, al parecer, nosotras tenemos prohibido.

Hubo pudorosas risas entre la concurrencia. Ciertos asuntos provocaban sonrojo entre las recatadas damas, sobre todo los relacionados con el sexo, un asunto escondido, oculto, incluso en un círculo femenino cerrado como aquel. Me sorprendió tanto comedimiento, pues llevaba años leyendo las cartas y las obras de mi querida Tula, que jamás se reprimió a la hora de expresar sus más profundos y secretos deseos.

—No debemos ahogar nuestra voz, aunque nos lo nieguen y nos opriman —intervine, sin pudor.

—Estoy de acuerdo —saltó doña Vicenta—. Ya lo dice bien nuestra Carolina en el poema «Cantad, hermosas».

—Léanos, señorita Coronado, el poema «La poetisa en un pueblo» —pidió una de las asistentes—. Quizá alguna de sus amigas no lo conozca. Es un prodigio de ironía.

—Yo lo haré —se ofreció María—. ¡Me identifico tanto con ese poema...! Refleja a la perfección cómo nos sentimos quienes intentamos escribir, alzar la cabeza y destacar. ¡Nos mandan a la cocina!

> *—¡Ya viene, mírala! ¿Quién?*
> *—Esa que saca coplas.*
> *—Jesús qué mujer tan rara,*
> *tiene ojos de loca [...].*
> *—Más valiera que aprendiera*
> *a barrer que a decir coplas...*

—Hay que reaccionar con vitalismo optimista frente a lo negativo —terció Carolina—. Los avances políticos en cuanto a las libertades están siendo inmensos, ahora solo falta que nos alcancen a las mujeres.

—¿Y cuándo va a ser eso? —soltó airada María—. Para nosotras nada ha cambiado. Ni siquiera nos dejan votar, aunque espero que alguna vez lo logremos. Bien lo expresas en ese último poema que has escrito.

—¿Un poema inédito? ¡Por favor, léenoslo! —pidió Vicenta.

Las demás se unieron al coro de peticiones. Carolina sonreía al tiempo que negaba con la cabeza.

—Queridas, ni siquiera lo he corregido, es solo un borrador —se justificó.

—Si María conoce dicha poesía, ya será casi definitivo —dijo astutamente Vicenta.

—Está bien —accedió—. Manuela, ve a mi escritorio y trae el papel que se encuentra en el cajón de la derecha, encima de los demás.

Obedecí con premura, no fue difícil hallar el poema. Me gustaba la caligrafía de Carolina, tan historiada, con esas des y esas emes mayúsculas tan grandes y perfiladas, y con la parte inferior de las pes, las jotas, las íes griegas tan largas que se juntaban con la línea inferior. Por eso dejaba un espacio grande entre los renglones y sus textos ocupaban siempre varias páginas. El poema era tan largo que, a pesar de mi avidez por leerlo, no hubo tiempo suficiente antes de llegar al salón. La comparé con la letra de Tula, más inclinada y uniforme. Tenía la costumbre de alargar las es y las aes y cerrarlas sobre sí mismas en una especie de círculo cuando quedaban al final de una línea. Era como su rúbrica; cada cual se identifica por su caligrafía, es una seña de identidad y refleja quiénes somos.

Carolina leyó el poema con voz fuerte y decidida. Como correspondía al contenido de tales versos:

Risueños están los mozos
gozosos están los viejos

porque dicen, compañeras,
que hay libertad para el pueblo.
¡Libertad! ¿De qué nos vale
si son los tiranos nuestros,
no el yugo de los monarcas,
el yugo de nuestro sexo?
¡Libertad! ¡Ay! Para el llanto
tuvímosla en todos tiempos;
con los déspotas lloramos
con tribunos lloraremos [...].
Pero os digo, compañeras,
que la ley es sola de ellos,
que las hembras no se cuentan
ni hay nación para el sexo.

Tras el último verso se sucedió un clamor de aplausos sinceros y entusiastas. Algunas enjugaron las lágrimas con sus pañuelos de encaje. Había tanta verdad en aquellas palabras, tanto valor, que nos conmovió a todas.

—Ten cuidado, querida —advirtió Vicenta—. Quizá te censuren este poema, a los hombres no les gusta escuchar la realidad. Ni siquiera a los que te protegen.

—Sé a qué me expongo —aseguró Carolina—. En mi primer poemario, don Juan Eugenio Hartzenbusch, quien tanto me ha ayudado y sin el cual jamás habría logrado publicar, suprimió un poema donde protestaba por el silencio impuesto a las mujeres, ese que os cité al principio.

—La historia no ha cambiado la eterna condición de nuestras vidas. —Doña Vicenta suspiró.

—Insisto en que no debemos rendirnos. Y para ello, lo mejor es seguir escribiendo. Venga, amigas, leamos nuestros nuevos poemas —pidió María a las otras.

Comenzó ella misma y leyó su poesía «A la primavera», que se publicaría en *El Pensamiento*, el periódico dependiente de El Liceo de Badajoz. Vicenta nos deleitó con el poema «Oriental», que saldría publicado en el semanario *El Lirio*, de Vitoria. Otras, que aún no se habían atrevido a dar a conocer sus versos, se animaron a leer sus sencillas composiciones. A pesar de que yo contaba con una considerable producción, y de más calidad que la mayoría de los poemas allí leídos, preferí mantenerme en silencio y mis poesías continuaron inéditas.

—He dedicado un poema a nuestra estimada Tana Armiño —contó Carolina—. Manuela tuvo el placer de conocerla en casa de Tula. Se titula «La flor del lago». ¡Ay! Le digo: «Has venido en mala hora, con tu lira y tu pasión». Mas no está sola, nosotras, las demás, somos también florecillas que luchamos y nos animamos unas a otras, enlazamos nuestras raíces, nos sostenemos y permanecemos unidas.

Desgranó un poema de rabia contenida, donde plasmaba toda la ambición, la autoafirmación, la conciencia de la injusticia, el desdén y el rechazo hacia el papel al que se nos relega a las mujeres como ángeles del hogar.

—Las mujeres de hoy luchamos por sobrevivir en un ambiente poco propicio que no conocerán las generaciones futuras —afirmó tras la lectura.

Entonces pensé en ti, hija mía, en el futuro de las mujeres como tú, y aquella lucha cobró sentido. Quizá ninguna de las damas que nos encontrábamos allí en ese momento viviésemos una existencia justa, elegida por nosotras; pero tú, con el esfuerzo de todas, podrías ser tú misma, sin prisiones ni yugos.

Esa idea, como un faro, ha guiado mi vida.

43

—Malas nuevas han llegado de Madrid —anunció Carolina mostrando una carta.

Enseguida reconocí la caligrafía de Tula y la señorita me tendió el papel para que lo leyese. Lo tomé con manos temblorosas y me senté, dispuesta a enterarme de las nefastas noticias.

—En voz alta, por favor —me pidió con brillo en los ojos—. Siempre es mejor para una mujer llorar en compañía de otra.

> Querida Carolina:
>
> Todo es trágico y miserable. A finales de agosto falleció mi querido esposo en Burdeos. Sufro la muerte de mi pobre marido que solo ha sido mío seis meses. El lecho de estas nupcias tan breves ha sido el lecho de un enfermo. Creo que voy a volverme loca, me he encerrado en el mo-

nasterio de Loreto. Soy culpable de todas las desgracias que me suceden y deseo purificar mi vida. Mi insomnio se ha acentuado y durante las noches veo el rostro de mi pequeña Brenilde muerta y el de mi esposo, esos rostros exangües, tristes y mudos. De día sigo viendo esos pobres fantasmas silenciosos y lúgubres, quietos, con esa mudez terrible de la muerte. Intento comprender el significado de mi vida.

Las lágrimas anegaron mis ojos y hube de detener la lectura. Carolina tampoco hallaba consuelo y juntas lloramos por nuestra querida y desgraciada amiga. No merecía un destino tan cruel. Ella, una mujer generosa y buena, apasionada y brillante, era digna de una existencia venturosa, acorde con su valor y su entrega. Una vida feliz que jamás tuvo.

—Debes continuar leyendo —me dijo Carolina cuando nos calmamos—. Tula cuenta algo que te concierne seriamente.

A mi paso por Madrid, fui informada por el joven Rafaelillo de una circunstancia preocupante que nos obligará a acelerar nuestros planes para con Manuela. Al parecer, el Cepo se plantó en casa aprovechando mi ausencia. Rafaelillo lo detuvo, pero el hombretón se encaró con él y le advirtió que daría con su desgraciada hija y que poseía importante información para localizarla. Un joven vecino de mi domicilio en la calle del Clavel le había hablado de Reme y de Manuela y de la relación de esta última conmigo y con el grupo de escritoras. Quizá el joven frecuente alguna de las tertulias en las que participo o tenga conocimiento de nuestra Hermandad. No tendrá más que atar cabos para llegar hasta vosotras, pues sabe que Manuela no se halla en Madrid y debe de contar con una poderosa red de informantes. Aún no dispongo de toda la documentación que necesitaremos. Aunque conozco a influyentes cargos de la Administración, los últimos acontecimientos, como comprenderás, me han mantenido al margen de las relaciones sociales. Creo que debemos sacarlas de Badajoz. Cuento contigo y con la Hermandad.

Miré a la señorita con estupefacción, no comprendía bien a qué se refería, ¿de qué documentación hablaba? ¿Cómo lograríamos escapar de las garras del Cepo, empeñado en seguirme hasta el fin del mundo para ultimar su venganza? Temblaba de pies a cabeza, el miedo se extendía como una repugnante mancha de aceite que amenazaba con alcanzaros también a vosotras.

—Tranquila, Manuela —me dijo Carolina apretando mi mano—. Confía en la Hermandad. Dile a Reme que en un par de días partiréis de viaje. Ve ahora mismo.

De nuevo la huida, otra vez marchar sin saber adónde, más viaje hacia lo desconocido. Nuestro ignoto destino dependía de ellas y no cuestioné la decisión que tomaban por mí; los cambios que se avecinaban serían por nuestro bien, era seguro, pero tanta urgencia me alarmó. De camino a casa maldije al señorito Esteban quien, no contento con haber abandonado a Reme y a su hija, confabulaba contra nosotras por simple maldad y me obligaba a seguir huyendo cuando casi había alcanzado la felicidad. Temí la reacción de Reme ante la nueva mudanza: se la veía tan contenta en su casita, donde tú crecías fuerte y sana, que renegaría del viaje a lo desconocido que debía plantearle. Sin embargo, para mi sorpresa, solo le preocupó que el Cepo me persiguiera, temía por mi seguridad. Omití el dato de que el padre de su hija había ejercido de soplón y tampoco le conté, en ese momento, las penosas circunstancias que atravesaba nuestra amada Tula.

—La casa es preciosa, pero encontraremos otra en cualquier lugar —afirmó con soltura—. Ya te dije que lo importante es que nos mantengamos las tres juntas. Además, en esta ciudad también hay habladurías.

—¿Qué tipo de habladurías? —quise saber.

—Muchas, peor que en Madrid. Mira que allí la gente murmuraba de la señorita Gertrudis: que si era indecente que una mujer escribiera, que si se dejaba seducir por los hombres, que si había sido madre soltera... pero aquí, incluso la señorita Coronado, que es intachable, es blanco de los chismorreos. Fíjate, la pobre Águeda me contó ayer que hay gente que va diciendo de ella que, si su marido la molió a palos, sería por algo. También hablan de nosotras.

—¿De nosotras? —me alarmé.

Quizá habrían descubierto mis deseos antinaturales y sospecharan de dos mujeres que compartían domicilio y lecho sin ser parientes. Incluso podrían detenerme o algo peor, mi mente elucubró respuestas inverosímiles e inquietantes.

—Sí, dicen que no hemos hecho ningún mérito para este trato especial que nos da la señorita Coronado, que hay jóvenes más merecedoras de su ayuda incondicional en esta misma ciudad. Hemos llegado a casa puesta sin que sepan quiénes somos.

Aliviada, sonreí y abracé a Reme, aquellas maledicencias solo eran palabras vanas. La envidia siempre ha sido el gran defecto de nuestra nación. Librarse de ella es casi imposible.

Tu madre preparó lo necesario enseguida, parecía que le gustaban los viajes; más que a mí, que solo había hecho uno en mi vida. Ella te contaba las novedades como si pudieras entenderla y así comprobé que afrontaba la situación ilusionada y llena de expectativas.

—¡Ay, hija mía! —te decía mientras tú la mirabas absorta—. Nos vamos a otro sitio, seguro que será mejor. Veremos otros pueblos, otros campos... Oleremos otros perfumes. ¡Verás qué divertido!

Cuando todo estuvo preparado, la señorita Coronado nos hizo llamar, acudimos al salón de visitas y cerró la puerta tras de sí.

—Nadie debe enterarse de esto —nos advirtió entre susurros—. La discreción es imprescindible. Espero que estéis dispuestas a llevar a cabo el plan, aunque os advierto que será complicado y necesitaréis grandes dosis de valor.

Me eché a temblar. A pesar de que la vida me había obligado a enfrentarme con el monstruo de mi padre, el miedo continuaba atenazándome, me inmovilizaba y, en ese momento, habría preferido esconderme para siempre en aquella casa y no ver nunca más el sol. Regresar a los tiempos en casa de Tula, encerrada entre cuatro paredes, me parecía más tranquilizador que cualquier otra propuesta.

—¿Qué debemos hacer? —preguntó Reme, con decisión.

Su arrojo, su valor, me infundían una seguridad de la que yo carecía. Me apoyaba en ella como un náufrago a su tabla de salvación. Sin ella, no habría sido capaz de moverme del suelo que pisaba.

—Viajaréis a Campanario, a casa de doña Vicenta García Miranda. Ella os acogerá en su casa el tiempo que sea preciso.

Respiré, no parecía una mala opción: doña Vicenta era una mujer sensata y agradable que nos trataría con afecto y delicadeza, y su pueblo no se encontraba demasiado lejos.

—Campanario está cerca, el viaje será breve. Es una solución provisional para sacaros de Badajoz, pero vuestro destino final será otro, mucho más lejos.

—¿Cuál? —quiso saber Reme.

El desconcierto me mantenía muda y expectante, era tu madre quien tomaba las riendas por mí. Mi angustia ascendía y descendía con cada frase que pronunciaba Carolina.

—América —pronunció enfatizando la palabra.

—¡América! —repitió Reme alzando la voz.

—¡Cuidado! ¡No hables tan alto! —la reprendió—. Nadie debe saberlo.

—¡América! —volvió a decir Reme—. Es fabuloso, Manuela.

Continué en silencio, cada vez más asustada por lo que se nos venía encima: Campanario, América... ¿Qué había tramado la Hermandad para nosotras? No alcanzaba a imaginar la osadía de su propuesta.

—Pero no os iréis tal como habéis venido. Habrá que hacer un cambio radical —prosiguió bajando aún más la voz, que adquirió un tono misterioso—. Manuela, tendrás que dejar de ser quien eres. Te convertiremos en un hombre, tendrás hasta los documentos que lo acreditarán. Vais a ser un joven matrimonio con una hija que viajará a América en busca de una nueva vida. ¿Estáis dispuestas a ello?

Las palabras de Carolina me sonaron como extraídas de un sueño, como si sonaran en un lugar remoto y llegasen a mí con un eco extraño. Me preguntaba si realmente las había escuchado o solo eran mis deseos más profundos, ocultos e insatisfechos que hablaban por boca de la escritora.

Reme y yo nos miramos atónitas sin saber qué responder. De los labios de ella se escapaba una sonrisa; agarró mi mano con fuerza y ello significaba que, por su parte, la respuesta era afirmativa.

—Te disfrazaremos de la forma más convincente posible —continuó Carolina—. Tenemos ropa adecuada, un bigote postizo muy real y varios accesorios que ayudarán a darte el semblante que deseamos. Tendrás un aspecto algo frágil, pero como eres alta y corpulenta y tus rasgos no son en exceso delicados, creemos que el engaño resultará factible.

—¡Eso ya lo hemos hecho y funcionó! —saltó Reme, risueña, recordando aquel baile en Madrid.

—Ten en cuenta lo que esto supone, Reme —le comentó Carolina muy seria—. Te atará a Manuela para siempre. Si anhelabas formar otra familia, si aspirabas al amor de un hombre, de esta manera te resultará imposible. Igual ocurrirá para ti, Manuela.

Carolina no sospechaba que, aquel futuro que se planteaba complejo, era mi deseo más profundo e imposible. Formar una familia con vosotras era el gran e irrealizable anhelo de mi vida y, por obra de la Hermandad, se convertiría en una realidad. Me parecía imposible burlar la Ley, la verdad, lo establecido. ¿Y si se trataba de uno de los locos sueños de Tula?

—Por fortuna, en la Hermandad contamos con amistades influyentes que nos conseguirán los documentos necesarios para que viajéis al destino americano más favorable... eso aún está por decidir. Nuestros benefactores ni siquiera se enterarán de que una de vosotras es una joven, hemos contado un embuste creíble para obtener los papeles. Queremos demostrar que una mujer puede hacer lo mismo que un hombre; sabemos que tú puedes llegar muy lejos, Manuela, a pesar de que vienes de muy abajo. Es el sexo quien nos discrimina, si te llamas Manuel aunque seas Manuela, conseguirás todos los deseos que ahora no podrías lograr. ¿Estáis dispuestas a seguir adelante?

—¡Sí! —respondió Reme por las dos—. ¿Cuándo nos vamos?

44

Fingir que era un hombre, convertirme en un caballero, dejar de llamarme Manuela, olvidar mi condición femenina, ¿sería posible? ¿Cómo se comportaba un marido? ¿Qué actitud debería tomar ante mis semejantes, ante el mundo que me juzgaría? ¿En qué consistía ser un hombre? ¿Bastaría con un disfraz, con impostar la voz, con moverme con más brusquedad? ¿Cómo mantener el engaño? Sabía mucho sobre las mujeres que me rodeaban: nuestros anhelos de libertad, la lucha feroz contra la injusticia, la necesidad de progresar, el afecto hacia las demás, la delicadeza que nos envolvía, el deseo de hogar, la maternidad frustrada.

Pero ¿qué sabía de los hombres? No deseaba parecerme al señorito Esteban ni a mi padre ni a Tassara ni a otros muchos que miraban por encima del hombro a mujeres brillantes como Tula, a quienes consideraban inferiores solo por su sexo; que eran fatuos, falsos, injustos y traidores.

Tomaría como ejemplo al señorito Manuel, el hermano de Tula, siempre amable, correcto, educado y, sobre todo, a Rafaelillo, mi amigo incondicional, dispuesto a entregarse por amor, valiente y decidido, generoso, portador de un afecto palpable y cariñoso como pocos. Ellos dos eran referentes positivos, dignos de ser imitados.

Cabizbaja, pensativa y preocupada hasta el extremo, ayudé a Reme en la mudanza, que ella afrontaba con expectación y alegría. De nuevo preparamos nuestros cuatro trastos y mis libros, que aumentaban en cantidad, dispuestas a dar un vuelco a la vida, un salto mortal lleno de riesgos que tu madre afrontaba con más ilusión que miedo, mientras yo temblaba de pies a cabeza.

En Badajoz, contamos a nuestros conocidos que regresábamos a Madrid y nadie pareció dudarlo. Quienes se instalarían en Campanario no serían Manuela y Reme, sino una pareja nueva creada por la Hermandad para salvarme de la muerte.

La despedida de Águeda fue triste, la mujer se había encariñado con nosotras, sobre todo contigo, y temía la soledad de quien se siente agraviado. Su única esperanza, al igual que la mía, era el apoyo de otras mujeres, que le prestaban una fuerza que jamás había tenido. Ella también deseaba huir lejos del monstruo que la maltrataba y de las maledicencias de un pueblo que la juzgaba culpable a pesar de ser la víctima.

Fue en casa de Carolina donde se consumó mi transformación. Reme, emocionada y risueña, volvió a cortarme el pelo, tal como lo hizo unos años atrás, aquel lejano día que fuimos juntas al baile; me ayudó con el traje, el bigote y el calzado. Hasta que no acabamos, no me dejó mirarme al espejo:

—Te presento a don Manuel Guzmán, esposo de doña Remedios López.

Contemplé mi imagen, sorprendida y temblorosa. Mis rasgos femeninos apenas se escondían tras el bigote y la vestimenta, pero quien no conociese a Manuela tal vez podría caer en el engaño. Mi nombre de mujer sería borrado para siempre y con ello se abría un futuro tan incierto como arriesgado.

—Tendré que volver a llamarte Manú, ¿recuerdas? Así no me equivocaré nunca. Ya no serás Manuela.

Me observé con calma en el espejo y susurré mi nuevo nombre, «Manuel», por debajo del bigote. No era un extraño quien me miraba, me reconocí a pesar del disfraz. Era yo misma con un aspecto diferente, yo misma con las armas que me permitirían cumplir sueños imposibles. ¿Sabría usarlas a mi favor o me descubrirían a la primera? No estaba segura de engañar al mundo con mi corte de pelo masculino, aunque el cambio me convencía. Tal vez llevaba toda la vida, desde que mi madre moribunda me cortó la trenza, deseando ser ese hombre que me contemplaba serio al otro lado del espejo.

—¿Qué te parece? —me preguntó Reme, con preocupación, al verme absorta y muda.

—Podría funcionar —respondí con un hilo de voz—. Pero va a ser complicado, tengo miedo de que me descubran y sufras tú por ello.

—Anda —exclamó con su habitual desparpajo—, no seas agorera. Sabes que esto es lo mejor que nos podía pasar.

Ella encontraba siempre el lado positivo de las situaciones

y, en este caso, no le sobraba razón. Para mí, era la mejor opción, solo faltaba convertirla en realidad.

—Voy a llamar a la señorita para que te vea.

Carolina elogió mi nuevo aspecto, no esperaba que el disfraz resultase tan convincente. Ignoraba que dentro de mí habitaba alguien parecido a un hombre, alguien que deseaba a una mujer con una pasión masculina. Ese sentimiento prohibido y pecaminoso era una fuerza capaz de convertirme en el esposo de Reme por encima de las apariencias.

—Espero que nadie sospeche. —La señorita suspiró—. Todas nos exponemos. Esto es solo el principio. Vuestra estancia en Campanario será una prueba, para ver si podemos ir más allá y si eres capaz de convencer al mundo de que te llamas Manuel.

Triste para mí fue despedirme de la señorita. Con ella había aprendido aún más: si Tula me había mostrado el camino, Carolina me había enseñado a expresar la rabia contenida que albergaba mi corazón de mujer, encerrado en las paredes del hogar por una sociedad mezquina. A pesar de su aspecto dulce, Carolina exhalaba fuerza interior, decisión y arrojo; casi tanto como Tula, que había desafiado a la sociedad en más de una ocasión.

—Queridas mías, no temáis nada —nos dijo en la despedida—. Solo la muerte es de temer. La vida hay que llenarla de versos, de palabras, de música, y hay que luchar para lograr aquello que merecemos, nadie nos debe negar nuestro derecho a la felicidad. Aunque para las mujeres se ha hecho el llanto, debemos rebelarnos contra ello y buscar la placidez. ¡Que Dios os bendiga!

Miro atrás, veo a aquella mujer hermosa y en la flor de la juventud, y la melancolía me vence. Lloro por Carolina y su vida triste. Ha sido una mujer fuerte, capaz de alterar el destino de un país, de negociar la paz en tiempos de conflicto, de enfrentarse a los poderosos, pero el destino la ha tratado de manera cruel, la muerte es voraz y ella pretende desafiarla sin éxito. Le espanta la idea de ser enterrada viva a causa de su catalepsia, repetida varias veces a lo largo de los años, y tampoco desea dar tierra a los suyos, por si despiertan del trance mortal. Su hijo, fallecido prematuramente, yace en un ataúd provisional, escondido entre las paredes de un convento, llorado por su madre hasta la locura y dormido para siempre y sin remedio. La vida, injusta siempre, la ha llevado al borde de la locura. Sus cartas, aunque esporádicas, han seguido llegando todos estos años. Prometió escribirnos y no ha dejado de hacerlo, aunque hace meses que no recibo de ella correspondencia alguna y no se trata de un buen augurio. La dulce y bella Carolina no ha podido escapar a los rigores de un hado adverso. Nunca hemos vuelto a encontrarnos, por eso retengo en mi memoria su imagen de mujer eternamente joven y bella.

Salimos al anochecer en el carruaje que nos llevó a Campanario para que nadie me viera y hubimos de esperar la luz del día descansando en una posada. Nerviosas, no dormimos y no dejamos de hablar en toda la noche: hicimos planes, surgieron preguntas aún sin respuesta, reímos, nos preocupamos, soñamos y despertamos. Ella logró disipar en parte mis miedos, mi inquietud y el temblor constante de mis piernas. Me asombraba su capacidad de adaptación, su valor para enfrentarse a las situaciones por disparatadas que parecieran.

—¿Cómo es posible que no estés tan asustada como yo?

—Porque vengo de más abajo, Manú, porque no deseo regresar a las dehesas, a los cerdos, a la miseria. Cualquier cosa me parece mejor, hasta la más absurda posibilidad. Además, Manú, yo tengo fe. En eso te gano. El camino no será fácil pero lo importante es estar juntas. Tenemos que enseñarle a María Rosa a llamarte papá. —Tu madre rio.

Llegamos a Campanario por la tarde, atravesando un camino polvoriento y árido, me pareció una ciudad en medio de la nada, con una fábrica mezquina, una sociedad rústica, una campiña seca y desnuda de árboles. Vicenta García Miranda nos recibió agitada, por sus gestos comprendí que no se sentía segura en medio de aquella aventura en la que se había visto implicada. Me contempló con detenimiento, luego suspiró y movió la cabeza de un lado a otro, como si desaprobara mi disfraz. Pensé que, para una mujer viuda que apenas había salido de su pueblo, aquella extraña suplantación rozaría el sacrilegio. Pero mis reticencias resultaron infundadas y Vicenta era mucho más moderna de lo que había imaginado.

Nos instaló en su casa, en una habitación espaciosa que contaba con una cunita de madera blanca primorosamente vestida. Intuí que se trataba de la cuna de su pequeño fallecido años atrás y le agradecí el detalle con una mirada que ambas entendimos.

Cansadas del viaje, madre e hija se durmieron en un santiamén, mientras yo permanecí con los ojos abiertos, presa de una enorme agitación. Durante la noche, me levanté dispuesta a beber agua, pues los nervios me habían secado la boca, cuando comprobé que una tenue luz escapaba de la habitación de Vicenta.

Recordé a Tula, otra insomne sin remedio, y me acerqué sigilosa al dormitorio. En la oscuridad tropecé con una mesa y el ruido alertó a mi anfitriona:

—¿Quién anda por ahí?

Salí al pasillo y contemplé su alta figura, vestida con un camisón blanco; me sorprendió como si contemplase una aparición espectral, pues ella nunca abandonaba los ropajes negros de eterna viuda.

—Soy yo, Manuela. Iba a la cocina...

—No puedes dormir —afirmó, no necesitaba preguntarlo porque era evidente.

—Es difícil asimilar todo esto.

—La vida siempre es complicada, pero no hay que rendirse. Sé que la tuya no ha sido fácil, Carolina y Gertrudis en sus cartas me lo han contado todo. La mía tampoco lo ha sido; aunque mis primeros años fueron muy felices, pues yo tuve un padre maravilloso —se quedó un segundo en silencio, como si recordara—. Y el tuyo es un monstruo.

Me invitó a entrar en su habitación y sentarme junto al escritorio y ella se acomodó sobre la cama. A la luz del quinqué hablamos con la confianza de quienes se saben unidas por el hilo invisible de la condición femenina.

—Fui una precoz lectora desde los tres años, en la niñez acudí a la escuela del pueblo, aunque fue mi padre el verdadero maestro —me contó—. Era el farmacéutico de Campanario, gran lector y muy aficionado a la poesía. Me amaba tiernamente. Como ves, la mayoría de los padres velan por sus hijas, igual que harás tú por la tuya. Pero cayó gravemente enfermo y le diagnosticaron una «parálisis permanente» sin posibilidad de cura. Hubimos de trasladarnos a casa de un tío paterno, agrio de carácter, que me impedía estudiar —se lamentó—. Ello angustió a mi padre, quien, durante los diez años que pasó postrado en la cama, vivió con dolor la oposición que mi tío mostraba hacia mi interés adolescente por las letras y la cultura. Pero yo seguí leyendo, no me rendí.

Vicenta repetía con insistencia la frase: «No hay que rendirse». Era evidente que la había puesto en práctica durante casi toda su vida para no morir de tristeza.

—Con dieciséis años, el 10 de julio de 1833, contraje matrimonio con mi amado Antonio Ángel Salas. Fue un día hermoso, me unía al hombre que amaba, con quien compartía anhelos y aficiones. Antonio era médico, natural también de Campanario y muy aficionado a la literatura. La felicidad duró apenas un soplo. —Se detuvo y suspiró, quizá ya no le quedaran lágrimas—. Hube de enfrentarme al dolor de dos muertes trágicas: la de nuestro único hijo de once meses y la de mi marido, apenas dos años después. A ellos dirigí doloridos versos, los primeros que nacieran de mi pluma.

—Escribir nos salva la vida —dije, convencida.

La frase no era mía, se la había escuchado pronunciar a Tula, a Carolina y a otras tantas mujeres que frecuentaban los salones de las poetas. No la había inventado yo, pero resumía mis creencias: la certidumbre del potencial salvador de la literatura.

—Lo sé. —Sonrió—. Y la unión entre nosotras también

nos salva. Le debo todo a Carolina. Tras la lectura de un poema suyo, sentí la necesidad de entablar contacto con aquella joven escritora, tanto por la conmoción que sus versos me habían originado como por el anhelo de poder emular el camino que ella había iniciado. Le escribí una carta de presentación en la que le hacía llegar un par de poemas y obtuve mucho más de lo que nunca hubiera imaginado. Se ha convertido en amiga, guía y mentora y, merced a su estímulo y a su apoyo, he llegado a ser colaboradora en diversos periódicos, editados en Madrid y en provincias. ¡Imagina lo que supone esto para mí!

—¿Y sus versos le han permitido viajar, conocer otros lugares y a otras personas? —le pregunté.

—Apenas he salido del pueblo —contó sin quejarse—, he viajado a Badajoz, como bien sabes, y también a un balneario de Portugal. No me interesa demasiado ni me sobran medios para hacerlo. Pero desde este pueblo he entablado amistad con personajes destacados: vivir en el medio rural, para quien tiene agallas y sabe volar con la palabra, no es impedimento, incluso siendo mujer. Convoco en casa una tertulia y mantengo múltiples relaciones epistolares.

Las circunstancias de su existencia me condujeron a reflexionar sobre lo triste que es la suerte de las mujeres, a quienes las preocupaciones no permiten el desahogo de expresar sus pensamientos. Vicenta necesitaba cantar, como volar las aves y correr los ríos, ansiaba vivir y expresarse, y no se resignaba a ver pasar el tiempo comprimida y muda.

—No pienses que mi vida en Campanario es aburrida, tiempo tendrás de comprobar que no es así. Una vez inmersa en este ambiente, he sabido relacionarme con hombres y mujeres unidos por inquietudes culturales e incluso he llegado a contactar, mediante terceros, con otras escritoras con las que me une una gran amistad; ellas también forman parte de esta Hermandad: Amalia Fenollosa, Manuela Cambronero, Rogelia León o mi paisana María Cabezudo, a quien ya conoces.

Las confidencias de aquella primera noche me descubrieron a una mujer decidida y, durante los meses que compartimos, Vicenta me sorprendió por su fuerza: en aquel medio rural cerrado, era una mujer de carácter y criterio, una mujer que defendía su derecho a opinar no solo de cuestiones poéticas. Y ello es lo que de verdad resultaba más seductor de su persona. Era una señora interesada en escribir sobre asuntos políticos, que ansiaba componer desde el compromiso social, y que no se hallaba satisfecha con ese lirismo obligado, en el que la naturaleza parecía ser el único motivo de inspiración lícito para las damas escritoras. Era una mujer que se irritaba ante opiniones que denigraban a las mujeres, que salía en defensa de una igualdad intelectual entre los sexos, tal como en su quehacer literario reclamó tantas veces.

Ella también me ayudó a crecer.

45

Reme se acostumbró enseguida al ambiente de la casa. Doña Vicenta no quiso que hiciese trabajos domésticos, pues nos encontrábamos allí en calidad de invitados y nada debía contradecir aquella circunstancia. No obstante, siempre se mostraba dispuesta a ayudar con la organización de las actividades caseras y la señora se lo agradecía, pues le dejaba más tiempo para la lectura y la escritura. Yo le demostré mi facilidad para transcribir con velocidad, mis conocimientos contables y mi hermosa caligrafía, entonces aceptó mi ayuda.

—Me vendrá muy bien que me copies algunos textos y que escribas al dictado —me dijo—. Cada vez veo peor y me cuesta hacer una letra legible.

Las largas noches de insomnio, con la pluma a la luz de las velas o del quinqué, iban deteriorando sus ojos, cada vez más agotados y miopes.

Las primeras semanas, apenas salí de la casa. Temía mostrarme en público y que mi aspecto y mis ademanes revelasen el engaño. Necesitaba sentirme más segura en mi disfraz. Reme me puso al día del mundo exterior, igual que hacía durante mi encierro en Madrid. El pueblo le parecía agradable y la gente, amable. La saludaban con curiosidad y le preguntaban quién era. Ella nunca se intimidaba y respondía resuelta que se encontraba con su marido y su hija alojada en casa de doña Vicenta, que éramos sus huéspedes camino de América. Debía de decirlo tan convencida que nadie la puso en un aprieto. Dentro de casa me sentía más segura, los años que pasé escondida en Madrid fraguaron este carácter mío, un tanto huraño con los desconocidos, pero necesitábamos iniciar relaciones sociales para comprobar si el disfraz resultaba convincente. Reme se había encargado de hablar de mí por el pueblo, de alabar mi capacidad de trabajo al lado de doña Vicenta, a quien ayudaba y aconsejaba en materia literaria, pues antes había sido secretario en Madrid de doña Gertrudis Gómez de Avellaneda y de doña Carolina Coronado en Badajoz. Al escuchar el nombre de esta última, la gente asentía satisfecha, pues la poeta comenzaba a ser una celebridad en su tierra extremeña.

—Este pueblo huele muy bien, mejor que las ciudades —me contó una noche, abrazadas en la cama—. Hasta la ventana llega el aroma del campo, a romero, a jara, a hierbabuena. Y en esta casa huele a limpio, a limón y a lavanda. El destino me trae nuevas fragancias, es una maravilla.

Admiraba su capacidad de adaptación a todos los lugares adonde nos trasladábamos. Jamás se quejó porque sabía extraer lo hermoso de cada instante, lo bueno y lo bello de cada rincón, el aroma oculto de la vida que solo su olfato privilegiado era capaz de apreciar.

—Quizá merezcas más —le susurré al oído—. Mereces una vida plena, que a mi lado no tendrás.

—Esta es la vida que quiero, te lo he dicho mil veces —repuso.

—Pero yo no podré amarte como un hombre —dije derrotada—. No te haré sentir lo mismo que el señorito Esteban...

—¡No te atrevas a nombrar a ese miserable! —gritó—. Solo hizo que me sintiera inferior y despreciable —gimió.

—Reme... —balbucí—. Yo te amo con toda mi alma —confesé.

—Lo sé. Y yo a ti también, Manú.

—Quiero decir que me haces sentir... lo que debe de sentir un hombre por una mujer. No sé si es una monstruosidad, pero debes saberlo antes de que emprendamos un viaje sin retorno, antes de que te unas a mí en un destino incierto y sin escapatoria.

—¿No ves que duermo abrazada a ti cada noche, no sientes mi piel vibrar al contacto con la tuya? No te cambiaría por ningún hombre —dijo con dulzura—. He llegado a odiar la rudeza de los modales masculinos, Esteban me gustaba pero no supo hacerme gozar, solo dejarme embarazada. Le interesaba solo su propio placer, no el mío.

—Yo tampoco sé cómo hacerte gozar, no sé cómo se ama con el cuerpo, jamás me ha tocado un hombre que no fuese el monstruo de mi padre.

—No será difícil, aprenderemos juntas. —Sonrió—. Habrá que explorar.

Y dicho esto, se quitó la camisola de dormir y llevó mis manos a sus pechos para que los tocara sin pudor. Yo también me desprendí de la ropa e iniciamos un baile de caricias suaves que me produjo un deleite desconocido. Hubimos de reprimir los gemidos por temor a que Vicenta nos escuchase y nos recreamos en nuestros cuerpos hasta bien entrada la madrugada. Solo fue el comienzo de la intimidad: cada noche aprendíamos un juego nuevo, una forma distinta de gozar juntas. Fuimos venciendo el pudor y el deseo nos guiaba por sendas desconocidas de complicidad y pasión.

Y pensé que la felicidad habitaba en su piel.

Ya no era necesario simular que éramos un matrimonio, la realidad nos había convertido en una pareja que manifestaba su amor incondicional. Solo faltaba comprobar si nuestra complicidad resultaba convincente también a ojos de los extraños.

La primera prueba de fuego tuvo lugar en el mismo domicilio de doña Vicenta. Ella organizaba una tertulia en su casa, diariamente, de doce a una del mediodía. Solía acudir a esa reunión literaria la intelectualidad del pueblo. Había logrado congregar a los interesados en la literatura de todo Campanario. Reme y yo acudimos al círculo.

—Don Manuel Guzmán y su esposa doña Remedios son mis huéspedes durante una temporada, están de paso hacia América con su pequeña María Rosa —explicó Vicenta.

Yo, al principio, permanecía silenciosa temiendo que hasta mi voz me delatase, pero la reunión fluyó sin contratiempos. Nos presentó al poeta satírico Diego Gallardo, al oficial Ángel Maldonado, al abogado Juan Fernández Cano, al farmacéutico Silverio de la Cruz, al médico Pedro Guzmán, al maestro José Cano, al poeta y abogado Manuel Fernández Perea, a su hermana Rosa y al periodista Alfonso Calixto. A muchos de ellos la autora de Campanario dedicó algunos poemas, incluidos en la única antología que publicó, *Flores del valle*, en 1855.

Los saludé con afabilidad y pocas palabras, intentando imitar los ademanes masculinos, añadiendo cierta rudeza a mis movimientos e incluso al tono de mi voz. Nadie pareció mirarme con extrañeza.

Fue una velada divertida, mucho más de lo imaginable. Se produjo un intercambio de composiciones literarias entre los tertulianos, algunas en tono satírico. En su círculo de amigos y en sus tertulias, doña Vicenta se acogió a la burla y la ironía, sobre todo para censurar la maledicencia y los ataques recibidos por su condición de mujer escritora.

Alfonso Calixto era quien más la retaba, pero ella nunca se quedaba en silencio y respondía con agilidad mental, agudeza y gracia.

—Loca te vas a poner Vicenta, con tu versar —la provocaba el periodista, usando rimas—. ¿Dónde irás pues a parar, si llegas a enloquecer? Bien puedes reconocer que tu estado ya requiere que asistas al miserere y devotamente orar, para de Dios alcanzar lo que más te conviniere.

Y Vicenta García Miranda le replicaba con otros versos aún más ingeniosos:

—Si yo encerrara en mi pueblo el talento brillador que me concedió el Señor, estaría loca de hecho. ¿Ya queda usted satisfecho? Respecto del miserere, tiempo sobra, si se quiere, para al culto dedicarse y humilde ante Dios postrarse: así mi alma lo infiere.

Todos estallamos en aplausos y parabienes. Detrás de aquella viuda de luto se escondía una mujer brillante, perspicaz y reivindicativa.

Los hombres de la tertulia me hablaban con familiaridad, como a uno de los suyos, y yo me sentía extraña, una impostora a punto de ser descubierta. Las primeras semanas me comportaba con timidez y los caballeros me animaban a hablar. Hube de improvisar algunas respuestas, pero mi trabajo como secretario de las dos escritoras, Gertrudis y Carolina, era reconocido y admirado, y un buen motivo para conversar sobre literatura, asunto que dominaba con soltura. Logré pronto la admiración del grupo y me felicitaban por haber conocido en Madrid a grandes literatos como don Juan Eugenio Hartzenbusch o don José Zorrilla.

Tras la charla, a los hombres les gustaba compartir un momento de complicidad masculina encendiendo un puro. El abogado Juan Fernández se vanagloriaba de recibir los mejores habanos, traídos de Cuba expresamente para él. A los caballeros les gustaba fumar y, ya el primer día, me ofrecieron tabaco.

—Fumar relaja los nervios —aseguraba el farmacéutico Silverio de la Cruz—. Es un excelente remedio contra los trastornos cardíacos.

Sujetar un puro entre los dedos me parecía un rasgo de distinción varonil y me decidí a probarlo sin tener en cuenta las consecuencias. Tragué el humo de aquel primer puro y a punto estuve de ahogarme: un violento ataque de tos interrumpió mi osadía, me ardía la garganta, y un sabor amargo y picante inundó mi paladar. Los demás rieron, debía de ser normal esa reacción la primera vez, pero no rehusé a tal seña de identidad viril: si fumaba, nadie dudaría de que yo era un hombre y me llamaba Manuel.

En cada tertulia lo intentaba, no tardé en encontrarle el gusto y me aficioné al tabaco. Tomaba el puro entre los dedos índice y corazón de la mano derecha, me lo acercaba a la boca con decisión y aspiraba el humo sin inmutarme. Era un ritual cargado de simbolismo: entre los efluvios del humo, los hombres se sentían más hombres.

Me alegré de haber superado tal prueba, pero Reme no se mostró nada satisfecha:

—¿A qué hueles, Manú? —me preguntó la primera noche que fumé.

—A tabaco —respondí con un punto de orgullo.

—¿Tabaco? ¡Apestas! No me gusta nada ese olor. Mejor que no vuelvas a fumar.

—Pero todos los hombres lo hacen, no quiero que piensen que yo...

—¡Me da igual lo que piensen! Es asqueroso.

A pesar de las quejas de Reme, llegué a disfrutar tanto del tabaco que me ha sido imposible abandonar este inocente vicio. En efecto, me relaja, y si no dispongo de cigarros se incrementa mi nerviosismo. Aunque ahora, esta tos que me mata aumenta cada vez que fumo y me impide gozar de un buen puro como en mi juventud. Antes de acercarme a Reme, debía lavarme bien para oler a jabón y masticar menta para que mi boca no exhalase un aroma desagradable.

Con todo, ella siempre percibía los vestigios de mi culpa:

—¡Ya has vuelto a fumar! ¿No te das cuenta de que ese olor repugnante se impregna hasta en la ropa?

Aquel debió de ser nuestro único punto de fricción, jamás discutimos por asuntos domésticos, nunca regañamos por otro motivo que no fuese mi afición a los puros habanos. Solo su olfato privilegiado frente al tabaco nos enfrentó.

Reme también supo introducirse en el ambiente de la tertulia, aprendía rápido, leía con fruición y, de esa manera, se convirtió en una dama culta que no desentonaba en las reuniones intelectuales. Le gustaba opinar de política y trazó una buena amistad con Rosa Fernández Perea. Animaba a doña Vicenta a escribir sobre la injusta situación de las mujeres y ella, sensible al asunto, componía versos cargados de denuncia.

En los meses que pasé a su lado, doña Vicenta comenzó a pergeñar el poema titulado «A las españolas», que resultó ser una obra más atrevida y enérgica que el célebre «Cantad, hermosas» de Carolina Coronado y que yo conocía a la perfección. Vicenta clamaba «Alzad, hermosas, la abatida frente». Era una arenga, valiente y decidida, a las compañeras de su sexo; un grito que se unía a la acusación por el desvalimiento y la injusticia cometida contra las mujeres, una denuncia a su aislamiento y soledad, y un canto a la libertad y felicidad de las mujeres del futuro, como tú, herederas seguras de la senda que su generación abría.

Vicenta García Miranda también me enseñó a ser fuerte, fue otra de mis hermanas.

46

Durante el tiempo que vivimos en Campanario, no recibí correspondencia de Tula. Yo le escribía asiduamente largas cartas que daban cuenta de nuestra situación y siempre procuraba no angustiarla con exigencias ni temores. Sin embargo, me preocupaba que no llegasen sus misivas: quizá significaba que su melancolía se había agudizado y no se sentía con fuerzas ni para respirar. Ella, amante compulsiva de las relaciones epistolares, callaba durante meses.

Quien sí se comunicaba con nosotras era Carolina Coronado. Sus problemas de salud la habían obligado a trasladarse a Cádiz, donde la cercanía del mar atenuaría los síntomas de sus padecimientos.

Pasaban los meses de manera plácida, tanto que casi olvidé que solo éramos huéspedes de paso en Campanario, que nuestro destino aún no se había decidido. Vivíamos en casa ajena y el peligro de que alguien descubriera mi auténtica identidad era real, el pueblo se hallaba demasiado cerca de Badajoz y de la verdad que deseábamos ocultar.

Hasta que un día llegó el mensaje que esperaba y temía a partes iguales. Fue Vicenta quien me lo anunció.

—Ya tenemos la documentación —dijo tendiéndome unos papeles.

En ellos se daba fe de mi nombre, mi filiación y mi condición masculina: me llamaba Manuel Guzmán y Torres, natural de Madrid y de profesión secretario y periodista. Mi esposa se llamaba Remedios López Martín, natural de Villafranca, y nuestra hija María Rosa Guzmán López, nacida en Madrid.

No podía creer lo que mis ojos leían, eran documentos legales, con sus sellos reales, que no dejaban resquicio a la duda.

—Nuestras amigas de la Hermandad tienen amistades poderosas —aseguró—. Según creo, han contado que vuestros documentos se perdieron en un incendio, que sois personas decentes que habéis trabajado para Tula y Carolina, y que necesitabais los papeles para viajar a Cuba.

—¿A Cuba?

—Sí, La Habana será vuestro destino. Aquí están los pasajes. Y una carta de recomendación para el director de la revista *El Colibrí*, don Ildefonso Estrada. Tula ha movilizado a sus conocidos en la capital cubana. También lleváis dinero para estableceros en la ciudad.

Hube de sentarme para no caer redonda al suelo. La Hermandad nos regalaba una nueva vida, muy lejos de allí, y en ese momento todo eran dudas, incertidumbres y temores.

—Partís desde Cádiz en dos semanas —me anunció—. Debemos prepararlo todo. Voy a echaros mucho de menos.

Me abrazó conmovida, era cierto que se había encariñado con nosotras, sobre todo contigo, con quien paseaba cada tarde por el campo, enseñándote palabras nuevas. Ya habías aprendido a llamarme papá, eras curiosa, preguntabas cuanto no sabías y hablabas sin cesar, aún con lengua de trapo. Te convertiste en el centro de aquella casa: desde las criadas hasta los doctos miembros de la tertulia te adoraban.

Marchar suponía dejar más sola a doña Vicenta, recluida en su progresiva ceguera. Dudé, ¿por qué huíamos de nuevo? ¿Y si mi padre se había rendido y ya no había peligro? Hacía muchos meses que no me sentía amenazada y casi había olvidado el motivo de nuestra precipitada partida de Madrid. Prefería regresar a la capital con Gertrudis o a Badajoz con Carolina o acompañar a Vicenta en su soledad. Cualquier posibilidad, antes que partir a una tierra desconocida, al otro lado del mundo y sin ellas que me protegieran.

—¿Crees que es necesario? —pregunté a Reme, tras informarle de las novedades—. Quizá ya no corra ningún peligro y podamos establecernos en Badajoz de nuevo.

Me miró, indignada; pude leer la ira en sus ojos.

—¿Qué estás diciendo? Aunque ya no te persiga el Cepo, tu nombre sigue siendo Manuela. ¿Crees que como mujer tienes un gran futuro? ¿Y nosotras? Necesitamos una familia y tres mujeres nunca lo serán.

—Necesitamos un hombre, aunque sea de mentira. —Suspiré.

—Por desgracia, así es.

De nuevo abandonábamos un lugar donde habíamos sido felices en busca de lo desconocido.

En este caso, la incertidumbre era total y mi miedo, mayor. Vicenta se deshizo en lágrimas al decirnos adiós y nos deseó suerte en nuestra desatinada aventura.

—Que el cielo os proteja —fueron las últimas palabras que escuché de sus labios.

Jamás volvimos a encontrarnos, aunque ella sigue viva en mi corazón, al igual que Tula, Carolina y el resto de las mujeres que fueron como mis hermanas.

En el carruaje que nos condujo a Cádiz no paré de temblar, solo la decisión de Reme, su fuerza y su valor, me ayudaron a no rendirme, a no derrumbarme y huir en dirección contraria a mi destino. Mis temores no eran infundados, sabía el riesgo que corría asumiendo otra identidad. Si alguien sospechaba y me obligaba a ser examinada por un médico, se descubriría que yo era una mujer y acabaría en la cárcel acusada de falsificar documentos, de travestismo, de sacrilegio y de no sé cuántos delitos más. Y ya no estarían ni Gertrudis ni Carolina para sacarme del aprieto.

—¿No te das cuenta del porvenir que se abre para ti, Manú? —Reme me leía el pensamiento—. No es momento de temores sino de esperanzas. ¡Eres un hombre, eres culto, puedes labrarte un brillante porvenir! Y solo puede ocurrir al otro lado del mundo, donde nadie nos conozca.

Me avergonzaba que fuese siempre más decidida que yo. Gracias a su empuje pude sortear los avatares de la vida ajetreada que nos tocó en suerte. La auténtica fortuna fue haberme cruzado con ella.

Nuevos paisajes aparecían en la ventanilla del carruaje; intentaba fijarlos en mi mente a través de los ojos, pues sabía que nos esperaba otro continente, que jamás regresaría ni a Madrid ni a España. Yo sentía nostalgia, mientras que a Reme la embargaba la emoción ante lo desconocido.

—¿Qué es ese olor? —preguntó alterada cuando aún no habíamos llegado a Cádiz.

—¿Qué olor? —pregunté a mi vez asomándome y sacando la cabeza por la ventanilla. No apreciaba ningún aroma diferente.

—Huelo algo inmenso, que jamás había aspirado.

Cerró los ojos, hipnotizada, y percibí que respiraba con fuerza, como si intentara llenar los pulmones de aquella peculiar fragancia. Cuando llegamos a Cádiz el olor desconocido me alcanzó. Era un aroma intenso, lleno de matices, distinto al olor del campo o de las ciudades.

—¡Es el mar! —exclamó Reme—. El aroma de nuestro destino.

Era la primera vez que lo veíamos. Una masa colosal de agua azul se abría ante nosotras, alcanzaba el horizonte y parecía abarcar el resto del mundo. Permanecimos un buen rato inmóviles, impresionadas ante el espectáculo, viendo el ir y venir de las olas, escuchando aquel sonido vibrante y estremecedor. De pronto sentí pánico: debíamos atravesar el océano en un barco minúsculo comparado con la inmensidad del mar.

—Es el olor más maravilloso del mundo —declaró Reme, absorta.

Incluso tú mostraste un desaforado entusiasmo ante el espectáculo. No dejabas de chillar de alegría, de dar saltos y hubimos de detenerte para que no te lanzaras al agua. Siempre te fascinó el mar; después de descubrirlo aquel día en Cádiz, ni tú ni tu madre habríais podido vivir lejos de él.

La ciudad me pareció luminosa y vital, con sus calles estrechas y sus torres de vigilancia, y esa luz prodigiosa que lo inundaba todo, como hecha de oro y nieve. Me habría quedado allí, se lo propuse a tu madre pero ella se lo tomó como una broma y se rio sin dar más importancia al comentario. Los dos días que pasamos en Cádiz a la espera del barco, los recuerdo como en un sueño, quizá fueron los más felices de nuestras vidas porque todo estaba por descubrir y habitábamos una ciudad hermosa pero, al tiempo, la incertidumbre se convertía en algo sólido y, conforme avanzaban las horas, la angustia me atenazaba la garganta.

Llegó el momento de subir al barco, para vosotras todo era una novedad y el buque os pareció imponente. Yo sentía que navegaba en una triste cáscara de nuez y dudaba que llegásemos al otro extremo del mundo en semejante embarcación.

Me acodé en cubierta, dispuesta a absorber las últimas imágenes del continente y de la vida que dejaba atrás, intenté contener las lágrimas pues no era propio de un caballero llorar, ni en público ni en privado. ¡Valiente estupidez! Resulta muy liberador.

Cuando el barco soltó amarras y los pasajeros sintieron el movimiento de la nave, gritaron de júbilo y comenzaron a agitar manos y pañuelos para despedirse de quienes se quedaban en tierra. Miré hacia el puerto y allí, entre la gente, divisé a un hombre joven con una indumentaria semejante a la mía, me fijé en su rostro y me pareció, en la distancia, que era exactamente igual a mí, que era yo mismo que a la vez se quedaba y se iba. Pensé que se trataba de una especie de espejismo, una broma de mis sentidos, el deseo de no partir reflejado en un fantasma creado por la imaginación. Aquel hombre me miraba fijamente, como yo a él, hasta que, de pronto, alzó un puño amenazante, como si me desafiara de manera violenta.

Solo entonces, recordé el motivo por el cual nos encontrábamos subidas en ese barco, camino del Nuevo Mundo, dispuestas a atravesar el océano.

—Todo saldrá bien —me dijo Reme en ese momento, y nos abrazamos.

Cuando volví a mirar hacia el puerto, el hombre había desaparecido. Jamás se lo conté a tu madre.

La travesía fue para mí un auténtico infierno, me mareé desde el primer minuto y la pasé enferma hasta que desembarcamos. Todo me daba vueltas, el estómago amenazaba con salir por la boca y apenas probé alimento durante el trayecto. Para el capitán del barco y la mayoría de los pasajeros, fue un viaje tranquilo, no hubimos de sortear ninguna tempestad y solo divisamos algunos rayos que, más que asustar, ofrecieron un singular espectáculo de luz en la oscuridad. Al menos eso fue lo que me contó Reme.

—No imaginas lo que te has perdido —vino a contarme al camarote donde me había encerrado—. Todo el océano era un fulgor. ¡Y la luna! Su reflejo en el mar es de lo más hermoso que he visto. ¡Y este olor!

Ese olor a mar me revolvía aún más las tripas, os envidiaba: no existía el mareo para vosotras y la travesía os resultó un prodigio de novedades y maravillas.

Reme tuvo tiempo de entablar amistad con algunas señoras que viajaban como nosotras al Nuevo Mundo. Su capacidad de relacionarse, su simpatía natural, su gracejo y su inteligencia, ayudaron a encauzar nuestro destino sin haber llegado aún a la isla.

Entre el pasaje, se encontraba un matrimonio catalán, Juan Sabatés Costa y su esposa María, que se dirigían a La Habana con la intención de emprender un negocio lucrativo. Como buenos comerciantes, estudiarían las necesidades de la isla a la hora de iniciar su empresa.

—Dicen que quizá monten una fábrica de jabones —me contó Reme—. Tienes que conocerlos. ¿Te imaginas? ¡Lo que daría yo por trabajar en una fábrica de jabones!

Los Sabatés Costa eran extremadamente corteses y educados. Se apreciaba su origen refinado, pertenecían a la burguesía catalana, y tuvimos la fortuna de cruzarnos con ellos en aquel buque del demonio. Mi aspecto debía de ser deplorable y mi color cetrino casi el de un cadáver. A pesar de mi escasa locuacidad en aquellos momentos de mareo incesante, se mostraron dispuestos a estrechar lazos una vez llegados a la isla. Reme alabó mis conocimientos y mi capacidad como contable y reveló mi estrecha relación y mi trabajo como secretario de las dos escritoras españolas más importantes del momento. Juan Sabatés pareció interesado y recé para que le conviniera contratar mis servicios. Si algo necesitaba cuando llegase a Cuba, era un trabajo fijo y bien remunerado.

47

Tras una travesía que me resultó interminable, por fin desembarcamos en La Habana. El puerto bullía de gente que se afanaba de acá para allá.

—¡Cuántos negros! —exclamó Reme, sorprendida.

Ya habíamos visto algunos en Cádiz, pues su puerto fue uno de los principales puntos de entrada de esclavos en la península, pero en la isla la población era mayor. Desde que llegamos, sentí repugnancia por el comercio de esclavos, siempre me manifesté antiesclavista, con todos los problemas que suponía tal declaración. La trata de negros tuvo un impacto crucial en el desarrollo de algunas zonas de España, cuyos réditos económicos supusieron después fuertes inversiones en otros sectores como la banca o la industria naval. Por desgracia, fueron muchos quienes se hicieron ricos explotando y esclavizando a los negros, a quienes consideraban meros animales. Aquel fue el primer gran choque cultural, veníamos de la metrópoli, donde las reglas eran otras, y debíamos aprender las nuevas.

—¿El señor don Manuel Guzmán? —me preguntó un muchacho negro cuando descendimos del barco.

Asentí extrañada, no esperaba ningún recibimiento y solo llevábamos la dirección de don Ildefonso Estrada, importante terrateniente y escritor, quien nos acogería en su casa hasta que nos estableciésemos en la isla.

El joven tomó nuestro equipaje y lo subió a un quitrín, un carromato de paseo de enormes ruedas, tirado por un caballo que conducía él. En cuanto nos acomodamos, el carruaje salió a la carrera por las calles de La Habana. Yo, que me sentía tan mareada como en el barco a pesar de haber pisado ya tierra firme, a punto estuve de caer y todo me daba vueltas. Mientras que tu madre y tú reíais y dabais palmadas, divertidas con el paseo.

Pronto llegamos ante una casa enjalbegada donde una mujer negra mayor esperaba a la puerta. Nos recibió cohibida, recogió los bultos sin levantar la cabeza y, cojeando, los metió en la casa. Ni siquiera escuchamos su voz. Yo escrutaba los gestos del muchacho, por si me miraba de manera extraña, por si mi aspecto le hacía dudar de mi nombre y mi sexo, pero en ningún momento manifestó el más mínimo desconcierto.

—Mi nombre es Yago —dijo el joven, pues aún no se había presentado—. Don Ildefonso ha dejado una carta para usted.

El marcado acento llamó nuestra atención, jamás habíamos escuchado hablar de tal manera. No era el acento andaluz de los gaditanos ni el deje de los extremeños. Era una cadencia suave, que arrastraba letras y ahuecaba palabras. Tú, querida hija, lo aprendiste enseguida y desde el principio te expresaste como una isleña.

Leí la carta, en ella Estrada se disculpaba por su ausencia, pues se encontraba en su hacienda de Mariel. Había sido avisado de nuestra llegada por su buena amiga Gertrudis Gómez de Avellaneda y se había permitido arrendar la casa para nosotros. Aunque en tal caso no podría entregarle la carta de recomendación, Tula ya le habría puesto al tanto de nuestras circunstancias.

Nos ofrecía a Yago como criado, no hablaba de esclavo, pues nos resultaría muy útil para las tareas domésticas y para conducirnos por La Habana, aún desconocida para nosotras. Prometía visitarnos pronto para introducirnos en los círculos intelectuales de la ciudad y ponernos al día de la situación en la isla. Nada decía de la mujer que nos había recibido.

La vivienda era muy espaciosa, mucho más que la de Badajoz, aunque necesitaba ciertos arreglos y reparaciones que Reme se encargaría de realizar con premura. La ilusión movía todos sus pasos; no como los míos, que todavía eran inciertos y temerosos.

—Y usted, ¿cómo se llama? —preguntó Reme a la mujer.

Ella pareció asustarse, no respondió y se encogió, miedosa.

—Es mi madre —confesó Yago—. No tiene adónde ir. Su amo no la quiere ya, se quedó coja por una caída. Pero es buena trabajadora, cuida niños, sabe cocinar...

Una lágrima de miedo y desolación asomaba a los ojos de la mujer y vi que Reme se emocionaba ante la injusta realidad de aquella pobre esclava. Yo también habría llorado, debía reprimir mi lado más sensible y, aunque no siempre lo consiguiera, los esfuerzos por parecer rudo iban dando sus frutos.

—¿Cuál es su nombre? —insistió Reme.

—Se llama Caridad, pero siempre la hemos llamado Cachita —respondió su hijo por ella.

—Se queda —decidió Reme sin dudarlo—. Me vendrá muy bien su ayuda, aunque aún no podremos pagarle mucho. Mi marido debe encontrar trabajo.

—¿Pagar? —preguntó Yago, extrañado.

Comprendí que los dos se consideraban mis esclavos, pero yo no permitiría tal injusticia en mi propia casa. Aunque fuese poco, según mi situación, ellos tendrían un salario, como lo había tenido yo cuando trabajaba para las escritoras.

—No sois mis esclavos —dije convencida.

Yago sonrió y su madre se permitió, al fin, levantar la cabeza. El chico te tomó en brazos y tú te asustaste al principio, el color de su piel te resultaba extraño, pero empezó a cantarte y lo miraste atónita. Nadie te ha querido tanto como Yago, quedó fascinado en cuanto te vio y habría dado la vida por ti, por protegerte. Lo sabes bien porque tú también lo quieres como a un hermano. Yago y Cachita pasaron a formar parte de nuestra familia desde el comienzo y aquello causaba desconcierto entre las personas acomodadas de la ciudad. No era raro encontrar en los periódicos anuncios como este: «Se vende una negra criolla, joven sana y sin tachas, muy humilde y fiel. Buena cocinera, con alguna inteligencia en lavado y plancha, y excelente para manejar niños, por la cantidad de quinientos pesos».

Me espantaba aquel comercio inhumano, había leído *Sab*, la novela de Tula, y estaba al tanto de la situación de los negros en Cuba. Al igual que Gertrudis, pensaba que la esclavitud debía ser abolida y que los negros poseían las mismas cualidades intelectuales que los blancos, si se les daba la oportunidad. Tal como nos ocurría a las mujeres. La situación de los negros vino a darme fuerzas, lograría convertirme en un hombre influyente y, desde esa posición, lucharía contra las injusticias: las que sufrían los negros y las que sufríamos las mujeres.

La Habana resultó ser una ciudad fascinante, iniciaba una época de enorme esplendor. El desarrollo de la industria azucarera, el ferrocarril y la industria tabacalera, entre otros, produjeron una pujante economía que llevó a Cuba a ser una isla enormemente rica. Y La Habana fue el vivo reflejo de esa riqueza y prosperidad. Se construían nuevos y espléndidos edificios y surgían elegantes barrios adonde las clases acomodadas comenzaron a trasladarse.

Me sorprendió su enorme actividad cultural. El Teatro Tacón, uno de los más lujosos del mundo, superaba en tamaño y ostentación a cualquiera de los locales madrileños que yo había conocido. Y no faltaba el Liceo Artístico y Literario y más teatros como El Coliseo.

Nuestra casa se encontraba en la calle San Ignacio, muy cerca de la famosa calle Muralla, la calle favorita de los comerciantes españoles desde su fundación. Contaba con un gran número de establecimientos comerciales dedicados a la venta de ropa y calzado. Reme y yo nos extasiamos contemplando los escaparates de librerías y platerías. Todos estos establecimientos generaban un gran movimiento y era tanto el tráfico de carruajes y carromatos que existía, que las autoridades se vieron obligadas a hacerla de solo un sentido: de este a oeste. En las horas de mayor calor, los comerciantes hacían extender largos toldos sobre los frentes de sus tiendas, lo que la hacía ser fresca y agradable para la concurrencia. Casi todos los establecimientos estaban alumbrados por gas y abrían sus puertas hasta más allá de las diez de la noche, porque las damas habaneras más pudientes tenían la costumbre de frecuentarlos a altas horas en sus quitrines abiertos. Pasear por Muralla era un placer para los sentidos.

Los comienzos no fueron fáciles. Nadie parecía necesitar mi trabajo de contable ni encontraba periódico donde colaborar. Insegura en mi papel, pensaba que recelaban de mi aspecto frágil y mi acento de la metrópoli. Intenté por todos los medios aparentar una rudeza que no poseía, pero yo misma me sentía ridícula con tanto fingimiento. Los gastos eran cuantiosos, pues hubo que reparar y mejorar la vivienda y comprar mobiliario y enseres para habitarla con comodidad. Mis ahorros de años y la aportación de la Hermandad se acababan y ni siquiera me quedaba suficiente para regresar a la península. Debía buscarme la vida allí, en un medio que me parecía hostil y donde la vida humana valía poco si eras diferente. Mi familia dotaba de sentido a tanto esfuerzo y privación, pues era un sueño imposible que se había convertido en real, y todos los días daba gracias al Dios de Reme y a la Hermandad por haberme regalado una vida perfecta.

Una tarde llamó a nuestra puerta un hombre apuesto y elegantemente vestido. Se presentó como amigo de Ildefonso

Estrada, se llamaba Andrés Poey Aguirre. Lo recibí nerviosa, expectante, intentando aparentar quien no era, escondida tras el disfraz.

—Disculpen mi tardanza —nos dijo—. Debería haberles visitado hace semanas, pero mis investigaciones me han mantenido ocupado en exceso.

Lo invitamos a pasar y le ofrecimos nuestra casa, él se mostró afable y me trató como el caballero que yo fingía ser. No pareció extrañarle mi aspecto, a pesar de que, al encontrarme en casa, mi indumentaria no era tan cuidada como cuando salía a la calle. El hecho de que Yago y Cachita convivieran con nosotras me obligaba a olvidar por completo mi apariencia femenina real, incluso en la intimidad del hogar.

Nos acomodamos en el salón para conversar con calma y, por los gestos, le sorprendió que Reme se encontrara presente durante toda la charla. Lo común era que las mujeres se retirasen y fuesen los hombres quienes hablaran de asuntos laborales.

—Vengo a ofrecerle una colaboración en la revista que dirigimos Ildefonso y yo.

Respiré hondo, de pronto vi el cielo abierto, tal vez se acabarían nuestras penurias económicas.

—La revista se llama *El Colibrí*, quizá haya oído hablar de ella —nos contó—. Es una publicación dedicada sobre todo a las mujeres. Nuestro objetivo es reflejar en las páginas asuntos de interés que a su vez sirvan de instrucción y recreación literaria para las señoras: poesía, novela, prosa, noticias sobre modas...

—¡Qué interesante! —exclamó Reme—. Es lo que necesitamos.

Poey sonrió, la espontaneidad de Reme lo cautivó enseguida.

—Y no es todo —prosiguió más animado—. Publicamos artículos muy interesantes sobre ciencias e historia, e igualmente otros relacionados con las costumbres de la época, de sumo interés para las damas. La revista es bimensual, se publica los días uno y quince de cada mes. Nos gustaría contar con su colaboración, don Manuel.

Estreché la mano de Andrés Poey con toda la fuerza de la que era capaz. Quería empezar en ese mismo momento, pero ignoraba qué aspectos deseaban los directores que tratase en mis artículos y así se lo expuse.

—Háblenos de la metrópoli, de Madrid. Nos interesa conocer qué se cuece en la capital del reino —me contestó—. Por lo que me han contado, usted sabe mucho del ambiente literario de la ciudad y ha compartido tertulia con grandes nombres de nuestra literatura. Y luego nos gustará saber su impresión de la isla: La Habana vista por un recién llegado. ¿Qué le parece?

—No podría imaginar un trabajo mejor, le estoy muy agradecido —respondí entusiasmada—. ¿Cuándo empiezo?

—Estaría bien que colaborase ya en el próximo número, que sale el día uno. Le doy cinco días para entregar el artículo.

Esa misma noche empecé a escribir.

48

Me sobraron tres días, al segundo ya había completado mi artículo. Deseosa de escribir, las palabras surgieron con asombrosa fluidez. Firmar como Manuel Guzmán me producía vértigo; tras el escudo de un nombre masculino la vida resultaba más fácil y publicar, un asunto sencillo. Lo introduje en un sobre y lo entregué a Yago, quien se encargó de llevarlo al domicilio de don Andrés Poey.

A su vuelta, el chico trajo una carta de respuesta: Poey nos convidaba a cenar a su casa el sábado siguiente. La cita renovaba mis temores, exponerme me provocaba inseguridad, y a punto estuve de rechazar tan amable invitación. Reme me convenció de lo mucho que nos interesaba trabar amistad con los Poey, que nos introducirían en los ambientes intelectuales de La Habana, como hizo Vicenta en Campanario. Un periodista como yo necesitaba codearse con la gente importante de la ciudad. Además, sería un desaire rechazar la invitación de nuestro anfitrión, la única persona relevante del país que conocíamos en persona. Era indudable que me interesaba mucho acudir, pero debería dominar el nerviosismo por muy difícil que me resultara.

Reme deseaba presentarse a la altura de nuestros anfitriones y para ello se compró, en uno de los comercios de la calle Muralla, un elegante vestido que resaltaba su sencilla belleza, y yo procuré aparecer con un aspecto masculino presentable. Para ello tardé más que tu madre en arreglarme y, con su habitual e impagable ayuda, logré una envoltura convincente.

Nos recibió doña Josefa Aloy, la esposa de Poey, y también conocimos a su hijo Felipe, que rondaría los diez años. La familia al completo se mostró afable y ni siquiera el chico pareció dudar de mi identidad, y eso que los niños siempre son proclives a manifestar la verdad en sus primeras impresiones.

La casa era lujosa, con toda la pomposidad de las viviendas habaneras, y la cena resultó exquisita. Don Andrés se sentía más orgulloso de su trabajo que de su capital: era meteorólogo, geógrafo y físico. Nos enseñó un atlas que acababa de editar, lo extendió sobre una mesa y nos mostró su asombroso contenido.

—Miren, contiene veintiocho mapas litografiados para las escuelas primarias. Es el primer atlas de este tipo impreso en Cuba. Con su uso práctico pretendo complementar las clases teóricas sobre geografía que mi padre ofrece en la universidad.

Jamás había visto nada igual, los mapas poseían una precisión y, al tiempo, una belleza deslumbrante que generaron en mí un interés repentino por la geografía. En cuanto conté con dinero suficiente, me compré uno de aquellos minuciosos y sorprendentes atlas de Poey. Con él recorrí lugares desconocidos, tracé rutas imaginarias y viajé con la fantasía. Me gustaba posar el dedo sobre la capital de España, lo hacía con una especie de veneración. Entonces, cerraba los ojos e imaginaba cualquier calle del centro de la ciudad o alguno de los puentes que cruzaban el río. Ese gesto ingenuo me hacía sentir, por unos segundos, de nuevo en casa. Acariciaba el portentoso recorrido que nos había llevado hasta La Habana, surcando el océano, y recordaba la angustia de la travesía. Era más fácil cruzar el mar a bordo de un atlas.

—Desarrollo investigaciones atmosféricas —siguió contando—. Y para ello me he visto obligado a crear, con medios y recursos propios, un observatorio en la azotea de esta casa. Intento organizar una red de estaciones que, a lo largo de la isla, brinden servicios meteorólogos. Pero necesito un apoyo oficial que nunca llega. —Suspiró.

Nos invitó a subir a la azotea, donde examinamos la estación meteorológica y, de paso, contemplamos el cielo estrellado de La Habana. Don Andrés nos dio una clase de astronomía. Desde entonces comencé a mirar el cielo con los ojos de la ciencia, algo que te enseñé a hacer desde niña. Descubrimos las constelaciones, la diferencia entre los planetas de luz fija y las estrellas titilantes, y la mancha blanquecina de la Vía Láctea.

—Deseo seguir estudiando los huracanes, son muy frecuentes en esta zona del Caribe, y sería muy beneficioso poder predecirlos.

—¿Predecir un huracán? ¿Es eso posible? —pregunté, extrañada.

—¡Por supuesto! —saltó convencido—. Basta con trabajar las estadísticas de estos fenómenos ambientales. He concluido un catálogo bajo el título de *Tabla cronológica* que comprende cuatrocientos huracanes y ciclones que han ocurrido en las Indias occidentales y el Atlántico del Norte desde 1493. Aspiro a pronosticar estas inclemencias con tiempo suficiente para alertar a la población y evitar sus terribles consecuencias.

La afirmación me pareció un delirio, ¡adivinar la llegada de un huracán! La ciencia aún me sonaba a cosa de magia, pues mucho me quedaba por aprender.

—Y también me gusta estudiar las nubes y el paso de cometas y estrellas fugaces.

Reme lo miraba con arrobo, fascinada por la cantidad de conocimientos interesantes que atesoraba aquel hombre que, además, era joven y apuesto. Solo tenía ojos para él y no hacía más que alabarlo. Poey no pretendía impresionarnos, sino compartir con nosotros su sabiduría; más aquella noche llegué a considerar que hacía gala de su inteligencia ante nosotros y su actitud me produjo una punzada de celos.

Salimos de casa de los Poey a altas horas de la noche y, de camino a la nuestra, Reme no cesó de hablar de las maravillas que habíamos visto, del talento superior de Andrés, lo nombraba con familiaridad, y de la mente privilegiada que poseía.

—Por no hablar de su porte y de ese rostro perfecto —añadió.

No respondí, me guardé mis celos y mi disgusto, y me los

llevé a la cama. Mis temores amenazaban con hacerse reales: Reme era una mujer y le gustaban los hombres. ¿Y si se enamoraba de Poey, o de otro tipo inteligente y guapo, como habría cientos por La Habana?

—¿Qué te ocurre, Manú? —me preguntó, ya acostadas, ante mi mutismo y mi cara larga.

—Nada —contesté de mala manera.

—¡Qué mal mientes! —repuso—. No me gustas cuando te pones arisca.

—¡Ah! ¡¿No te gusto?! —grité—. ¿Te gusta más ese señorón que se pavonea de sus conocimientos delante de una dama ingenua para deslumbrarla?

Reme me miró atónita, desapareció por completo la alegría de su rostro y sus ojos brillaron más de rabia que de pena.

—Te estás comportando como un marido celoso —me espetó—. Ese disfraz te está transformando, ¿acaso me quieres ignorante y recluida, como hacen muchos de ellos con sus mujeres? ¿A qué viene ese invento? Tú también has disfrutado de la visita, tanto o más que yo. ¿Tendría derecho a reprochártelo?

Me di cuenta al instante de mi torpeza, en mi afán por imitar los modales masculinos había caído en el peor de los defectos: me había creído que Reme era de mi propiedad, que podía controlar hasta sus miradas y sus deseos. No, ella era una mujer libre, como yo, como deberíamos serlo todas.

—Perdóname —supliqué llorando amargamente—. Tienes razón, he sido torpe y me he comportado como el más ruin de los hombres.

—No te creas, los hay mucho peores que tú —la frase me sonó a broma y me alegré de que Reme no fuese rencorosa.

—Perdóname —insistí.

—Bueno, lo pensaré —continuó bromeando—. Solo te perdono si esta noche me haces subir más alto que esas estrellas que hemos visto en la azotea de los Poey.

Se desprendió de su camisa de dormir y comenzó a besarme por todo el cuerpo. Yo la seguí y la pasión nos encendió, habría deseado tener más manos para tocar cada centímetro de su piel, y llegamos a un goce que nos hizo gemir de placer. En esta ocasión, por fin, no tuvimos que reprimir nuestras voces, ni acallar los gemidos, no importaba que nos oyeran porque éramos un matrimonio, un hombre y una mujer amándose sin pudor en una noche de verano.

49

Cada semana escribía a Tula, a Carolina y a Vicenta para contarles nuestros progresos en La Habana. Vicenta contestaba con regularidad, la vida en Campanario continuaba tan monótona como la habíamos dejado; Carolina, siempre ocupada, se prodigaba menos. Al parecer, deseaba instalarse enseguida y de manera definitiva en Madrid, después de haber pasado una temporada en Cádiz reponiéndose de una enfermedad; pero continuaba sin noticias de Gertrudis y aquello me preocupaba. No era la primera vez que el motivo de su silencio se debía a una desgracia personal. Habría que esperar a que llegaran sus cartas y con buenas noticias.

Don Ildefonso Estrada, que al fin regresó de su hacienda en Mariel, era buen amigo de Gertrudis y el encargado de publicar sus novelas en Cuba. A través de él, que sí recibía alguna carta de la escritora, supe al menos que se encontraba bien de salud y que continuaba con su actividad literaria.

Estrada dirigía *El Colibrí* y ver publicado en la revista mi primer artículo me llenó de alegría, pues era un paso más hacia el reconocimiento. Era un sueño hecho realidad: yo, una mujer de origen humilde, firmando con un nombre masculino y ejerciendo de ilustre periodista. Así se lo conté a mis amigas de la península y envié a cada una un ejemplar de la publicación. Se trataba de una revista elegante y llamativa; Reme se convirtió en una lectora asidua, fiel y voraz de sus artículos. No era de extrañar, los responsables de la publicación supieron incluir aspectos de gran interés para el público femenino: aparecían litografías, dibujos, figurines de moda, retratos y hasta la partitura de una contradanza llamada *El Colibrí* que alcanzó mucha fama entre las jóvenes cubanas.

El sueldo de periodista nos permitía vivir con dignidad, aunque con ciertas estrecheces. Por fortuna, era un trabajo que realizaba en casa y no me obligaba a establecer demasiados contactos con la gente ni a salir de mi domicilio. Los años de encierro obligado en Madrid me habían convertido en una especie de eremita y no necesitaba tanto el aire del exterior como Reme, que se lanzaba a la calle en cuanto amanecía. Tu madre sí supo relacionarse con la sociedad habanera: enseguida trabó amistad con otras señoras de la ciudad, algunas llegadas de la península como nosotras y otras de familias cubanas de abolengo. De nuevo, era ella quien me informaba del mundo exterior y yo quien se encerraba en lo doméstico.

Yago y Cachita nos procuraban una vida más fácil y me empeñé en que aprendiesen a leer a modo de agradecimiento. Al principio les pareció una extravagancia. Estaba mal considerado, incluso prohibido, que los esclavos negros supieran leer. Pero insistí convencida: ellos no eran mis esclavos, la lectura nos hace más libres y más sabios, y todo el mundo debería aprender. Al final, logré que ambos leyeran con soltura y se manejasen con las cuentas. Yago se convirtió en un lector empedernido que devoró casi toda mi biblioteca, hasta la novela *Sab* de Gertrudis, de la que llevaba meses hablándole, y que leyó entre lágrimas. Cachita se percató de la importancia de saber sumar y restar a la hora de acudir al mercado y jamás la volvieron a engañar.

Cada vez que llegaba el último número de *El Colibrí*, todos en la casa lo recibíamos con ilusión y lo leíamos por turnos. En mi encierro, dediqué mucho tiempo a tu educación, me encargué de enseñarte todo lo que sabía, fui tu preceptor y tu padre. Deseaba que supieras más que yo, que te convirtieras en una mujer excepcional, instruida y sabia, y creo que lo he logrado.

Reme, a través de sus múltiples amistades y contactos, consiguió que los dueños de varios negocios me confiasen su contabilidad, lo cual vino a engrosar nuestras rentas y nos permitió vivir con un mayor desahogo.

Como la Hermandad Lírica había soñado, nos convertimos en una familia respetada en La Habana, a pesar de que yo inspiraba ciertas reticencias. Muchas menos de las que cabía esperar.

—¿Qué se dice de mí, Reme? —le pregunté una tarde cuando regresaba de una reunión del Liceo de las Damas.

—Mis amigas se lamentan de que te prodigues poco, de que no vayamos a todas las tertulias que se organizan en la ciudad, dicen que un notable periodista llegado de la metrópoli siempre es un atractivo.

—Veo que he causado expectación.

—Sí, te ven diferente...

—¡Y tan diferente!

—El otro día escuché decir a la señora Tamargo, la esposa del importador de sedas, que se apreciaba que eras un hombre delicado y sensible, aunque pudieras parecer un tanto afeminado. Aseguró que tu aspecto lánguido es la moda en Europa, donde triunfa el Romanticismo. Los románticos se asemejan a ti: finos, sentimentales y un poco lánguidos —bromeó.

—Menos mal que se lo toman así.

—Seguro que más de una estaría encantada de ocupar mi lugar. —Rio—. Me envidian porque se nota que nos amamos y nos respetamos. Algunas cuentan con descaro que no gozan en la cama con sus maridos, que son insensibles y egoístas, que solo buscan su propio placer. Cuando me preguntan, no dudo en decir que nosotros disfrutamos por igual. Ellas suspiran con evidentes celos... ya les gustaría encontrarse en mi lugar. Hasta alguna haría lo posible por robarme un hombre así. —Rio de nuevo—. No todas tienen la suerte de tener un marido como el mío.

—Yo soy la más afortunada porque me amas. —Acompañé mis palabras de una caricia que ella recibió con ternura.

—Bueno, hay otros asuntos que gustan menos que tu aspecto —dijo seria.

—¿Qué es? —pregunté un tanto alarmada.

—Nuestra actitud con los criados. Se sabe en toda la ciudad que les pagamos un sueldo, que no los consideramos esclavos y que les has enseñado a leer.

—Y eso no está bien visto —deduje.

—En efecto. Ser antiesclavista en una isla que se ha enriquecido gracias a ello tiene sus peligros. Además, venimos de la península, y eso causa recelos entre los que han nacido aquí y entre los que han llegado antes. Algo se está cociendo en esta ciudad, Manú, y tarde o temprano estallará y habrá que posicionarse. La abolición de la esclavitud va a ser un asunto espinoso y muchos cubanos quieren la independencia de España. Eres periodista y deberás tomar partido.

Sus palabras me preocuparon: era cierto que se percibía una gran inquietud política. En Estados Unidos caminaban hacia la abolición total de la esclavitud y en Cuba había voces que clamaban por ello, a pesar de las reticencias de los poderosos.

Tantas novedades y cambios, tanto movimiento vital, me hizo olvidar por completo el motivo de nuestra llegada a la isla. Ya no recordaba que mi padre me perseguía y aquellos malos tiempos se convirtieron en un recuerdo superado. A miles de kilómetros no vendría a buscarme, jamás me hallaría.

Una mañana no encontré a Reme en casa, yo trabajaba en mi despacho y Cachita se ocupaba de ti, que acababas de despertar. Tampoco encontré a Yago.

—No sé adónde han ido —respondió la mujer, nerviosa ante mis preguntas—. Han salido con el quitrín hace un rato.

Al día siguiente ocurrió lo mismo, ya no le pregunté a Cachita, sino que fui directo a Yago en cuanto regresó él solo con el carruaje.

—¿Adónde has llevado a la señora? —le pregunté.

—A casa de don Andrés Poey —contestó azorado.

Noté que dudaba, quizá Reme le había indicado que no me dijese nada pero él había sido incapaz de mentir. Me sentí, de nuevo, como un marido celoso. ¿Qué se traían entre manos? ¿Por qué acudía dos días seguidos y sin decirme nada a casa de Poey?

Intenté tranquilizarme, decirme que todo tendría una fácil explicación, pero recordaba con claridad las alabanzas que Reme le había dedicado a Andrés la noche que asistimos a la cena en su casa, cuánto le había impresionado su inteligencia y lo atractivo que le parecía. Al fin y al cabo, era lógico: Reme era una mujer y tendría sus deseos femeninos, pero yo no deseaba compartirla con nadie ni que su relación anduviese de boca en boca por La Habana y me convirtiese en un cornudo reconocido. Para calmar mis nervios me encendí un puro, mi afición por el tabaco creció con la llegada a la isla. En estas ridículas fabulaciones andaba cuando ella regresó.

—¡Vaya! ¡Ya estás con esos apestosos puros! —me soltó enfadada—. No se te ocurra fumar fuera del despacho, no quiero que el resto de la casa huela a tabaco y...

—¿De dónde vienes? —la interrumpí.

—De casa de los Poey —dijo resuelta.

—¿Y a qué has ido?

—Yo... —Noté que dudaba, se calló como si no supiera qué responder.

—¿Has estado con Andrés? —corté yo.

—¿Con Andrés? ¡No! —sonó falso—. He estado con Josefa, quería consultarme sobre unos vestidos que desea encargar en Tamargo y Compañía y que le traerán de Europa. Son muy elegantes, aquí no escatiman en lujos, la apariencia cuenta más que en Madrid.

Me pareció que lo decía sin convicción, aunque la mentira resultara creíble. Luego se puso muy seria, me pidió que me sentara y me obligó a apagar el puro.

—Hay algo importante que debes saber.

—¿Es grave? —me asusté.

—Quizá sí. Será mejor que no salgas de casa en los próximos días. Alguien está preguntando por ti.

De golpe regresó el miedo, esa sensación de frío en el alma que me atenazaba en Madrid cuando me veía acosada por el monstruo de mi padre.

—Es un hombre joven que llegó hace unos días en un buque procedente de Cádiz.

—¿Un hombre joven? Entonces no puede ser el Cepo —salté aliviada.

—Sin duda no es él, pero hay algo muy inquietante, Manú. Ese hombre dice que es tu hermano. Y quien lo ha visto asegura que es verdad, porque es idéntico a ti.

50

Se me heló la sangre, solo entonces recordé aquella visión en el puerto de Cádiz, cuando partíamos hacia Cuba, la imagen del hombre que me observaba, con ojos semejantes a los míos, desde el muelle y que me amenazó con el puño antes de que lo perdiese de vista. Era él quien venía a buscarme, estaba segura, pero me preguntaba qué extraño sortílego lo había convertido en un trasunto de mí misma, en mi copia, en mi hermano.

—Yago y Cachita están advertidos, no dejarán entrar a nadie. Debemos ser prudentes. Quizá sea un emisario de la Hermandad y no haya motivo de preocupación, pero debemos estar alerta.

El miedo ocupaba mi pensamiento completo: temía por vosotras más que por mí; me aterraba que, con dos palabras, aquel misterioso aparecido derrumbase la vida que habíamos construido. Si conocía la verdad sobre mi identidad, si me denunciaba a las autoridades, si lograba que un médico me examinara y descubriera que yo era una mujer, me acusarían de delitos graves: de travestismo, de falsificación, de sacrilegio. Acabaría en prisión y, lo que era peor, Reme también. Entonces ¿qué iba a ser de ti?

Incapaz de conciliar el sueño, me refugié en mi despacho. Debía terminar una contabilidad y pensé que la actividad mental me mantendría entretenida. A la luz del quinqué las sombras se alargaban y no lograba completar ni una maldita suma.

Me llegaban los sonidos de la calle: los carruajes que pasaban veloces, un vecino que vociferaba y el restallar de fuegos artificiales en alguna plaza cercana.

No lo oí entrar.

Nadie lo oyó. Los ladrones y los criminales conocen las artes más perversas, saben descerrajar una puerta ajena, abrir sin llaves, colarse en la intimidad de otros. Saben aparecer donde no han sido invitados para culminar sus fechorías.

El hombre que venía a matarme sabía mucho más.

Ni siquiera escuché sus pasos a mi espalda. Solo me percaté de su presencia cuando, con una voz que parecía surgir del infierno, me llamó por mi nombre:

—Manuela.

Se me heló la sangre, era inútil gritar. El destino me había alcanzado. Me puse en pie y me giré despacio: era la voz de mi padre que me llamaba, la voz que había traspasado el tiempo y que había cruzado un océano y miles de kilómetros para destruirme.

—Soy tu hermano.

Entonces nos miramos. Era mi versión masculina, el hombre que yo habría sido de no nacer mujer: los mismos rasgos, el mismo cabello, la misma mirada pero teñida de odio. Me contemplé, atónita, en un espejo funesto. Habría gritado de terror si no me hubiese quedado muda de espanto.

—Me envía nuestro padre —habló pausadamente, como si viniera a departir con un amigo—. El Cepo tuvo más hijos, tú y yo no somos los únicos. Un hombre puede tener descendencia con quien le dé la gana. —Hizo una mueca torcida a modo de sonrisa—. Y tú te has creído que eres un hombre, maldita ingenua.

Me miró con descaro y descubrí en sus ojos el mismo brillo furioso del Cepo cuando me agarraba con su enorme brazo, cuando me amenazaba y me golpeaba.

—Ha sido fácil entrar, en Madrid somos más desconfiados con los ladrones y hacemos mejores cerrojos. Llevo tanto tiempo tras de ti que deseo gozar de este momento.

—¿Qué quieres? —acerté a pronunciar.

El tipo soltó una carcajada siniestra que parecía surgida de mi propia garganta.

—Lo sabes, aunque te dé miedo reconocerlo. Sabes que vengo a cumplir una venganza, Manuela. Sabes que vengo a matarte.

—Yo no te he hecho nada —repliqué.

—Tú desquiciaste la vida de mi padre, lo marcaste para siempre, lo convertiste en un monstruo.

—Siempre fue un monstruo.

—¡Tú lo eres más que nadie, Manuela! Eres un ser extravagante y perverso, un error de la naturaleza, el mayor monstruo que ha pisado esta tierra. Nuestro padre no pudo liquidarte y yo le juré que acabaría contigo de la peor manera posible. Te mataré, sí, pero todo el mundo en La Habana sabrá que eres una mujer, que vives con otra mujer, que simulas ser su marido, que finges ser el padre de su hija, que solo eres una burda y monumental mentira. Pensabas que huyendo no te encontraría, pero esta búsqueda es el sentido de mi vida. Otras mujeres han intentado protegerte, pero, sin quererlo, ellas mismas me han ido indicando tu paradero.

—Él quería prostituirme, él abusó de mí. ¿No te parecen motivos suficientes para desear huir, para marcarle la cara cuando tuve ocasión?

—¿Qué otra cosa querías ser, desgraciada? Las mujeres como tú solo sirven para putas. Por muchos aires de grandeza que te des ahora, solo eres la hija de una lavandera y tenías que haber sido la ramera más baja en el burdel de mi padre.

Levantó el tono de voz y temí que despertara al resto de la casa: el asunto era entre él y yo, y nadie podría librarme de mi destino. Los demás, inocentes, no debían pagar las faltas de mi pasado. Yo no era culpable de nada, solo de huir de la miseria y el maltrato; mas la desgracia me perseguía, muchos años después de haber abandonado el infortunado barrio donde nací.

Pensé que hasta ahí había llegado mi existencia, que era el final. La Hermandad y Reme me habían regalado una vida feliz pero breve, me habían salvado del horror por unos años. Sin ellas, habría sido la mujer más desgraciada del mundo.

Introdujo la mano derecha en el bolsillo y, con pausa, extrajo un objeto metálico que brilló a la luz del quinqué. Era una pistola, la pistola que acabaría conmigo.

—Adiós, Manuela —dijo alzando el arma y apuntando a mi frente.

Cerré los ojos, de nada serviría gritar, no deseaba morir porque la vida a vuestro lado era demasiado hermosa, por eso evoqué la imagen de Reme contigo en brazos para abandonar este mundo en paz. No me arrepentía de nada, solo de aquello que pudiera causaros daño. Mis labios pronunciaron un rezo por vosotras, para que el futuro que yo no vería os fuera propicio.

Me agaché para esquivar el proyectil, escuché la detonación y grité, pero no sentí ningún dolor, ninguna bala atravesó mi cabeza. Cuando abrí los ojos, el hombre me miraba con ojos desorbitados e incrédulos de horror. De golpe, cayó al suelo desmadejado, muerto.

Detrás, Reme sujetaba una pistola, las manos le temblaban y respiraba con dificultad. Acababa de salvarme la vida. Se dejó caer sin fuerzas, corrí a abrazarla y comenzó a llorar, presa de un ataque de nervios.

—Lo he matado, lo he matado —repetía entre sollozos.

—No, mi amor. Me has salvado la vida.

El ruido despertó a Yago y Cachita, que acudieron enseguida y presenciaron la escena, horrorizados.

—¿De dónde has sacado esa pistola? —le pregunté.

—Andrés Poey me la ha conseguido hoy mismo —confesó—. ¿Qué vamos a hacer ahora? He matado a ese hombre por la espalda, me encarcelarán.

—Tranquila, si es necesario diré que he sido yo. No te ocurrirá nada, te lo prometo. Habrá que llamar a la policía...

—No hay que llamar a nadie. Esto lo vamos a solucionar de otra manera —expuso Yago, resuelto—. Este hombre nunca ha estado aquí. Ayúdenme, vamos a subirlo al quitrín. Iremos usted y yo —me indicó—. Las señoras que limpien cualquier resto de sangre.

—Pero la detonación se habrá escuchado en todo el barrio —objeté.

—Hay fiestas en la plaza, ¿no ha escuchado los fuegos? Aquí no ha pasado nada. ¡Vamos! —me ordenó.

Entre todos envolvimos el cadáver en una manta y lo subimos con dificultad al quitrín. Aturdida, no era capaz de pensar, solo de cumplir las órdenes que nos iba dando Yago.

—No olvide coger la pistola.

Los ojos del muerto, mis propios ojos, seguían mirándome, atónitos y acusadores. Reme dejó de llorar y dispuso lo necesario para hacer desaparecer de la casa cualquier huella del crimen.

—¿Adónde vamos? —pregunté a Yago.

—Al mar, el océano se lo traga todo.

Espoleó al caballo, que salió a la carrera en medio de la noche. Sentí que nos observaban desde todas las ventanas, que cada movimiento nos acusaba. Cuando se descubriera el crimen, Yago y Cachita también resultarían implicados y la justicia sería más implacable con ellos, que solo era negros en una isla de esclavistas. ¿Y qué le ocurriría a Reme, autora material del disparo? Si era preciso, me declararía culpable para salvarla. Llegué a pensar que habría sido mejor para vosotras que yo hubiera muerto; aunque si las intenciones del tipo eran publicar la verdad a los cuatro vientos en La Habana, todos habríais corrido grave peligro.

Recorrimos un largo trayecto, salimos de la ciudad y enfilamos un camino que bordeaba el mar. Al fin, nos detuvimos en una cala deshabitada donde unas barcas flotaban sobre el mar en calma. La luna en cuarto menguante apenas alumbraba la orilla y el aire era espeso.

—Vengo aquí a pescar muchas veces, cuando tengo tiempo. Subiremos el cadáver a la barca y remaremos hacia alta mar.

Yago introdujo una pesada piedra y una soga en la barca y comenzamos a remar con fuerza. Por fortuna, ya no podía ver los ojos del muerto aunque el miedo me hacía temblar sin remedio.

—¿Quién era este hombre? —me interrogó mientras remábamos—. Si no desea, no me lo cuente.

—Era mi hermano —confesé—. Y venía a cumplir una venganza.

—Sabía su secreto, ¿no es cierto?

—¿Mi secreto? —repetí desconcertada.

—Usted y yo vivimos en la misma casa, mi madre lava la ropa y usted sangra todos los meses.

—Yo... —balbuceé asustada.

—No se preocupe, jamás diré nada, ni mi madre tampoco. Nosotros les estamos muy agradecidos, haríamos cualquier cosa por ustedes, nunca desvelaríamos su secreto.

—He llegado aquí huyendo de la muerte.

Entonces le conté los avatares de mi vida, el acoso, el encierro, la ayuda de la Hermandad, el miedo y también el amor.

—Quizá te parezca una perversión, pero nosotras nos amamos de verdad.

—Más perversa es la esclavitud y aquí casi todos la aceptan y la alaban. —Suspiró.

Cuando Yago me indicó, atamos la piedra a los pies del muerto y lo lanzamos al mar. Vi cómo descendía hacia las profundidades, cómo el océano se lo tragaba y deseé que con él desaparecieran al fin el miedo y la persecución.

Luego tiré la pistola, el arma del crimen que podía delatarme, que se hundió lanzando un destello de plata en su caída. Librarme de la mirada vacía de mi hermanastro no ha resultado tan fácil. Muchas noches viene a recordarme que yace en las profundidades del mar, devorado por los peces.

51

Amanecía cuando entramos en La Habana. A nuestro regreso hallamos a las dos mujeres aterrorizadas. No quedaba ni rastro del suceso, nadie sospecharía que en la casa se había cometido un crimen.

—He matado a un hombre —seguía repitiendo Reme.

Intenté tranquilizarla sin éxito, ni mis caricias ni mis ruegos lograban detener su llanto inconsolable.

—Fui a casa de Poey a pedirle que me consiguiera una pistola —confesó—. Temía por tu vida. Sabía que el hombre que te buscaba venía a matarte y necesitábamos un arma en la casa, aunque quizá tú lo rechazases, por eso no te lo había contado aún. No pensé que, al final, tendría que usarla yo, y tan pronto.

—Nos ha salvado. ¡Me has salvado!

—Alguien lo buscará y vendrán aquí —dijo con miedo.

—Nunca encontrarán el cadáver.

—¿Y si el mar lo arrastra hacia la orilla?

—Lleva una piedra atada, Reme.

— No podré sacarlo de mi pensamiento —se lamentó.

—Piensa que es el fin del miedo y de la huida, hasta podríamos regresar a España.

—¿Quieres volver? —preguntó, preocupada.

—No —reconocí—. Solo aquí puedo ser quien deseo ser.

—Y solo aquí puedo ser tu esposa.

Sus propias palabras lograron calmarla. Aunque muchas noches las pesadillas la desvelaban, se refugiaba en mis brazos, yo le cantaba al oído y se dormía con una plácida sonrisa en los labios.

Dos días después, un guardia llamó a nuestra puerta. Nos contó que un hombre había desaparecido, se alojaba en una posada y se había marchado sin llevarse sus pertenencias ni pagar la estancia al dueño. El tipo había preguntado por el periodista don Manuel Guzmán en varias ocasiones, asegurando que era su hermano.

Respondí con aplomo: yo no tenía hermanos, era hijo único de una lavandera de Madrid que falleció cuando yo era casi un niño, y doña Gertrudis Gómez de Avellaneda me recogió en su casa.

Al escuchar el nombre de la escritora, todos los isleños se ponían firmes y sonreían con orgullo: la insigne poeta cubana triunfaba en la península y el eco de su éxito traspasaba el océano.

—Don Ildefonso Estrada, amigo de doña Gertrudis, puede corroborar mis palabras.

La carta de recomendación que Tula había escrito al periodista coincidía con mi versión. Nadie sería capaz de contradecir las palabras de mi protectora. Durante una larga temporada no volvieron a interrogarme, fue como si el hijo del Cepo se hubiera disuelto en la nada e intenté convencerme de que la pesadilla había acabado.

52

El tiempo pasó como un huracán y solo percibía su paso ligero cuando te miraba cada mañana. Creciste muy deprisa, en 1854 tenías nueve años, eras una niña inteligente y despierta que asombrabas a todos por tus conocimientos y tu curiosidad. Acudías a una escuela prestigiosa y recibías clases de astronomía, geografía y meteorología del mismo Andrés Poey. Te entusiasmaba la ciencia y nunca pusimos barreras a tu conocimiento.

Ese mismo año de 1854, en agosto, llegó una carta de Tula donde me trataba como el periodista en que había logrado convertirme.

> Muy señor mío:
>
> Probablemente saldré para Cuba en el vapor correo que marcha de Cádiz el 14 de septiembre próximo. Con alegría de mi alma volveré a pisar el noble suelo cubano y

espero ser acogida con amor por mis queridos paisanos. Lo precipitado de mi viaje y las muchas cosas que tengo que arreglar para poder realizarlo me imposibilitan para escribirte con más asiduidad. Ildefonso, a quien también he escrito, y tú, que sois periodistas, podréis anunciar mi probable llegada a esas felices costas. Mi sentimiento de añoranza se aviva, estoy desorientada y necesito un cambio en mi vida.

Sé por Estrada que has logrado la posición que merecías, eres un reputado periodista y un hombre intachable, y Reme ha sabido acompañarte en este camino. Hemos logrado el propósito de la Hermanad.

Imagino que nuestra querida niña estará hermosa y feliz; estoy deseando verla y estrecharla en mis brazos. ¡Cuánto sigo llorando a la pequeña Brenilde!

He llegado a una época de mi vida en que solo tengo los recuerdos de dos infortunios: el de un amor mal colocado, como fue el que sentí por Tassara, y el de una felicidad pasajera con Sabater, pues nuestro matrimonio solo duró unos meses. El amor que sentí, aquel amor que me hizo padecer tanto en mi orgullo y en mi corazón, aquel amor que hoy me parece un sueño doloroso, me ha dejado en el alma mucho miedo y mucha desconfianza.

Para mayor desconsuelo, mi buen amigo Cepeda, con quien mantengo una relación epistolar desde hace años como bien sabes, ha decidido contraer matrimonio.

Sabrás que me denegaron el sillón de la Real Academia. A pesar de mis méritos y mis esfuerzos, ser mujer me ha privado del justo galardón. El marqués de Pezuela me ha confesado en una carta que, a su juicio, todos los académicos valen menos que yo, pero por la cuestión del sexo mis partidarios sufren la pena de no contar conmigo. Ha sido una amarga desilusión, una humillación a mi talento y a mi valía literaria.

Sigo escribiendo teatro y mis obras se representan con desigual éxito, aunque no puedo quejarme. El año pasado se estrenó *La aventurera* y hace unos meses *La sonámbula*. Y tengo otros textos en marcha, la escritura me salva de la soledad y la angustia.

Pronto nos veremos, estimado amigo, y podremos hablar de los viejos tiempos compartidos, de las ilusiones y de los secretos que ambos conocemos.

Tu hermana:

TULA

La carta me emocionó, deseaba reencontrarme con la mujer que me había cambiado la vida, volver a hablar con ella, escuchar su voz, narrarle las peripecias, los miedos y las proezas de los últimos años separadas; pero Tula no llegó a La Habana en septiembre de 1854, habrían de transcurrir seis años más para que pisase la isla.

También recibí noticias de Carolina, una larga carta donde nos contaba su boda con el secretario de la Embajada de Estados Unidos en España, Horacio Perry. Había sufrido un nuevo episodio de catalepsia pero, en este caso, el trance la había ayudado a conquistar al diplomático americano.

A punto estuve de perderlo, pero cuando él decidió regresar a su tierra, sufrí una de mis crisis catalépticas. Él me amaba pero se resistía, se puso en pie para irse, ¡Y mi corazón se paró! Se paró de repente, instantánea, enteramente. Yacía muerta delante de él. Pero no un minuto, dos, tres, no sé, a él le pareció un año. No recuerdo nada, estaba muerta de verdad. De pronto, como si mi pecho se abriera de golpe, con un soplo que se podía haber escuchado en el apartamento contiguo y que convulsionó todo mi esqueleto, mi corazón latió de nuevo, reanudó penosamente sus funciones.

Se casaron en Gibraltar por el rito protestante y en París por el rito católico. Carolina parecía feliz: amaba a su esposo, continuaba escribiendo y recibía en su casa a políticos, diplomáticos y escritores. Mantenía una postura antiesclavista que compartíamos y que ambas sabíamos que nos traería problemas en un futuro no muy lejano.

En aquel momento pensé que el mundo era nuestro y que la vida nos recompensaba por tantos desvelos, pero nada es eterno, ni las alegrías ni las penas, ni el dolor ni la felicidad. Nadie puede escapar a su destino, aunque mi situación parecía negarlo. Por eso hay que disfrutar de los destellos de belleza que la existencia nos ofrece. Escondida tras un nombre prestado, casi había olvidado que yo era una mujer.

53

Los hermanos Juan y José Sabatés Costa, a quienes habíamos conocido en el buque que nos trasladó desde España, se instalaron en Cuba y fundaron la primera fábrica de jabones de la isla, en la calle Matadero número 1 de La Habana. Reme, que había congeniado con el matrimonio Sabatés, consiguió para mí el cargo de contable de la empresa, pero su objetivo era convertirse ella misma en empleada de la fábrica. Las mujeres, madres de familias burguesas como la nuestra, jamás trabajaban fuera de sus casas. El empeño de Reme se consideró una excentricidad y no faltaron las voces que hablaban de que era ella quien llevaba los pantalones, que yo era un alfeñique incapaz de dominar a mi mujer y que parecía la señora de la casa con mi aspecto afeminado. Después de tantos años en la isla, no me asustaron los comentarios, era lo menos que nos podía ocurrir.

Tu madre convenció a Juan Sabatés de que poseía un olfato superior, lo cual era cierto, y entró como aprendiza. Enseguida asimiló el proceso de elaboración del jabón e investigó el modo de aportarle diferentes aromas. Pronto sus esfuerzos comenzaron a dar resultados y consiguió que los jabones Sabatés olieran de una manera intensa y especial, como nadie antes lo había logrado. Reme era un pilar fundamental de la empresa y nuestros ingresos aumentaron como la espuma, nunca mejor dicho.

Y tú te ibas convirtiendo en una mujer.

Quisiste comerte el mundo desde niña. Quizá nosotras mismas te animamos a ello. Dominaste el lenguaje desde temprana edad, señalabas con tu dedito aquello cuyo nombre desconocías y lo repetías con una claridad meridiana. Construías frases correctas y tu vocabulario aumentaba por días. Algunas palabras te entusiasmaban porque designaban tus deseos y aquello que más amabas. Y casi todas pertenecían al ámbito de la naturaleza.

—Nubes —exclamaste señalando al cielo sin que ninguna de nosotras te hubiera enseñado a nombrarlas. La escuchaste y enseguida te apropiaste de ella.

Constantemente repetías el nombre de Yago, más que mamá o papá, y él siempre acudía solícito a tu llamada.

La primera palabra que te escuché decir con emoción fue «caballo». En cuanto subíamos en el quitrín te empeñabas en acariciar al animal y gritabas «¡Arre, arre!» para que se lanzase al trote con celeridad.

Nunca fuiste una niña caprichosa, a pesar de que podíamos ofrecértelo todo, cualquier regalo que pidieras. Tampoco te has mostrado en exceso presumida, en tus años púberes no te empeñaste en lucir lujosos vestidos ni joyas, pues preferías prendas cómodas que te permitieran correr o montar a caballo. Tu madre te achacaba cierto desaliño, pues más de una vez aparecías despeinada y con el vestido sucio de barro tras algún paseo ecuestre.

—Péinate, María Rosa, que hoy tenemos visita —te recriminaba.

Solo una vez me pediste un deseo y lo hiciste con timidez y sin exigencias. Cumplías catorce años y vivíamos un momento de gran desahogo económico, cuando entraste en mi despacho cabizbaja.

—Papá, quería pedirte algo por mi cumpleaños.

Me sorprendieron tus palabras, que pronunciaste sin mirarme, y me mostré dispuesto a cumplir tu capricho, fuera lo que fuese.

—Me gustaría tener un caballo y aprender a montar bien.

—¿Un caballo?

Entonces fui yo quien bajó la cabeza, avergonzada. ¿Cómo no me había percatado de tu amor por los caballos, de tu deseo enorme de poseer uno propio?

—En casa no será fácil tenerlo —comenté.

Me miraste con ojos tristes, pues lo interpretaste como una negativa.

—Con la yegua de tiro para el carruaje ya tenemos la cuadra llena.

Intentaste esbozar una sonrisa para convencerme de que no pasaba nada.

—Deberíamos comprar una pequeña hacienda en el campo, a las afueras de La Habana —dije mientras observaba cómo cambiaba la expresión de tu rostro—. Muchos conocidos lo han hecho. Allí podrías tenerlo y cabalgar a campo abierto. Y tu madre podría cultivar sus plantas aromáticas. ¿Qué te parece la idea?

Sonreíste con toda la cara: con los labios, con los ojos y con los brazos, que se abrieron para apretarme, emocionada.

—¡Gracias, papá!

—No nos precipitemos. Tendré que hablarlo con tu madre.

—Ella estará de acuerdo, seguro.

No tardamos en hallar la pequeña finca que buscábamos y que se convirtió en el lugar favorito de toda la familia. Allí cabalgabas a lomos de Tizón, un caballo negro que fue tu compañero y aliado. Jamás he visto una mayor simbiosis entre un animal y una persona.

Tu madre disfrutaba en su huerto y logró, con ayuda de Yago, levantar un pequeño invernadero donde cultivó plantas diversas y exóticas cuyos aromas acababan perfumando los jabones Sabatés.

Y yo encontré el espacio idóneo para meditar, para leer y para escribir.

Fui feliz las temporadas que pasamos en Los Remedios. No pudiste elegir un nombre más adecuado: allí todas nuestras preocupaciones se olvidaban y hallábamos la cura a cualquier eventualidad.

54

Una noticia inesperada vino a alterar nuestra apacible vida cotidiana: Gertrudis Gómez de Avellaneda venía a Cuba y, en esta ocasión, era cierto. Había vuelto a casarse y su segundo marido, don Domingo Verdugo, había sido destinado a Cuba como ayudante del gobernador, don Francisco Serrano.

Embarcaron en el buque San Francisco de Borja el 31 de octubre de 1859 y entraron en La Habana el 24 de noviembre. Ildefonso Estrada y yo preparamos un recibimiento apoteósico. Tula venía precedida de su fama, de un enorme éxito literario y de la leyenda de sus amores desgraciados. Retornaba después de una ausencia muy larga. El caluroso recibimiento y la generosa hospitalidad de los cubanos volvieron a encender la llama de su poesía y reanimaron su actividad social y literaria.

Yo estaba ansiosa por verla, por abrazarla, y acudí a recibirla al puerto. La mujer que vi descender del barco se parecía poco a la joven apasionada y lozana que recordaba. Se había convertido en una mujer grande y obesa que imponía con su sola presencia, pero sus ojos seguían siendo igual de oscuros y profundos, tan vivos como en la época dorada de su juventud. Era cierto que los desengaños la habían hecho envejecer, el paso del tiempo es implacable y a todos nos arrastra con su fuerza descomunal. En Madrid, Tula gozaba de la edad en la que se espera; la mujer que llegó a La Habana vivía ya en la edad en la que se recuerda. Pero la madurez, en su caso, no llegó acompañada de calma y reposo, pues temía el tedio de una vejez solitaria y glacial.

Nos abrazamos con el cariño acumulado a lo largo de años de ausencia y, aunque a su llegada se alojó en el suntuoso domicilio de los Estrada, enseguida tuvimos ocasión de hablar con la misma familiaridad que en Madrid. Las dos fumábamos y, envueltas en el humo de nuestros puros, desgranamos la conversación pendiente. Mi hermana había regresado a casa, nuestros lazos de tinta seguían intactos, y yo ya no era la joven temerosa y perdida que la acompañaba en España. Gracias a ella, me había convertido en un afamado periodista con una familia perfecta. Todo se lo debía a ella.

—¡Ay, Manuela! —me contó la primera tarde que nos encontramos en privado—. Estoy cansada de todo, desengañada y mustia. Necesitaba este viaje para reponerme, para recuperar la confianza y, sobre todo, lo necesitaba mi marido. Sufrió un atentado en la calle y lo hirieron de gravedad, no se ha recuperado de las consecuencias.

—¿Cómo es posible? ¿Qué ocurrió?

—Fue por mi culpa, como siempre. No hago más que sufrir y provocar el sufrimiento de mis seres queridos —se lamentó—. Mi marido es un caballero en toda la extensión de la palabra, que me adora. Y por adorarme casi muere. Un despreciable periodista llamado Antonio Rivera, que no sabe escribir y necesita inventar mentiras para rellenar páginas, censuró uno de mis dramas, pero nadie le hizo caso. Entonces no tuvo otra ocurrencia que soltar un gato en medio de la representación de la obra en el teatro Novedades. Figúrate el alboroto que se montó, en el momento más dramático de la obra todo eran risas. ¡Imagina mi indignación!

—¡Qué descaro! Pero seguro que el público supo reaccionar.

—No lo dudes. Al final aplaudió con más entusiasmo; pero el asunto, por desgracia, no quedó ahí. Al día siguiente, mi marido se encontró con el periodista en la calle del Carmen. Era natural que el esposo de la dama ultrajada increpase al autor del ultraje y censurase con indignación su conducta. No había acabado de hablar cuando Rivera, que llevaba un bastón de estoque, lo hundió en el pecho de mi indefenso marido atravesándole el pulmón.

—¡Qué horror, Tula! —exclamé espantada.

—Su estado era gravísimo, temí por su vida. Otra muerte más, Manuela, no lo soportaría. No podíamos mover al herido o fallecería sin remedio. Gracias al cielo, la familia del gobernador Díaz Caudillo, que vivía en la misma calle, lo acogió en su casa. No nos conocían pero se comportaron como auténticos hermanos. Pasamos en su domicilio más de cuarenta días, yo olvidé mis triunfos y solo pensaba en mi marido, permanecí sin separarme de él, cuidándolo día y noche.

Lo trataron médicos eminentes y consiguieron salvarle la vida.

—¿Se ha recuperado totalmente?

—Me temo que su salud sigue siendo muy débil. —Suspiró—. Cuando mejoró nos aconsejaron viajar a las montañas, el aire puro ayudaría a curar su herida. Fuimos al Pirineo, fue una visita muy fructífera. ¿Recuerdas aquella historia de la ondina del lago que conté en la tertulia nocturna? Pues la he recogido por escrito junto con otras leyendas y tradiciones locales y se han publicado en periódicos de Madrid.

—Tu imaginación nunca descansa, estoy segura de que dedicas las noches a escribir en lugar de a dormir.—Mi nueva posición y la confianza de años me permitían, por fin, tutearla.

—Conoces bien mi insomnio, querida. No me va a abandonar nunca. ¿Y tú? ¿Qué tal te desenvuelves en mi tierra natal?

Pasé a contarle nuestros progresos, si bien ya le había narrado en las cartas cada paso que dimos en la isla. Pero ambas necesitábamos el relato oral, la palabra hablada, para sentir la proximidad que había caracterizado nuestra amistad.

—Se acabaron para ti la persecución y el miedo, Manuela.

Evité hablarle del asunto de mi hermanastro, pensé que solo le acarrearía un disgusto, el problema estaba resuelto y mi perseguidor, comido por los peces en el fondo del mar.

Alabó la inteligencia y la iniciativa de Reme al hacer un trabajo que le apasionaba en la fábrica de jabones y elogió la educación que te estábamos procurando. Éramos una familia formada por tres mujeres espléndidas y sobresalientes, en sus propias palabras.

Se mostró feliz al comprobar que los planes de la Hermandad para conmigo se habían cumplido:

—Te has convertido en un hombre respetable que desarrolla al máximo su capacidad creadora. Has sido lo que deseabas ser. Lo hermoso es que eres una mujer, aunque casi nadie lo sepa, y ello demuestra que podríamos ser gobernadoras, académicas o científicas. Por desgracia, esta sociedad malsana nos lo impide.

—Tú has logrado un éxito arrollador, querida Tula. Sé que el drama *Baltasar* es excelente. Lo he leído y creo que es tu mejor obra y una de las más sublimes de nuestro teatro. Hasta la crítica se ha postrado a tus pies.

—¡Ay! ¡La crítica y la maledicencia me persiguen, Manuela! Tengo muchos detractores, bien lo sabes, por el simple hecho de ser mujer. Cuando nada se sabe de mí, todo se inventa. La celebridad para una dama no se adquiere impunemente. Donde hay triunfos también hay derrotas.

Necesitaba sentirse ganadora, apreciar el afecto y el reconocimiento de los suyos. Por eso, requería el homenaje clamoroso que le preparamos en La Habana. El 27 de enero se celebró su coronación pública como la gran poetisa cubana en el Teatro Tacón. Todos los homenajes anteriores, las aclamaciones y los aplausos del Liceo y el Ateneo madrileños, fueron poca cosa en comparación con el espléndido espectáculo que le preparamos en el teatro habanero. Yo misma me encargué de que no faltara nada, de que Tula brillase más que nunca subida en un inalcanzable pedestal. Era mi manera de agradecerle la vida nueva que ella me había regalado. En esa noche memorable, Gertrudis recibió una corona de laurel de oro esmaltado que muchos admiradores, yo entre otros, contribuimos a financiar.

Los homenajes se sucedieron por toda la isla: en Puerto Príncipe, Matanzas, Cienfuegos y Cárdenas, donde fue destinado su esposo como gobernador, recibió el aplauso encendido de los cubanos.

Quiso fundar un semanario en La Habana, y así surgió *El Álbum de lo Bueno y lo Bello*, donde trabajábamos sin descanso para sacar una publicación a la altura de las exigencias de doña Gertrudis. El ímpetu que traía de España y el entusiasmo que ponía siempre en su tarea la llevaron a componer una serie de obras narrativas inspiradas en leyendas cubanas, en recuerdos de infancia y en su propia experiencia personal.

Los cambios la renovaban, era una mujer en constante movimiento, pero en ocasiones iba más deprisa que la propia existencia. Y la vida acaba cobrando sus propias facturas.

Eso nos ocurrió a las dos pocos años después.

55

Con el paso del tiempo, el clima tropical, su frenética actividad y las dudas terribles que la embargaban sobre una posible decadencia hicieron que el estado de ánimo de Gertrudis y su salud se resintieran. «Sufro horriblemente de los nervios desde que los calores apretaron. —Me escribió desde Cárdenas—. Es raro el día que no tengo convulsiones y dolores de cabeza tales que me ponen como loca». En Cuba tampoco acababa de ser feliz. Yo misma lo apreciaba: su situación era grata e ingrata a la vez. A los homenajes se unían los reproches, y su doble aspecto de cubana y española era equívoco. Su llegada como esposa de un representante del gobierno de la metrópoli resultaba molesta a quienes ya hablaban de la independencia de la isla.

—Me siento hija de Cuba y de España a la vez. Amo a este pueblo y también reverencio a la reina —me contó en un encuentro en La Habana, un par de años después de su llegada—. Cuando me dejan fuera de una antología de poetas cubanos, me ofenden. Aunque quiero pertenecer también a la literatura española. Los homenajes y el afecto de gente como vosotras no me libran de la nostalgia de Madrid. ¿Tú no la sientes?

Yo me había olvidado de Madrid, casi había borrado mi vida anterior y hasta mi propio nombre femenino. Prefería no pensar en ello, la nostalgia, en mi caso, era inútil: por mucho que anhelase la ciudad que me vio nacer jamás regresaría. Así se lo expliqué a Tula, quien se alegró de mi buen ánimo y me alentó a no decaer nunca.

En enero de 1863, Tula pasó unas semanas en La Habana, en casa de don Ildefonso Estrada. Un día me escribió una nota para decirme que debía hablar conmigo de un asunto muy serio y que evitase salir de casa hasta que ella llegara. Reme y yo nos asustamos, regresaron las sombras y los miedos, ¿habría descubierto alguien mi condición femenina? ¿Qué rumores habrían llegado hasta los oídos de la escritora?

—¿Hay algo que no me hayas contado? —me preguntó en cuanto entró en mi casa.

—¿A qué te refieres?

—Se sospecha que hiciste desaparecer a un hombre que decía ser tu hermano.

Se me heló la sangre, el suceso había ocurrido hacía ya unos años y no se había vuelto a hablar de ello. Supuse que el caso se habría archivado por falta de pruebas: de aquel hombre no había ni rastro, su cadáver no apareció jamás.

Con lágrimas en los ojos le narré la verdad que yo quise. Me inculpé del crimen: fui yo quien disparó, quien lo mató y quien lo lanzó al mar. Por nada del mundo implicaría a Reme, ni siquiera ante los ojos de Tula.

—Pensé que nadie preguntaría por él.

—Te equivocabas —aseguró muy seria—. Unos parientes en España exigen que se abra una investigación. Sospechan de ti, aseguran que ese hombre era tu hermano y que venía a buscarte para un asunto relacionado con una deuda que habías contraído en España y que te negabas a pagar. Creen que tú lo mataste.

—No puede ser —balbuceé—. Fue en defensa propia.

—Tenías que habérmelo contado.

—Lo siento, no quería causar más problemas a la Hermandad.

—Además, aseguran que eres un impostor. Aunque no especifican en qué sentido.

—¿Qué voy a hacer? —lloré desesperada.

—El asunto aún no ha trascendido. Solo están al tanto el jefe de la guardia y el gobernador, es él quien nos ha informado a Domingo y a mí. Sabían de nuestra buena relación contigo y hemos logrado que, de momento, no salga a la luz pública.

A la angustia que me provocaba que el crimen fuese descubierto, se unía la certeza de que mis perseguidores no cejarían jamás. Había sido inútil deshacerse de aquel hermanastro, otros vendrían a por mí dondequiera que me escondiese. Una legión de hijos del Cepo, todos malencarados y violentos como el padre, me perseguiría hasta la muerte. ¿Acabaría alguna vez la pesadilla?

Permanecí varios días encerrada en casa. Reme se encargaba de transmitirme nuevas del exterior y Yago, de mantener la vivienda vigilada. Ella no escuchó ni un rumor; él no vio a nadie merodear por los alrededores.

Tuvieron que pasar dos semanas de miedo infinito hasta que Tula regresó con noticias.

—Mi esposo se está encargando del asunto. Al parecer no hay ninguna prueba contra ti, por mucho que esos familiares se empeñen. Vendrán a hacerte unas preguntas, bastará con que respondas que no sabes nada, que no tienes ningún hermano ni crees tenerlo y que ignoras por completo quién es el hombre desaparecido.

—Ya me preguntaron eso entonces —le expuse.

—Mejor aún. Cuéntales lo mismo.

—Gracias, Tula. Nunca podré agradecerte todo lo que has hecho por mí a lo largo de mi vida.

—Ha sido la Hermandad, querida —dijo sonriendo—. Nunca olvides que somos como hermanas. Solo eso nos salvará a las mujeres: permanecer y luchar unidas.

Al día siguiente, dos guardias llamaron a la puerta. Se identificaron, aunque no habría sido necesario, pues ya los esperaba. No deseaba aparentar nerviosismo y para ello encendí un puro, pues el tabaco me aplacaba. Reme me miró con gesto torcido, ya que los recibimos en el salón y ella solo me dejaba fumar en mi despacho para no apestar la casa entera, algo que detestaba.

Uno de los guardias me observaba con cierta desconfianza; era un hombre rudo y no parecía gustarle mi aspecto delicado, a pesar del puro, que siempre he sujetado con ademanes masculinos. Nada que ver con la graciosa ligereza con la que Gertrudis tomaba el cigarro entre los dedos.

—¿Conocía usted a un hombre llamado Roque Guzmán?

—¿Debería conocerlo? —respondí con otra pregunta.

—Se trataba de su hermano.

—¿Quién lo dice? Yo no dejé ningún hermano en Madrid —intenté transmitir seguridad—. Ya me preguntaron por ello hace unos años y no tengo nada más que añadir. Soy un ciudadano respetable, vine a Cuba como periodista y me avalan mi trabajo y mis amistades. Pregunte a don Ildefonso Estrada, a don Andrés Poey y a la mismísima doña Gertrudis Gómez de Avellaneda, para quien trabajé en Madrid y con quien me une una larga amistad.

Quizá los nombres lo impresionaron, o tal vez fue mi fingida seguridad. Lo más probable es que fuesen las gestiones de don Domingo Verdugo, el esposo gobernador de Gertrudis, las que alejasen de mí tan certeras sospechas. Tras varias preguntas más y otras tantas poco comprometedoras a Reme, salieron de mi casa como habían entrado: sin un dato, sin un sospechoso, sin una respuesta.

Nunca regresaron, aunque no importaba la amenaza de los guardias, me bastaba con mi propio miedo, con el temor de que alguien más, otro hermano desconocido, viajase hasta Cuba con la intención de vengarse. Apenas descendiera del barco me localizaría, y en la siguiente ocasión Reme no se encontraría detrás, con una pistola, para salvarme.

56

28 de noviembre de 1863

Mi muy apreciado don Manuel Guzmán:

He recibido vuestras condolencias, que agradezco sobremanera. Mi pena es inmensa. Domingo enfermó gravemente en Pinar del Río y murió el 28 de octubre, como bien sabes. Mi querido esposo nunca acabó de recuperarse de aquella maldita herida que recibió por defenderme. Soy culpable del dolor que causo: las personas que amo sufren o mueren por mis errores. Mi soledad es total, a pesar de los esfuerzos de mi hermano Manuel por consolarme.

Me retiraré del mundo, es lo que debo hacer, lo único que calmará mi alma atormentada. Quizá no vuelvas a verme, nadie vuelva a verme, enclaustrada en un convento, expiando mis pecados.

Siempre agradeceré tu amistad y tu afecto verdaderos.

TULA

La desgracia perseguía a mi buena amiga. Ella, que buscaba el amor, que deseaba más que nada querer y ser querida, jamás encontró la paz. Quienes la amaron desaparecieron demasiado pronto; a quienes amó no supieron corresponderla.

No llegó a ingresar en un convento. Cada vez que le ocurría una desgracia pensaba en ello y, alguna vez, pasó temporadas de misticismo y rezo, pero su temperamento le impedía permanecer encerrada demasiado tiempo.

Tula exigía cambios, de domicilio, de amante o de país, y así, el 21 de mayo de 1864 embarcó en La Habana en el vapor *Eagle*, rumbo a Nueva York.

La certeza de que no volveríamos a vernos presidió nuestra despedida. Recordarás que al puerto acudimos la familia en pleno, tú ya tenías diecinueve años, los mismos que tendría su Brenilde de haber sobrevivido, y la emoción nos embargaba. Decir adiós a Tula me rompía el corazón, en la despedida anterior ella me prometió que volveríamos a vernos, en esta sabíamos que no sería así.

—Eres el orgullo de la Hermandad, Manuela —me susurró al oído—. Nunca dejes que la injusticia nos oprima. Tienes una hija, lucha por ella como nosotras lo hicimos por ti. Entre todas lograremos cambiar este mundo y que la libertad no sea solo para los hombres.

Luego se dirigió a Reme, a quien abrazó cariñosamente:

—Eres una mujer fuerte, has perseguido tus sueños y los estás tocando. Gracias por acatar los planes de la Hermandad sin cuestionar nada, has sido muy generosa. Cuida de nuestro querido Manú, como tú le llamas, eres más fuerte que ella, y de nuestra niña querida.

Después te abrazó, con lágrimas en los ojos. Tu presencia le inspiraba una ternura infinita y, al mismo tiempo, un agudo dolor. Veía en ti a su hija perdida, imaginaba cómo sería y tu imagen reflejaba la de Brenilde más allá del tiempo.

—Os escribiré mientras viva.

Ignoro qué recuerdo guardarás en tu memoria de aquella despedida, tú también admirabas y querías a Gertrudis, a quien te dirigías con una especie de respetuoso fervor, y siempre te respondía con cariño y delicadeza.

Tula pasó dos meses en Nueva York, viajó hasta las cataratas del Niágara, después regresó a Europa y, tras una breve estancia en París, volvió a España, primero a Madrid y luego a Sevilla. Más que el encierro, lo que calmaba su temperamento fogoso y desesperado, era el movimiento. Después de tanto viaje, volvió más tranquila a su casa. Era una forma peculiar de hacer el duelo, de huir de sí misma, de dejar atrás las penas y la desilusión.

Las cartas no dejaron de llegar, Tula cumplió su promesa.

Años después de aquella despedida, te convertiste en una mujer casada.

Tu boda con Félix Poey, en la catedral de La Habana, fue un acontecimiento en la ciudad. Te has unido al hombre que amas, no todas las jovencitas de esta isla y de nuestra posición social pueden decir lo mismo. Félix y tú os conocéis desde niños, compartís aficiones y creencias, lucháis por el progreso y por la ciencia, juntos, sin que el marido sea un carcelero ni la mujer una esclava del hogar. Hemos logrado nuestro objetivo, el de tu madre y el mío, y el de la Hermandad, cuyas componentes estarían orgullosas de ti.

Preferí no ser el padrino de tu boda, ahora bien comprenderás por qué. Era Reme quien debía tener ese protagonismo, ella era de verdad tu madre y yo solo una réplica de padre, aunque haya intentado merecer ese nombre y como tal me haya comportado.

Andrés Poey, nuestro buen amigo, ya viudo, ejerció de padrino y tu madre fue la madrina más hermosa que una novia pueda tener. Se la veía exultante y brillaba por dentro y por fuera.

—¿Recuerdas qué le pedí a la Virgen de la Coronación cuando apenas era una niña? —me preguntó antes de acudir a la catedral—. Pues ya ves que me lo ha concedido. Tengo un esposo y una familia feliz, gozo de una buena posición social y hasta trabajo rodeada de jabones.

Los Sabatés, agradecidos por la entrega y el trabajo de Reme, regalaron a cada invitado, como recuerdo de la boda, un estuche con dos jabones perfumados. Nunca se había hecho algo así en La Habana y sentamos un curioso precedente. A partir de tu matrimonio, todas las parejas de la ciudad encargaban a la fábrica de jabones estuches para obsequiar a sus invitados. Tu madre inventaba nuevos olores y hasta creaba nombres sugerentes para los productos. En el envoltorio de papel podía leerse: «El aroma del destino», junto al distintivo de los jabones Sabatés.

Las aguas andaban revueltas en la isla. Las voces antiesclavistas sonaban cada vez más fuerte y yo me uní a ellas. Los terratenientes veían peligrar sus haciendas y el gobierno español se oponía a terminar con aquella inhumana práctica. Así, la revuelta independentista tomaba fuerza. Al deseo de acabar con la esclavitud, se unía el de librarse de la metrópoli.

Mi alma se partía en dos. Anhelaba la libertad de todos los hombres, sin distinguir el color de su piel, tanto como la libertad de las mujeres; pero me sentía española y me producía un gran desgarro escribir contra el gobierno de mi nación. En los artículos reflejaba mis ideas de igualdad para todas las personas, más aún a partir de la guerra en Estados Unidos, que consolidó la postura antiesclavista. Manifestar abiertamente mis convicciones abolicionistas me convertía en enemigo de España y aliado de los americanos, que deseaban posar sus garras en tan jugoso territorio.

Esta convulsión política nos alcanzó a todos. Como bien sabes, tu suegro don Andrés Poey llegó a ser, como deseaba, director del Observatorio Físico-Meteórico de La Habana, proyecto oficializado por el gobierno colonial español en 1856; pero años más tarde fue cesado por las propias autoridades españolas dadas sus ideas, semejantes a las mías. Unos años más tarde, encontrándose en México por invitación del gobierno francés, creó un observatorio meteorológico en la capital de ese país, allí se estableció y os arrastró a vosotros dos como ayudantes. Con profundo dolor tuve que ver cómo te alejabas y emprendías rumbo a otro país, a otra ciudad. Jamás te habías separado de nosotras, eras el eje de nuestras vidas y, aunque comprendíamos que el viaje suponía un avance en vuestra carrera, nos partió el corazón. Al fin te dedicarías a aquello que siempre habías deseado: observar el cielo, predecir las lluvias y los huracanes, adivinar el movimiento de las nubes y avanzar en el conocimiento de la naturaleza.

La despedida fue dolorosa: tu madre y yo intentábamos esconder nuestra pena, partías hacia el destino deseado con el hombre que amabas, pero nos sentíamos abandonadas por la niña que había presidido nuestras vidas. Todo lo habíamos hecho por ti, hasta mi huida cobraba sentido cuando te miraba y comprendía que te había ofrecido un futuro distinto en un continente cargado de oportunidades.

—Tengo el presentimiento de que no volveré a verla —me dijo tu madre en el puerto mientras agitaba el pañuelo para despedirse.

El buque se alejaba lentamente, ya solo eras un punto minúsculo en la cubierta del barco. Ninguna de las dos fue capaz de reprimir las lágrimas. Había logrado contenerme en situaciones dramáticas, pues los hombres no lloran, pero aquel día me desahogué en los brazos de Reme, como si el mundo se acabara para las dos.

—Han dicho que vendrán a vernos a menudo —me repetía en voz alta.

—Quizá sea demasiado tarde —comentó ella con voz grave.

Me asusté. Reme era alegre por naturaleza, nunca se había mostrado pesimista ante nada. Por primera vez veía nubarrones en el horizonte y, por desgracia, no se equivocó.

57

Desde que marchaste a México todo comenzó a venirse abajo, como un castillo de naipes. La muerte, que a nadie respeta, se cebó con las más débiles, con las mejores, con las que parecían inmortales.

En febrero de 1873 llegó la noticia de la muerte de Gertrudis Gómez de Avellaneda. Unos meses antes, yo había recibido su última carta.

> Mi muy apreciado don Manuel Guzmán:
>
> Mi precario estado de salud me ha impedido escribirte con asiduidad. Agradezco enormemente tus cartas, llenas del color, la luz y la vitalidad de mi tierra natal que tanto añoro. ¡Ay, nuestra Rosita se ha casado! La siento como si fuese mi hija y espero que la felicidad colme su vida. Ese joven, Félix Poey, es afortunado porque su esposa es un dechado de virtudes y, además, una mujer inteligente y sabia.

Padezco terribles dolores de cabeza y la diabetes me trastorna, he dejado de escribir aunque he dispuesto la edición de mis obras completas. ¿Pasará mi nombre a la posteridad o morirá en el olvido como el de tantas otras? Presiento que la parca me ronda, pero no le tengo miedo, demasiadas veces la he visto posada en el lecho de mis seres queridos, y sé que ahora viene a por mí.

Ya he dictado mi testamento, deseo que nada se haga en contra de mi voluntad, es lo único que me queda.

He dispuesto que no sea sepultado mi cuerpo antes de transcurridas bastantes horas, para que no quede la menor duda de la realidad de mi muerte. La catalepsia de Carolina y su terrible experiencia me obsesionan casi tanto como a ella.

No quiero boatos ni homenajes, es mi voluntad terminante que mi cuerpo sea envuelto simplemente en una sábana blanca, aromatizada, y que, colocado decentemente en un sencillo ataúd, con una cruz sobre el pecho, sea llevado sin pompa al cementerio. Mi entierro será modestísimo, sin nada de ridícula vanidad mundana, pero ordeno que se sepulte en una tumba propia, adquirida a perpetuidad, por cien años cuando menos, pues no quiero que anden removiendo mis huesos.

Aquella magnífica corona que me regalasteis en La Habana, la prenda más preciosa para mi corazón, y el ramo de oro con que me honró Matanzas, deseo que sean tributadas a las plantas de la sagrada imagen de la gloriosa Virgen. Legaré toda mi fortuna a la beneficencia y a los pocos parientes que me quedan.

Aunque dejo a la joven Elena, hija natural de mi hermano Manuel y a la que siempre he mirado y querido como a tal, todas las alhajas de mi uso; he dispuesto que un prendedor de oro y perlas llegue a manos de nuestra querida María Rosa para que recuerde a esta mujer que siempre la quiso como una madre. ¡Mi Brenilde vive en ella!

Ahora solo ha de preocuparme mi alma, por eso quiero que se digan tres misas por mi salvación en cada una de las parroquias del lugar en que ocurra mi fallecimiento, dando por cada una, al señor sacerdote que la diga, un duro de limosna.

Aunque no lo creas, donaré la propiedad de todas mis obras literarias a la Real Academia Española de la Lengua en testimonio de aprecio. Rogaré a mis albaceas que, al poner en conocimiento de la ilustre corporación esta donación mía, expresen mi sincero deseo de que me perdonen las ligerezas e injusticias en que pude incurrir, resentida, cuando acordó la Academia, hace algunos años, no admitir en su seno a ningún individuo de mi sexo. Sabes bien que no soy rencorosa, que he sido capaz de perdonar incluso al padre de mi hija y a tantos otros que me han despreciado y maldecido. El resentimiento no produce más que odio y remueve las entrañas como una mala enfermedad.

Espero tu pronta respuesta, escríbeme a mi nuevo domicilio. He vuelto a cambiar de casa, ya no la envíes a la calle Fomento, ahora vivo en Ferraz número 2.

Recibid mi más afectuoso abrazo:

Tula

Gertrudis se había rendido, la carta lo confirmaba, y aquella rendición me entristeció tanto como su muerte. Fue generosa hasta el final, hasta los académicos que la habían despreciado por ser mujer recibieron parte de su herencia. Aunque nada material me dejaba, yo heredé lo más importante: su coraje, sus ideas y una vida de verdad que ella me regaló sin conocerme. Tú también formas parte de esa herencia monumental.

Meses después, a través de un conocido de Tula que llegó a la isla, recibiste el prendedor de oro que guardas como tu objeto más querido; sin embargo, antes habías recibido de ella la oportunidad de ser una mujer nueva en una tierra nueva. Así te salvó de ser la hija bastarda de una lavandera del Manzanares cuyo padre jamás quiso reconocer.

Las tres la lloramos: Reme y yo como a una hermana y tú como a una segunda madre a quien admirabas con profunda devoción. Desde que ella regresó a Cuba, Tula fue para ti el espejo donde mirarte: te contagió su carácter indómito, su manera de subyugar con una mirada. Esa fuerza de la naturaleza que era Gertrudis vive ahora en ti.

Llegaron cartas también de Carolina y de Vicenta, ambas lloraban la muerte de Gertrudis, cuya presencia nada ni nadie podría llenar. Según contó Carolina en su carta, al entierro acudieron pocas personas y fue modestísimo, como ella misma había deseado. Me pareció un triste final, una mortecina despedida, para una mujer cien veces aplaudida, dotada de talento, hermosura, riqueza y posición social.

Quizá, al final, solo seamos olvido.

58

—Manú, esta noche llegaré tarde. No se te ocurra fumar en el comedor.

Aquellas fueron las últimas palabras que me dedicó tu madre, su última orden. Su voz vive dentro de mí, la escucho ahora mismo como si me hablara al oído: «Manú, te estoy esperando —me dice desde hace días—. No tardes».

Las llamas del incendio cubrieron el cielo de La Habana, se veían desde la ventana del despacho. Antes de que viniesen a avisarme, ya corría yo, sin aliento, hacia la fábrica de jabones de los Sabatés. Un resplandor dorado cubría la ciudad, el fuego devoraba con furia los muros del edificio. Desesperada, grité su nombre y me dispuse a entrar, pero unos brazos desconocidos me lo impidieron: nadie podía acercarse a aquella bola de fuego.

—Reme se quedó en la sala de las esencias —me dijo Juan Sabatés, alterado—. No la hemos visto salir. ¿Cómo puede haber ocurrido?

Los efluvios de la combustión la ahogaron, debió de desmayarse antes de que el fuego la tocara. Como una broma del destino, murió aspirando el olor del jabón, su pasión desde niña.

Ese día, quise lanzarme al fuego con ella. Sin Reme, la vida tiene escaso sentido. Ni siquiera tuvo tiempo de conocer a su nieto Manuel, pues tu hijo nació un año antes pero aún no habíais viajado a la isla con él. Es lo que más lamento.

Alcanzo a imaginar tu dolor al recibir la noticia, allá en México. Yo solo soy un remedo de padre, ella era tu madre auténtica, la mujer que vivió para cuidarte, que te amó por encima de los rencores y las circunstancias. Su generosidad nos salvó a las dos.

Los Sabatés no se podían explicar el origen del fuego, parecía un accidente o quizá fuese provocado; en cualquier caso, jamás se encontró al culpable. Algunos testigos aseguraban que habían visto a un desconocido merodear por la fábrica aquella tarde y que portaba un encendedor de yesca. Incluso, hubo quien afirmó que el tipo se parecía a mí.

El Cepo culminó su venganza de la manera más cruel, no me cabía duda. Otro de sus infames hijos habría viajado a La Habana para consumar el crimen. Lo sé aunque nadie haya venido a confirmarlo, aunque las autoridades crean que fue un desgraciado accidente, o un ajuste de cuentas a los Sabatés o la envidia que todo corrompe. Habría preferido morir yo en ese incendio que perder a Reme.

En los días siguientes, presa de la desesperación, recorrí las calles de la ciudad en busca del asesino. Escrutaba los rostros los hombres que se cruzaban conmigo y acudía al puerto para localizar al desgraciado que me había robado la vida.

Hasta que lo encontré.

Desde la cubierta de un barco que zarpaba, mi propio rostro me devolvía la mirada. Un hombre idéntico a mí fijaba sus ojos en los míos. Tal vez fuera un espejismo, como aquella vez en Cádiz, pero al contrario. Ahora era él quien partía y yo quien se quedaba. Me saludó alzando el sombrero y yo repetí el mismo gesto que me había dedicado aquel lejano día: cerré el puño y lo amenacé con rabia. El tipo ni se alteró, dio media vuelta y desapareció de cubierta.

Quizá fuese un pasajero cualquiera, sin ninguna relación conmigo, pero no he logrado convencerme de ello. La sombra del Cepo ha resultado demasiado alargada y ha dejado mi vida rota en mil pedazos.

Estos años he seguido viviendo sin ganas, cada vez escribo menos, aunque mis artículos y mis relatos se cotizan bien y la generosidad del director del periódico, nuestro apreciado Estrada, me permite vivir sin estrecheces. Ya necesito poco y a mi lado solo queda Yago. La fiel Cachita nos dejó meses después de tu partida a México. Tu marcha se fue llevando el mundo que conocimos.

No he querido contratar a otra criada, no deseo gente ajena en casa donde prescindo de mi disfraz y, al mirarme al espejo, me pregunto quién soy. ¿Queda algo de aquella niña asustada que encontró Gertrudis tirada en la calle? ¿Soy el afamado periodista que firma con nombre ficticio? Antes sí sabía quién era: era la persona que amaba a Reme, y con eso me bastaba, daba igual que no fuese un hombre porque ella correspondía a ese amor incombustible, ese amor que no se quemó en el incendio, que sigue vivo y me tortura cada minuto.

Fue Yago quien te escribió e insistió en que vinieras, desde hace meses no paro de toser. Yo deseaba verte más que nada, pero no me atrevía a proponértelo. Padezco alteraciones de salud, cuyo proceso y síntomas me provocan fatigas intensas que me tienen en cama durante largos días, siento que las fuerzas me faltan. Me he negado a la visita del médico a pesar de tus ruegos, no deseo que nadie ausculte mi cuerpo, que ningún galeno busque signos en mi carne. Temo que revelen la realidad de las dolencias, la verdad que he ocultado durante décadas. Si se descubriera, la noticia correría como un reguero de pólvora por la ciudad. ¿Imaginas la consternación?

Tu presencia es un bálsamo que apacigua mi dolor, en tu rostro veo a Reme, aunque no os parezcáis. Nuestra vida siempre tuvo un aliciente, un motivo para luchar, que eras tú. Agradezco que hayas traído a Manuel, que me llama abuelo aunque no lo sea de verdad. Le has puesto mi nombre y me llena de orgullo. Félix, tu esposo, asegura que se parece a mí, que tiene los mismos rasgos. Yo me río de la ingenuidad. Por eso, solo tú debes conocer la verdad, sería demasiado cruel para todos y podría acarrearte problemas. ¿Qué pensaría tu esposo si supiera que su suegro era una mujer?

Me gusta que Manuel se asome a mi lecho con la intención de jugar conmigo, me pregunta, me asedia a cuestiones cuyas respuestas no siempre sé. A sus siete años es un niño despierto y curioso, como lo eras tú, y como lo sería su padre, que creció rodeado de ciencia.

Es de noche, todos dormís, pero el insomnio que me contagió Tula me impide conciliar el sueño. No me importa, prefiero escribirte, rememorar los instantes hermosos y duros de mi existencia, dedicar los últimos días de mi vida a la actividad que me permitió ser una persona plena, a pesar de mi sexo. Me preguntas qué escribo por las noches, me dices que me conviene descansar, pero la escritura me salva en estas horas últimas, igual que salvó a Tula de la desesperación, a Carolina de la incomprensión y a Vicenta de la soledad.

En mi testamento he dispuesto que mis bienes sean para ti, excepto la hacienda del campo, que será para que Yago se instale en ella el resto de su vida. Sé que aprobarás tal decisión, pues lo quieres como a un hermano mayor. Dedica una parte a la beneficencia, hay un asilo de pobres en la ciudad que necesita benefactores y, por fortuna, vosotros gozáis de una sólida posición económica.

También he dispuesto que mi cuerpo sea incinerado, así desaparecerá para siempre y nadie sabrá mi verdadera identidad. Sé que la Iglesia católica desaprueba esta práctica, mas yo no me he manifestado nunca como ferviente cristiano y en escasas ocasiones se me ha visto rezar; por tanto, mis allegados no se extrañarán y los curas no me echarán de menos en su cementerio.

Luego, esparce mis cenizas en este mar que tanto amo, para que vuelen hacia el océano y, tal vez, lleguen a la ciudad donde nací y que jamás he olvidado. A pesar de los años en La Habana, siempre me sentí hija de Madrid.

Perdona, mi adorada María Rosa, si he fingido ante ti, si te he ocultado la verdad, pero ser mujer en el siglo XIX sigue siendo una lacra. Como escribió Carolina: «¡Libertad! ¿De qué nos vale? ¿Qué nos importa?».

Aprovecha los dones que la vida te ha ofrecido y no te sientas pequeña ni débil ni inferior por el hecho de ser mujer, es lo más importante que te puedo legar, y lucha por la igualdad de todas. Somos como hermanas.

No me olvides, no las olvides.

Las fuerzas ya me fallan.

Espero que después de leer estas páginas, comprendas mis motivos. Luego, arrójalas al fuego purificador para que nadie, nunca, conozca la verdad de mi vida de engaño.

Quédate con todo el cariño de tu padre, que te adora:

MANUELA

59

—María Rosa.

El eco de su nombre la despertó, la voz del padre la llamaba desde un lugar remoto que ya no era su cuerpo. Tocó la mano que sujetaba los papeles sueltos que llevaba semanas escribiendo. Cuando María Rosa llegó a La Habana comprobó, desolada, que la enfermedad del padre era irreversible. Fue entonces cuando observó que Manú comenzaba a escribir, de manera frenética, sin pausa.

—No lo leas hasta que muera —le había dicho la mañana anterior, cuando apenas podía ya hablar.

Con el último suspiro, Manuela había dejado caer las hojas que aferraba entre sus dedos. La mano helada y el semblante lívido confirmaron a su hija lo que ya sabía. No reflejaba muerte ni crispación el rostro, sino un aire de placidez, de aceptación, de haber llegado al final del camino con la misión cumplida.

María Rosa leyó las últimas líneas del escrito y le arrancaron una sonrisa dentro del dolor.

—Yo también te adoro, padre.

Cerró la puerta con llave, deseaba permanecer sola, que nadie se enterase aún de que el periodista don Manuel Guzmán había fallecido. Necesitaba un tiempo de intimidad, el suficiente para leer el mensaje que le había dejado. Tomó aquellas páginas con devoción, como el tesoro que eran, así comenzaría su duelo: repasando palabras escritas solo para sus ojos. Era noche cerrada y, a la luz de un candil, tal como vio a hacer a Manú muchos días hasta altas horas, empezó a leer.

La enternecía cada palabra, cada revelación. ¿Acaso creyó, de verdad, que su hija no sabía que detrás de Manuel Guzmán se escondía una mujer? María Rosa siempre supo que tenía dos madres, era el secreto que compartía con Reme:

—Mejor que ella no sepa nada —le dijo a la hija cuando esta le contó sus sospechas—. Es difícil para Manú, le produce una enorme inseguridad, estará más tranquila si tú la llamas padre.

Y así lo hizo el resto de su vida. Por eso no le extrañó que rechazase el papel de padrino, ni que fuese siempre tan reservado, ni que ocultase su cuerpo a los médicos.

Sus dos madres se amaban, cada gesto lo decía, pero la confesión de Manú explicaba hasta qué punto. Añoraba a su madre cada día, ahora ellas estarían juntas en alguna parte, como siempre habían deseado. Cada palabra que leía sobre su madre le traía el eco de su voz y el aroma de su cuerpo. Reme siempre fue la mujer mejor perfumada de La Habana. Se estremeció con las circunstancias de ambas, algo le habían contado de las penurias pasadas, pero no la verdad completa. Leía y era la voz de su padre quien narraba con ese tono grave, tantas veces impostado.

Allí estaban todas: Gertrudis, Carolina, Vicenta y las demás mujeres que las amaron y las ayudaron, a las tres, como hermanas. Sin ellas, María Rosa tampoco habría sido una mujer plena y feliz. Lloró con Tula, se emocionó con Carolina y comprendió a Vicenta.

Le resultó terrible y asombroso que su madre hubiera matado al hombre que las perseguía y que Yago hubiese ayudado a deshacerse del cadáver. Jamás habría imaginado que ellos serían capaces de un crimen semejante, lo dudaba. ¿No serían invenciones de alguien que se sentía perseguido?

En aquella confesión, Manuela aseguraba que la muerte de Reme había sido un asesinato en un incendio provocado. No era así, María Rosa lo recordaba bien, fue un desgraciado accidente y nadie lo dudó jamás. No hubo investigación, ningún hombre sospechoso merodeó por la fábrica dispuesto a incendiarla. Manuela se lo había imaginado, seguro. Quizá se sentía tan responsable del destino de Reme, que incluso su muerte le pareció consecuencia de sus actos. Hasta el final de sus días, Manuela había vivido obsesionada por la sombra del Cepo. Nadie la perseguía ya, pero el miedo se había pegado a su espalda como una plaga maligna.

Leyó hasta bien entrada la madrugada. Con los primeros rayos de sol y la vista nublada por las lágrimas, acabó aquel texto lleno de vida con el que su segunda madre se había enfrentado a la muerte.

Abrió los cajones de la cómoda, necesitaba guardar un recuerdo de ella pues debía quemar aquella confesión. En el primero encontró una peineta de metal y, sin necesidad de que nadie se lo confirmase, la reconoció: era de la abuela Manuela, la misma que su hija recogió de la buhardilla donde vivían antes de salir huyendo de su casa. A su lado, había guardado un jabón, «El aroma del destino», el mismo que usaba Reme, con su perfume a rosas favorito. También halló unas cartas, atadas con una fina cinta azul. Eran las mismas de las que hablaba: cartas de Gertrudis, de Carolina, de Vicenta. Y reconoció emocionada aquellas breves notas que Reme envió a Manuela reclamando sus palabras durante los meses que estuvieron separadas en Madrid. Las había conservado toda la vida. No le extrañaba que su madre le hubiera pedido que no dejase de enviarle cartas, recibir una de Manuela debía de ser un placer inmenso, a juzgar por la intensidad de la que acababa de leer.

Incluso descubrió unos poemas dedicados a Reme y uno a la pequeña María Rosa, que Manuela debió de escribir cuando llegaron a La Habana y que firmaba con su nombre verdadero.

Si deseaba cumplir las disposiciones de su segunda madre, todas deberían ser destruidas, así nadie sabría jamás quién se escondía detrás del falso nombre de Manuel Guzmán.

Salió por fin de la habitación, con el rostro desencajado. Yago, que había velado tras la puerta, entendió sin palabras.

—Mi padre ha muerto —dijo ella.

Se abrazaron, como si ambos hubieran perdido de verdad a un padre.

—Tienes que ayudarme a cumplir su voluntad, sé que lo harás.

Yago asintió con la cabeza. Aún aturdido, se preguntaba qué iba a ser de él, de su vida, de su futuro, sin la buena de Manuela.

—Era una mujer excepcional —declaró él, seguro de que ambos compartían el secreto.

—Pero nadie más debe saberlo —añadió María Rosa.

—Nadie lo ha sabido ni lo sabrá.

Volvieron a abrazarse, la verdad compartida une más que los lazos familiares, y ellos dos pertenecían a la historia de las mujeres que lucharon, a la historia de una mujer que quiso demostrarle al mundo de lo que ella y todas las demás eran capaces.

—Ensíllame el caballo, por favor. Luego ve a casa de mi suegro y avisa a Félix, pero que nadie entre en la habitación de mi padre hasta que yo llegue.

Siempre sería la habitación de su padre, por mucho que supiera desde hacía años que se llamaba Manuela. Cumpliría todas sus disposiciones, pero antes debía expulsar aquel dolor que la ahogaba y solo conocía una manera.

Cabalgó a galope mientras lloraba y llamaba a gritos a sus dos madres. Reme y Manuela la habían dejado sola. Eran tres desde hacía tantos años que no se imaginaba un mundo sin ninguna de la dos. Las nubes, que había observado desde la infancia con asombro y curiosidad, comenzaron a descargar una lluvia rabiosa, lloraban con ella, eran sus cómplices desde niña, desde que Andrés Poey se las descubrió en la estación meteorológica de su casa. Un rayo llegó a descargar su furia y ella lo acompañó con un alarido desesperado.

—¡Padre!

Al día siguiente y en presencia de unos pocos allegados, María Rosa cumplió la voluntad de Manuela. Eligieron una playa apartada que formaba una pequeña bahía, la tarde era apacible y los allí presentes lloraron a don Manuel Guzmán mientras veían elevarse el humo de la pira. Félix Poey, Ildefonso Estrada y dos redactores del periódico que apreciaban a Manuel Guzmán, se unieron a la hija del finado, al pequeño Manuel y a Yago para sentir cómo aquel hombre admirable, que en realidad era una mujer, se elevaba hacia el cielo convertida en humo y cenizas.

María Rosa arrojó la confesión de Manuela y las cartas al fuego. Los nombres de las escritoras que fueron sus hermanas volaban convertidos en pavesas. Había leído que el poeta Shelley también fue incinerado en una playa y pensó que las almas de los escritores deberían flotar para siempre entre la tierra y el mar, así el eco de sus voces permanecería inmortal y eterno.

Se tocó el vientre, ya estaba segura de su embarazo. Desde las entrañas de su propio cuerpo, tuvo la certeza de que sería una niña, una mujer que vendría a recoger el testigo de tantas otras y que trazaría su propio futuro gracias a las valientes que la precedieron.

La Hermandad se sentiría orgullosa de esta nueva mujer.

Epílogo

A: doña María Rosa Guzmán de Poey
De: doña Carolina Coronado
Lisboa, junio de 1895

Mi querida niña:

Te escribo a ti porque pocos amigos más me quedan. Los muertos me persiguen. Ya solo veo sus caras cada noche, ¿estarán muertos de verdad o solo duermen un rato, como me ocurría a mí con los ataques de catalepsia? No importa, si duermen podrán despertar a mi lado. Nadie los sepultará bajo capas de tierra, estarán aquí, conmigo. Mis muertos, dormidos, bien custodiados.

A ti puedo escribirte, mi querida niña. ¿Quién vive ya de todas ellas? Ninguna. Me aguardan al otro lado, adonde no se pueden enviar cartas, de donde no llegan sobres con mi dirección. Añoro a Manuela y a Reme, a Vicenta, a Tula.

Añoro sus cartas, sus palabras de consuelo, su vitalidad. Solo soy una pobre vieja olvidada.

El palacio de Mirta es inmenso, me pierdo en estos pasillos inhóspitos y fríos. Añoro Badajoz: su sol, su calor asfixiante y hasta las maledicencias de mis paisanos. Aquí ya nadie me conoce, soy la sombra que vaga por el edificio, como un fantasma entre fantasmas. Tal vez no sepan si estoy viva o muerta.

Hace años que apenas escribo poesía, ¿para qué? Quienes apreciaban mis versos ya murieron, los vivos ya no recuerdan mi nombre. Somos olvido, tiempo que fluye hacia la nada.

Veo el rostro de mi pequeño Carlos, que se fue a los siete meses, el de mi querida hija Carolina, muerta en la flor de la juventud. Veo a mi esposo, mi amor, mi compañero, que lo será siempre, hasta que yo muera.

No he querido enterrarlos, a ninguno. ¿Y si despiertan como hice yo en varias ocasiones? Cuando murió el niño, me desesperé, fue mi primer gran dolor de los muchos que vendrían. Me negué a darle sepultura, solo dormía. Entregué su cuerpo menudo a las monjas, ellas aún lo custodian en su convento. Aún no me han dicho que haya despertado, está muerto sin remedio; pero no puedo imaginar sus restos bajo la tierra. Prefiero saberlo recogido, en un rincón de la iglesia, como si jugase al escondite.

La muerte de Carolina casi me vuelve loca. Mis dos hijas enfermaron de sarampión, aunque los médicos dijeron que no era grave yo presentí la desgracia media hora antes. Fue el horror, la vi muerta antes de morir, y yo también deseé traspasar con ella la frontera de la vida. Sufrí un episodio de catalepsia y una locura desesperada. Intenté arrojarme por el balcón, abracé a mi hija sin vida y grité hasta perder la voz. Corté mis largos tirabuzones y los deposité junto al cadáver, pedía que me enterraran con ella, el dolor me hacía insoportable la vida. Corrí demudada de un lado a otro de la alcoba, golpeándome en los rincones como un pájaro asustado. Estaba sola, pues mi marido se encontraba en Londres por cuestiones de trabajo y tal circunstancia me enloqueció aún más.

Adorné de joyas a Carolina y ordené que la embalsamaran. Hice un trato con las monjas clarisas del convento San Pascual, en el paseo de Recoletos de Madrid, y allí la encerré, en un armario de la sacristía. En el exterior puse un cartel: PROHIBIDO TOCAR ESTE SAGRADO TESORO, PERTENECE A CAROLINA CORONADO Y ROMERO DE TEJADA.

Este palacio de Mitra se ha vuelto frío y húmedo, la inmensidad de sus salones y los techos altísimos impiden que se guarde el calor. En esta sala desde donde te escribo hay una gran chimenea que apenas alcanza a caldearme los pies. Cuando llegamos aquí, todo era distinto, nos pareció un oasis de paz tras el drama sufrido. Horacio, Matilde y yo vivimos unos años de calma. Volvimos a abrir los salones del palacio a ilustres contertulios portugueses, españoles y norteamericanos. Horacio era el más caballeroso y apacible de los hombres y yo me esforzaba por resultar fascinante, ingeniosa y extravagante a mis invitados. Tu padre sabía bien el placer que me proporcionaban las tertulias literarias y siempre gusté de ser el centro de ellas. Recuerdo una en mi casa de Badajoz donde las damas de la Hermandad Literaria hablamos de la situación de las mujeres y leímos nuestros poemas reivindicativos. ¡Qué tiempos tan lejanos!

El bienestar que nos recibió en este palacio no habría de durar mucho tiempo: enseguida las empresas cablegráficas de mi marido sucumbieron bajo monopolios capitalistas y nos hundimos. Tras años de pleitos con la Corte Suprema de Inglaterra, acabamos en la más absoluta ruina y Horacio cayó en un abatimiento emocional que lo consumió hasta que falleció.

Me negué a enterrarlo, deseaba que permaneciese a mi lado más allá de la muerte. Apoyándome en mi autoritaria ancianidad, conseguí doblegar las voluntades del arzobispo de Lisboa y de tres gobiernos (el español, el norteamericano y el portugués), y mandé embalsamar a mi marido y dejarlo aquí, en un sarcófago, en la capilla del palacio. A diario rezo a su lado, le hablo como si estuviese vivo, como si me escuchara, aunque él no me responda. Yo lo llamo el Silencioso.

Solo me queda Matilde, no dejo que se separe de mí. Desea casarse, pero yo le he exigido que pida permiso a su padre y que no se vaya de este palacio. No quiero ni ver a su novio, que se ha instalado en la planta baja del edificio.

Mi hija y yo hemos quedado en un total estado de desvalimiento, pues vivimos en Mitra por la generosidad de su dueño y a duras penas nos mantenemos gracias a las traducciones de Matilde. Ya apenas escribo, solo cartas, y los poemas que compongo nadie desea leerlos, ya no valgo nada. Languidezco entre jardines abandonados con fuentes monumentales vacías, escaleras de azulejos desvaídos y salones invadidos por el polvo y la humedad. Soy una extraña sobreviviente que sonríe al recibir una carta, algunos amigos extremeños no han dejado de hacerlo. Como tu padre, cuya última carta llegó días antes de su fallecimiento. En ella, sobre todo, hablaba de ti, de lo orgulloso que sentía de haber criado a una joven independiente como tú. Eres la esperanza de la Hermandad, María Rosa, aunque solo quede yo de todas ellas.

Desde nuestro lugar en la historia, te abrazamos y te rogamos que no desfallezcas. Quiero pensar que nuestra vida y nuestra lucha no han sido en balde: el camino está trazado, las siguientes debéis seguirlo.

No dejes de escribirme.

Desde el tiempo y la distancia, te quiere:

CAROLINA

Agradecimientos

A Ana Escarabajal, que creyó en esta historia desde el primer momento.

A Paloma González, que me regaló el título de esta novela.

A Aranzazu Sumalla, que me buscó y apostó por esta novela cuando yo más lo necesitaba.

A quienes me han mostrado su afecto y empatía en tiempos difíciles.

A mi hijo, que se siente tan orgulloso de mí como yo de él.